浮世薔薇

閭丘露薇——著

推薦語

閻丘不斷地重新發明自己。她自新聞業進入學術界，如今又成為了一名小說家。在本書中，她對大時代的理解與敏感的私人記憶，彼此融匯。這是一個關於過去與未來，破壞與重建的永恆故事。

——許知遠／作家

花若離枝，落土之前，還有那麼一段飛旋遠遞的旅程，好風頻借力，不一定上青雲。《浮世薔薇》寫三代女人，神秘的趙小姐，奔赴險地的若林，撲向惡權的曉瑜——她們的現實與夢輾轉於不同城市，是時代、命運還是意志？疫情、政治和孤獨，哪一個更可怕？薔薇萬千種姿態，浮世而不死，沙塵之中，自有豪情。

——楊佳嫻／國立清華大學副教授、詩人

推薦序

在浮世中反彈琵琶般「成長」

陳冠中／作家

「記得愛自己」
「生於亂世，有種責任」
「這是你自己的故事？哦，是，也不是」

這是摘自閻丘露薇小說《浮世薔薇》的幾個句子。小說中一名叫若林的女子在年過五十，累積了不少人生經驗的熟年，終於做到「記得愛自己」和「生於亂世，有種責任」的自我領悟與期許。這是閻丘露薇的自述嗎？你看，書名有薔薇二字，而作者的英文名字不也叫Rose？書名指的浮世，是作者自己的浮生誌記嗎？或許這部小說包括了頗多作者對親身經歷的記述，但至於哪些部份屬自傳性質，要看作者以後有沒有意願透露——不過我覺得透不透露都不妨礙作者達到撰寫這部小說的目的，就是讓虛構與實然傳遽交織、內心與外在環境互涉，過去與今日非線性的觀照，而這一切都是為了想要通透明白地說出國族與時代如何塑造個人，而個人又如何受囿或逃逸，如何階段性地順應或逆懟國族與時代，其中有幸有不幸，幸運者如小說主角若林經過自我發現，演化成長出新的自己。

《浮世薔薇》可以說是一部關於個人如何在家國洪流中，活出自己心智面貌的小說。它以國族時代「小說」了三代女性——若林，若林媽媽趙小姐，若林女兒曉瑜，也以女性的浮生「大說」了浮世。編纂一個大半個世紀的國族事件簿而不失真，已是不易，然如果還想進而重繪其時其地的個人生活細微感受與眾生命運選項，則更是高難度的工程，需要驚人的記憶、大量素材的累積和同理心，而這三點我認為小說的作者都具備了。這部小說對讀者來說有很強的認知功效，可提升讀者對數十年家國時人時政的理解，也有助我這樣的過來人審視消化曾經的年代，感傷地「重溫」快將失憶的紛亂過去。

《浮世薔薇》內容覆蓋甚廣，時間上跨過大半個世紀，地理重點在上海、香港和中國南方城市，也旁及美國、匈牙利、愛爾蘭以至今日波蘭近烏克蘭的邊境難民營。書中人物眾多，以若林為主敘事對象，而趙小姐和曉瑜也各自佔有篇幅。但它不像淵源古老的「薩迦」式家族故事體裁，而是屬於一種更緊湊也較晚近的小說類型。在這篇短序裡，我不劇透故事了，只想多說幾句小說的類型，希望藉類型討論彰顯小說的意義。

平行地記述個人心智發展與國族軌跡的虛構書寫，是有名堂的，叫做 bildungsroman。這詞源自當時尚未建國的德語文明圈，之後成為十九世紀現實主義小說其中一大宗的代名詞，歐西各國都有本國的bildungsroman，以至到了今天英語文論界往往還保留了這種小說類型的德文原稱，多於採用英文譯法如novel of formation, novel of development或novel of education。德文roman或複數romane譯作小說一般已沒有歧義，bild是指形象、圖像、人像，但亦可以包括想像和心中印象，而bildung是指型塑或成形的過程（formation），故也有教育、成長、發展之義。很多論者說過，多義的德文bild和bildung難以變做英文，而華文把bildungsroman翻譯為成長小說、教育小說、教養小說、啟蒙小說等方便的做法，也總讓人覺得有點單維度，容易望文生義，甚至會與青春小說、青少年讀物混為一談。以下我無奈地沿用「成長小說」這個最常見的稱謂，但會以更充分些的內涵來說明《浮世薔薇》是符合這個重要小說類型的文本，並解釋為甚麼今日世界還需要，或者說更需要有作家去書寫當代的成長小說。

成長小說並不只是關心個人（更不限於青少年）的成長。記述個人心智的形成只是成長小說一體兩面的其中一個面向，它的設定不止於此，配套的另一面是要捕捉個人所處的整個時代，如巴赫金（Mikhail Bakhtin）在一九三〇年代所說，成長小說是一種「人在世界中浮現」的文學類型，同時「反映著世界本身在歷史上的浮現」。當代論者莫雷蒂（Franco Moretti）也曾解釋，成長小說之所以在十八世紀末出現，就是因為當時的作家和讀者都想要借其感知理解劇變中的社會。換言之，是一個急速變化的社會在呼喚它的作家去撰寫成長小說。

不過，成長小說關心的成長中個人與劇變中社會，這個人生與世界在歷史中的浮現，或所謂浮生與浮世，其實往往是被侷限在國族框架之內的，也即巴赫金所說的「人在國族歷史時間中成長的形象」。德人摩根斯騰（Karl Morgenstern）在一八一九年首創 bildungsroman 一詞，他是黑格爾的同代人，那是後拿破侖的德意志國族建構期。一些早期論者都曾強調說，成長小說在敘事上是一種德意志的「民族形式」，是有機的、是目的論式地反映上升期的「德意志時段」，以至到了一九一六年一戰期間，以德意志文明守護者自居的托馬斯・曼，仍在堅持說這個小說類型是「德意志的，典型德意志的，是帶著民族正當性的」。其實歐洲各國都曾先後——比德文作品更早——寫出過本族本國的成長小說，而且也是將國民的個人心智成長與國家民族的建構發展連結，所以當代論者波爾斯（Tobias Boes）會說「成長小說比其他類型更關聯到現代民族主義的興起」，也有論者如孔傑耶（Todd Kontje）認為德意志成長小說是一種內帶政治性的類型，而大家熟悉的詹明信（Frederick Jameson）甚至大而化之變奏地說後起的「第三世界文學」包括成長小說都是國族寓言。

當然，個人心智成長與所處國族社會的軌跡難免有千絲萬縷的關係，但兩者的互動結果卻不一定是正面的，除非那是「主旋律」小說宣傳的世界。成長小說早期最重要的經典是歌德（Johann Wolfgang von Goethe）一七九六年的《威廉・邁斯特的學習時代》（Wilhelm Meisters Lehrjahre），書中主人翁的發展最終卻是正面的，顯示出作者對當時德語文明圈的個人追求心智成熟的事業，帶有啟蒙時代的樂觀。但其後的許多經典成長小說卻「反彈琵琶」，從十九世紀法國司湯達（Marie-Henri Beyle）《紅與黑》（Le Rouge et le Noir）和英國哈代（Thomas Hardy）的《無名的裘德》（Jude the

Obscure）到二十世紀托馬斯．曼（Paul Thomas Mann）的《浮士德博士》（Doctor Faustus），小說主人翁的收場往往是負面的。就是說，個人與國族社會的發展出現了分歧衝突。這就拓展出當代成長小說的新轉向，不再相信國族與個人的同步正面建構，而是尋求消解國族社會加諸個人之型塑宰制，強調浮生與浮世的矛盾，從而發現自己心智成長之幽徑。

值得強調的另一點是，過往的文論指出的是成長小說預設了國族框架，近年的研究者卻看到這個框架並不是密不透風的，那些經典的成長小說主人翁往往都帶有溢出國族局限的「世界主義剩餘物」。到了今天，個人的成長固然仍離不開「在地」，但每個人一生不同階段的心智型塑可以發生在不同的「在地」，甚至浮出了國族界線而在跨境、跨國、跨族、跨文化、跨虛實媒介的環境下，探索、發展、成就自己的心智。

我在北京住居超過二十五年了，自問相當關注其間國族歷史的進程，但卻因為丕變頻仍，經常惘惘然覺得自己忘掉的事情實在太多，影響了自己對時局的判斷。《浮世薔薇》勾起了我許多的記憶／失憶，不僅重整了眾多的大小事件，更探究了那些不被深刻理解但很值得被懂得的個人，她們當時有哪些感受哪些人生選項，她們的心智是怎麼磨煉而成。讀《浮世薔薇》的時候，越往下看就越確定，這部小說對個人和對國族歷史時間下的「浮世」的描繪是靠得住的，作者是個可信賴的敍事者。

這也表示在現實比魔幻更魔幻的世界，在偽歷史假新聞充斥的後真相國度，在人的記憶比不上金魚的時代，成長小說將仍是一種被懇切呼喚、能夠滿足當代讀者情感與理智需求的小說類型。

推薦序

浮世與亂世

張惠菁／衛城出版總編輯

閻丘露薇的第一本小說《浮世薔薇》，純以小說而言，不能說沒有缺陷。但是這本小說，或說，這本融合了閻丘露薇對自身、對時代觀察的半自傳書寫，卻是一個重要的文本。既看得到當代真實的歷史，也看得到人物與故事的原礦脈，露出地表，閃閃發光。

我之所以這樣說，是因為，《浮世薔薇》寫了三代女性。當中不但有劇烈的時代變遷，更有三代人各自的移民、遷徙、婚姻與愛情經歷。當人在時間與空間中四處移動，從一種文化語境遷徙到另一種（甚至也包括在關係中的遷移），最易發生掩埋的作用。事過，境遷，人在新的環境裡長出新的適應力，這是生存的本能。但同時有些過去的緣由，那些「當時是怎麼想的」，那些「她為甚麼那樣做」，便被新生的枝葉永久覆蓋了在下層，或像麵包屑做成的路標，消失在森林的自然循環之中。

或許我們終將忘記一切。一座城市的身世，它的語言，它的記憶，它的巷弄樓盤，都有可能被覆寫。一個女人的行跡，她當初選擇甚麼、她再從甚麼逃離、她愛或沒愛過甚麼，也是那麼容易就被忘卻，甚至連說出口的機會都沒有。當代中國遺忘太快，記得太少，《浮世薔薇》把其中的一些留存了下來。

閭丘露薇所寫的這個「浮世」，核心是三代女性的故事。

第一代是出生在文革前上海的趙小姐，改革開放的年頭她曾在香港、深圳做生意，之後又回到上海。第二代是出生在上海，受過高等教育，但人生中有更長的時間住在香港、認同香港的若林。第三代是曉瑜，出生在美國，卻選擇在上海工作、生活，是上海眾多華裔外籍人口之一。這三位女性是外婆、母親、女兒的關係。但她們不是一個典型的、生活在一起、和樂融融的家庭。時代變動加上個人選擇，使她們分離，像被浪潮沖散。她們原本幾乎像是三條平行線，各自獨立延展。疫情這兩年發生的事，將她們牽連在一起。

這也是個多地的故事。有紐約、香港，其中當然有上海。更有二〇二二年受到侵略的烏克蘭。這是個全球化時代的故事，女性在全球網絡中移動。若林走得很遠，走到了戰火中的烏克蘭，思考了關於母親、女兒、愛情的許多事。有時確實是需要走得那麼遠，去看清楚近前的事。

浮世的難題之一是「愛」。就像張愛玲的《傾城之戀》，白流蘇與范柳原之間有百般的計量，那是由他們時代生活條件造就的愛的困難；但他們之間，也只消一場戰爭，便促成了「愛情」。《浮世薔薇》這三代女性各自的遭遇，各自的愛與不愛，也同樣受到她們時代的背景事件影響。二十世紀的文革、六四、改革開放，二十一世紀的中國崛起、香港民運、疫情、戰爭，影響了其中一些決定（包括愛情與親情）。

趙小姐看似算盤打得精，她給女兒的安排，其實是安排她自己。面對這樣一位母親，若林有三十年時間與她斷絕關係。她從趙小姐版的「女人理想人生」強力出走——那奮力的掙脫，我想吾輩讀者大多會擊節讚賞。但當若林面對女兒，她和女兒的關係又是怎樣的？尤其是一位最初體會不到她對香港的愛、對公共事務關切的女兒？浮世之中，倘若有「愛」，並不是架空而絕對地發生，人終究是在柴米油鹽、在理想與認同、生活的安全感與危機感之間，感受著甚麼可愛，甚麼能愛。當她們各自在浮動世間奮力找著屬於自己的平衡，她們也能找到路徑，通往沒人教過她們的「愛」嗎？

這個「浮世」，也是「亂世」。即便在承平的時候，「亂世」也不曾遠離。趙小姐經歷過文革，若林經歷過六四。若林作為戰地記者，曾經奔赴的「戰地」，在這地球表面上從來都沒少過。而原本彷彿生來與動盪無涉，最無憂的曉瑜，終究疫情也侵入到她的生活裡。走過各自的浮世、各自不同的生命經驗，走進二十一世紀這個「亂世」，疫情、戰爭一舉影響了所有人。

亂世令我們失散。在《浮世薔薇》故事開始沒多久，若林便開始尋找趙小姐。亂世造就的規則紊亂，打亂原本應該要一直都在的秩序。聯絡不上的電話、沒人閱讀的短訊息。

但是亂世也令我們相遇。在失散之後，重新認識彼此的關係。像若林重新思考趙小姐的人生，曉瑜重新認識她的外婆與母親。一直幫助著她們的清鴻彷彿成為新家人。

其實，那看不見的亂數一直都在。在發生戰爭，落下炸彈的時候，人們要為自己的生命找掩護。但不落下炸彈的時候，這個世界其實也一直有著另一種空襲：價值觀的、性別角色的、時代限制的、自身的焦慮徬徨、周邊投射的眼光⋯⋯。人有時會把愛情、婚姻，甚至子女當成掩護。有時又發現，必須再次從那掩護逃出。

當若林去了烏克蘭，戰地中女性替彼此處理傷口，彷彿整個故事的隱喻。我們被時代所傷，有時也被彼此所傷，也互相療傷。昏暗的地下室，閃爍不定的光源。我們被拋擲到世界上來時，確實沒有配備隨身照明，都是摸索著去認識。例如若林長大的過程中，有一天忽然意識到自己被母親「利用」，多年之後又好像能理解母親了（女兒曉瑜的隔代洞察有幫助）。我們都是在無人能提供光源的情況下，出於自身的摸索，摸出了世界片斷的形狀。或許坑坑疤疤、粗糙不平整，但確實是我們所擁有的世界。

通俗戲劇經常暗示我們，家人是最親近、最能幫助彼此的。但在《浮世薔薇》中，三代女性經歷的時代差異太大，一開始並無法真正理解、遑論幫助彼此（特別是趙小姐與若林）。反而是在此之外，還存在另一種力量，是來自全球化時代陌生人之間的互助。若林在前線遇到各種女性，波蘭人、烏克蘭人、俄羅斯人、台灣記者、吉普賽女孩⋯⋯，她們都不同，但也都共同。例如說到香港時，人人都對香港心有共鳴，願意表達關心。說到要徵求一個志願者，若林舉手：「我想，因為香港護照免簽證，我有去過衝突地方的經驗，能開車，而且，我為自己買好了保險，所以，在所有應徵者中，我是最佳人選吧。」她人生積累至今的能力與獨立性，成了她為他人而做的準備。在那些陳舊的愛情故事中，人們常說，因為他這樣那樣，所以他是我的 Mr. Right；或，因為我這樣那樣，所以我對他是特別的、我是值得的；但是在若林的故事中，所有人生偶然的條件，使得她可以去幫助一些陌生人。

當去過遠方、經歷過陌生人的悲喜劇，幾乎靠近生死界線，而後折返時，若林彷彿也受到了一次淘洗。人要失散之後才能重逢，遠行之後才能回家。若林回來的時候，趙小姐的時代已經過去。即使她沒有從趙小姐身上學到理想的母親角色，但一個新的、超越傳統格套的家庭，一些新的對愛的定義，似乎正在形成中。

閻丘露薇寫《浮世薔薇》的起點，或許是她與母親的關係、她自身的經歷。但《浮世薔薇》的終點，卻是閻丘露薇給自己也給未來世代的祝福，祝福可以活得更自由，更放開束縛去愛。即使是亂世。或者，正因為是亂世。

寫在前面

那是二〇二一年夏天的一個下午。

走在空蕩蕩的雅典街頭，無法確認，是世界恢復了正常，還是世界從此換了一個模樣，再也回不到從前。這種不確定，讓我決定，要重新開始學術寫作之外的大眾寫作。已經好幾年，眼前的沉淪和崩壞，讓我失去了記錄和表達的動力和能力。不能再這樣，自我放逐。

二〇二二年的夏天，當我騎著單車，穿過勃根地那些過剛剛長出綠苗的葡萄田，突然有一種衝動，寫小說。

我們這代人成長於八〇年代的中國，散落在世界各地，在故鄉和他鄉之間來來回回。而來去之間，發生了太多的事情，單是當下，有持續了三年的疫情，和不遠處的戰火。所有這些，都值得被記錄下來，不然，就會和其他很多事情一樣，最終被遺忘了。

既然自己不再是一名記者，無法抵達新聞現場，但是虛構的文字，依然可以探究人性和社會議題，引發讀者的共鳴和思考。

所以，我要寫小說。我想，這是我的責任。

目錄

第一章

上海——香港：決裂的母女

初春的上海，算是天氣最舒服的時候吧。過了春天，黃梅雨季就要開始了。

趙小姐最討厭黃梅天了。

「以前，誰的家裡才會像現在這樣有抽濕機呀。」連著好幾天滴滴答答的雨，下得心都變煩了。潮濕得好像在滴水的空氣，總是把趙小姐心愛的皮鞋搞得上面一塊一塊的霉斑，還有放在衣櫥裡面的衣服，拿出來的時候，有著一種酸餿的味道。

在她還年輕的時候，只能在南京東路的華僑商店可以買到香水，但是那是需要用僑匯券的，是要靠海外親戚寄錢回來才有的。但是趙小姐沒有這樣的親戚。她一直記得，每次走過商店門口，看著那些走進去的人，她想像著自己有一天，也可以像他們那樣，走路的姿勢都帶著一種驕傲。還好，她的一個好姐妹的親戚在香港，來上海探親的時候帶了一瓶香水。小姐妹用小玻璃瓶分了一點給她。黃梅天出門的時候，她除了會在脖子後面塗上一點點，還會在衣服上小心翼翼地灑上幾滴。她喜歡被太陽曬過之後，衣服散發出來的那種香甜的味道。可是黃梅雨季的時候，太陽，不知道跑到哪裡去了。

所以，趙小姐喜歡三月和四月。冬天過去了。不用穿得那樣臃腫。路邊的薔薇開花了。

當然，後來，黃梅天對於趙小姐來說，早就不是問題了。她住在了有空調，還有抽濕機的房子裡面，再也不是老式的，年久失修，老舊的木地板發出一陣霉味的石庫門房子。那是很小的時候開始，她就想要逃離的地方。

這是二〇二二年的春天，趙小姐住在一家養老醫院裡面。她已經在這裡住了快兩年了。這家養老醫院是上海最大，坐落在浦東。被一片新建的住宅區團團圍著。

這裡原本是上海的郊區。趙小姐曾經常常告訴那些初來乍到上海的人。在上海，有一句話：「寧要浦西一張床，不要浦東一間房。」但是，趙小姐也不得不承認，上海變得太快，快得不斷打破她對上海的看法。浦東早就不再是她這種老上海人口中的鄉下。隨著一個個豪華地產項目的開發，浦東已經變成了有錢人住的地方，而上海市區的概念，也隨著浦東不斷地開發，向外伸展。那些趙小姐眼中的鄉下人，人家現在理直氣壯地當自己是正宗上海人了。不過也對，趙小姐想，現在的上海，都快要被外地人佔領了，都快沒有人說上海話了。

趙小姐是走了很多關係，託了人，才住了進來。

上海像她這樣的單身老人很多，服務好一點的養老院又非常稀有。所以，趙小姐覺得是值得為自己驕傲的。她付得起錢，加上還有點社會資源，所以可以有這種選擇。而所有這些，都是靠她自己，打拼出來的。

養老醫院分成兩層，一樓是給還能夠生活自理的老人，趙小姐就住在這層。除了吃飯睡覺，老人們會聚在休息室打打麻將，也能在院子裡面散散步，騎騎自行車，曬曬太陽，或者一起看電視。現在大家都有手機，有的時候，也會聚在一起聊聊社會上發生的事情。

樓上那層，是給那些不能生活自理的老人們的。趙小姐沒有去過，因為那裡是封閉式管理，上面的人不能隨便出來，樓下的人也不能上去。趙小姐聽熟悉了的護工形容，那是一個連她們都不太願意去的地方。

趙小姐很難想像自己，有一天躺在床上，甚麼也做不了的樣子。

「如果那樣，我是覺得乾脆死掉好過了。」趙小姐經常對護工這樣講。

趙小姐今年七十五歲，不過如果看她的身份證，只有七十歲。當初託人辦這張假身份證的時候，她刻意地把自己的年齡報小一些。畢竟，她看上去確實比實際年齡年輕很多，養老院裡面新來的老人，總是以為她只有六十多歲，奇怪她為甚麼這麼早住進養老院。

趙小姐燙著大波浪，然後向後梳起一個馬尾。這是她從四十多歲就開始的髮型，一直沒有變過，因為她覺得，最符合她的臉型，最能顯得年輕。每隔三個星期，她就會自己染頭髮。她想，她應該是這家養老院裡面，唯一一個還在染頭髮的，因為只有她的頭髮是黑色的。其他人，不要說染頭髮，很多人一個星期，都是穿著同樣的一套睡衣，在她眼前晃來晃去。

趙小姐不會這樣。她絕對不會穿著睡衣走出房間。哪怕是去走廊，她也要換下睡衣。奶奶在她很小的時候就告訴她的，女孩子是不能夠穿著睡衣在外人面前出現的。

「可是，鄰居阿姨穿著睡衣上街買菜的呀？」

「你不用管別人，你自己做對的事情就可以了。」

趙小姐記得，奶奶是很看不起鄰居阿姨的，所以，不喜歡自己和鄰居阿姨的女兒玩。她們上同一所小學，差一個年級。

「你不要和小小玩。她功課不好，會把你帶壞的。」只不過到了中學，趙小姐自己成了其他家長眼中，帶壞女同學的人。

趙小姐出手大方，經常買吃的東西，請同樓層的老人，還有護工們一起分享，所以，這五年來，她成為這裡最受歡迎的人。這是她從小就有的習慣，她也相信，人需要對別人大方一點，這樣，別人才會樂意幫忙。她一直堅持讓大家叫她趙小姐，特別是年輕的護士和護工，只要對方開口叫她趙阿姨，她馬上會糾正：

「叫我趙小姐好了。」

「你太不像上海人了。」來自外地的護工總是這樣誇她。這句話，趙小姐聽了太多年了。誇一個上海人不像上海人，算是對上海人的最大褒獎。

她沒有告訴這裡的人，她也是香港人。從法律角度來說，她只有香港人這個合法身分，因為她的上海戶口，在她拿著單程證去香港的時候已經被取消了。現在她拿著的身份證，雖然不能說是假的，但始終來路不正。

對於香港人這個身分，趙小姐曾經是非常驕傲的。她還記得九〇年代的時候，每次回到上海，她總是有意無意的告訴別人，她是從香港來的。通常會迎來羡慕的目光，服務也會變得殷勤一些。哦，除了有一次，淮海路上的那家婦女用品商店。

淮海路從九〇年代開始急速的改變樣貌，原本兩邊的洋房，不斷地被高樓取代。好在路邊的梧桐樹大多數還在，而且，只要從淮海路上轉個彎，走進兩邊的馬路，那些弄堂，街面，都還保留著原來的樣子，雖然街面的店鋪，越開越多，但是依然是趙小姐熟悉的模樣。

還好，和南京路比，淮海路上還是上海人多一些。

「外地人都喜歡去南京路的。我們上海人只去淮海路的。」趙小姐總是這樣告訴第一次來上海的朋友。

趙小姐買東西很仔細，每次，都會要售貨員拿至少三件同款貨品來進行比較，還常常在比較完之後，決定不買。這是她年輕的時候養成的習慣。錢來得不容易，當然要花得仔細。再說，她很享受讓售貨員為自己服務的感覺。

但是那次，售貨員毫不掩飾不耐煩的樣子。

「你買不買呀？買不起就不要看呀。」

「誰說我買不起？告訴你，在我們香港，你這樣的態度早就被炒魷魚了。」

「香港？哦，你是香港人呀？這有甚麼了不起，我還以為妳是從美國回來的呢。」那個中年女售貨員，一臉的鄙視，一副見多識廣的樣子。

過去十多年，趙小姐很少提起自己香港人的身分了。相反，她開始想盡辦法，想要把已經註銷的上海戶口弄回來。

還好她認識人多。一個在廣東的公安朋友，幫她搞了一張廣東小城的身份證。她想，別人肯幫她，除了她有給錢，更重要的，還是自己討人喜歡的性格。很多時候，光有錢，也不是一定能把事情辦成的。

她已經有二十年沒有回過香港了，回鄉證早就過期。當然，證件可以隨時申請更新，她也隨時可以回去，但是她沒有這個打算，甚至連這個念頭都沒有。香港人這個身分，其實不是她刻意隱瞞，而是她自己都快忘記了。

趙小姐一直不喜歡香港。「太講規矩的地方。」她和很多人這樣抱怨過。

雖然，住進養老院之後，她也曾經想過，如果當初在香港找一份工作，做到現在的話，應該有自己的房子，可以僱一個菲律賓工人，不需要住進養老院。但是，這意味著她的人生失去太多機會，錯過她經過的起起伏伏，見不到那麼多的繁華熱鬧。

她喜歡讓自己興奮的生活。所以，她喜歡改革開放後的大陸，特別是廣東。只要有點錢，有點關係，甚麼都有可能。至於上海，其實也是一樣，只不過和廣東相比，需要更多的錢，更多的關係。趙小姐覺得，自己之所以沒有在上海成功，那是因為，自己還不夠有錢。

如果，自己有足夠多的資本，肯定會比別人做得好。自己這麼聰明能幹，可惜，自己運氣不好。

她住的是雙人間，鄰床的老太，有一雙兒女，在她的丈夫去世之後，她被兒女們送到了這裡，已經來了一年多了。但是，這一年多裡面，即便是節假日，也很少看他們來看望她。

很多時候趙小姐會覺得很失落。如果她有足夠多的錢，那麼就不需要和別人合住一個房間。上海有很多更高檔的養老社區，她去看過。每個人可以有自己的套間，就好像住星級酒店。但是看到價格，每個月兩萬多人民幣的開銷。趙小姐想了想自己的銀行存款，只能嘆一口氣。

誰讓自己運氣不好。

趙小姐見過老太的兒女，在休息室。通常，有人來探訪的那些老人，都會顯得很驕傲，然後會和大家聊上好幾天。她的同房也是一樣。只是，根據趙小姐的冷眼觀察，他們見面的氣氛並不熱絡。她曾經有意無意的偷聽過他們的對話，來來去去都是在問老太怎麼處理房產，還有存款。

「所以，有沒有孩子，一點關係都沒有。說到底，老了，還是要靠自己。」趙小姐經常這樣安慰自己。聽著同房老太向她炫耀孩子又來探訪，她微笑著點頭，一副羨慕的模樣，但是心裡面卻在冷笑，覺得老太真是可憐。

這已經是她的第三個同房了。前面兩個，都比她大好幾歲，她看著她們因為長期病患，慢慢衰竭，從樓下搬到樓上，然後，被火葬場的車運走。儘管她讓自己不要多想，但是，還是時不時有這樣的念頭冒出來：如果有一天，我變得和她們一樣，那怎麼辦？

趙小姐不喜歡現在這個同房。因為她總是喜歡刨根問底，就像她年輕的時候，坐在弄堂裡面的那些老太，眼睛鋭利地看著每一個進出的人，對每一家的動靜都瞭如指掌。而她，從來在那些老太眼睛裡面就不是好女孩，她們背後叫她「拉三[1]」。那個時候，這個詞算是把一個女孩子貼上最壞的標籤了，意思就是這個女孩子生活不檢點。她一直不明白這些老太太為甚麼這樣説她，是因為太多不同的男孩來找她出去玩？還是因為她化妝，總是穿得很鮮艷？還是因為被她們看到自己吸菸？

這兩年，她和同房老太聊天非常小心，就是怕萬一説漏嘴，會把她的很多秘密洩漏出來。是的，她有很多事情，這裡的人是不知道，也不需要知道的。比如，她其實是香港人，比如，她的身份證是買來的，還有，她有一個女兒。

是的，她有一個女兒，她叫吳若林。這個名字是她起的。但是，她已經和這個女兒三十年沒有來往了。她甚至已經不太記得女兒的樣子。女兒已經不年輕了，現在五十出頭。老了之後的女兒，會是甚麼樣子呢？

1　編註：上海話，源於英語「lassie」，對年輕女性的貶義詞。

上海的疫情應該是越來越嚴重。昨天，趙小姐又看到三個老人，被送上救護車。她認識其中的一個，住在她的隔壁。她靠在自己的房間門口，看著那個老人被推出房間。另外兩個，她看不清他們的樣子。應該是樓上封閉區的吧。因為她數過還在一樓的老人，人數並沒有減少。趙小姐的房間，窗戶正好對著大門。她幾乎一整天，都看著窗外，看著救護車一次次地來，把人拉走。

原來，這些被送走的老人，都是感染了新冠，被轉送到專門的醫院。如果不是熟悉的護工告訴她，趙小姐會和其他老人們一樣，無從知道，這些被送上救護車的人，到底是因為甚麼原因。護工們開始每天用漂白水清潔房間。整個大樓裡面，彌漫著刺鼻的味道，趙小姐覺得，就好像住在醫院裡面。她討厭醫院的味道，會讓她覺得，和死亡很近。

養老院已經封閉管理兩個星期了，不再接受家人探訪。原本趙小姐和院友們每天一起看電視和打牌的大堂也封了，花園也關閉，大家不能出去曬太陽和散步了。院方解釋，擔心太多人聚集，容易傳染和感染病毒。不過，在房間裡面待得難受，大家還是可以在走廊裡面走走，至少到現在，還沒有人來干涉。遇到其他房間的老人，大家會交流不知道從哪裡聽來的消息。

「你知道嗎，樓上六區的張老太，被送到外面隔離去了。是一個護工感染給她的。」

「聽說樓上三區的王老頭昨天晚上死了。他的屍體就在我們這棟樓裡面的停屍間。怎麼辦呢，這個病是要死人的呀。我們怎麼辦呢？」

趙小姐也有點恐慌。她問和自己關係比較好的看護小徐。小徐五十出頭，安徽來的，一個很老實的農村婦女。趙小姐第一次聽到小徐說起自己的年齡的時候，下意識地從頭到腳打量了一下小徐。她想到了女兒，也是這個年紀。不過，應該不會看上去這樣老相吧，畢竟女兒是讀過書的，有著一份體面的工作。小徐對趙小姐很好，經常會和她說說家裡面的事情，而趙小姐也會為她出出主意，經常分些好吃的給她，過年的時候，還會發一封利是。趙小姐很清楚，在這個地方，甚麼都是假的，只有每天照顧自己的護工才是最重要的人。她們的態度，決定了她的生活質素。她見過太多護工對其他老人的冷冰冰面孔，和潦潦草草的服務。

但是，這也不能怪他們。趙小姐覺得，這些護工也是很苦的。一個月才拿三四千塊錢，要做那麼辛苦的事情。她就聽小徐告訴過她，怎麼照顧樓上那些無法自理的老人們。經常隔幾個小時，就要幫他們擦身體，換衣服，因為他們大小便失禁。

「你為甚麼不去做保姆呢？一個月比這裡賺得多呀。」

「我以前做過。怕了。要遇到好人家。這裡再辛苦，也是大機構，穩定呀。」

一個星期前，小徐偷偷告訴她，樓上確實是死了兩個老人。醫生們的說法不一，有的說是感染了病毒死的，有的說是他們本來就有病。

「屍體一直就那麼放在地上，放了好多天，走過門口，已經有味道了。」

「作孽呀。」趙小姐覺得不可思議，「為甚麼不馬上去火化？」

「我聽張護士說，這裡的領導不想上報，所以拖了這麼久。現在這裡的醫生、護士，還有我們護工都很緊張。已經有護士感染了。」

同房的老太，不睡覺的時候，總在那裡唉聲嘆氣，有時會自言自語，也不和她說話。這讓趙小姐覺得是一種折磨。她喜歡每天和人聊天，這讓她覺得自己還是生機勃勃的。所以，即便她不喜歡同房老太，但是她更不喜歡沒有人說話。看著同房的老太這兩個星期，急速衰老的樣子，她覺得，鏡子裡面的自己，也開始老得飛快。

到了晚上，黑暗中，趙小姐聽著老太的唉聲嘆氣，覺得汗毛孔都要豎起來。她本來是倒頭就睡的人，可以一覺睡到天亮。但是這些日子，一閉上眼睛，不是老太沉重的呼吸，就是嘆息聲，讓她怎麼也睡不著。好不容易睡了，會不斷地在半夜和凌晨醒過來。這讓她越發討厭這個同房。如果是她一個人的話，如果沒有身邊的這種聲音，她想，自己至少是可以裝作沒有甚麼事情發生的。

大樓裡面變得越來越安靜，熟悉的醫生和護士，不見了好幾個。小徐告訴她，因為擔心感染，很多醫生和護士，還有護工不來上班了。樓上的情況也越來越嚴重，感染的老人越來越多，但是沒有人管。領導都找不到了。

「我明天回老家了。上海太不安全了。我的孩子讓我快點走。他們擔心，如果我現在不走的話，就走不了了。你知道嗎，我有個同鄉，在上海一家人家做保姆，還好在小區封鎖前走了。不然的話，她就關在裡面，不知道關多久了。現在消息很多，有一種說法，上海要封城了。」

小徐走了。她沒有來和趙小姐道別。趙小姐站在窗口，看著小徐拖著行李，頭也不回地走出大門，上了一輛出租車。趙小姐覺得，自己被拋棄了。

接替小徐的，是一個來自湖南農村的婦女，看上去和小徐差不多年齡。她說，她剛剛來上海。「養老院來我們那裡招工，看著工資高，就來了。反正也沒有甚麼要求，就是說讓我們來照顧老人。」

新人粗手粗腳，推飯菜進房間，總是會把湯汁滴在桌上，拖過的地面，黏糊糊的，洗地水沒有被稀釋的關係。趙小姐提醒了她好幾次，但是沒有絲毫改善。新人聽不懂上海話，這讓同房老太更不開心，因為她不會講普通話。新人帶著濃重鄉音的普通話，趙小姐也只是勉強聽懂一半。不過這倒讓她有了一個新樂趣，就是幫同房老太做翻譯。這讓她終於感覺到了點點人氣。至於新人不會做事情，趙小姐覺得，也就不要太計較了，總好過沒有人在這裡幹活。

但也就是兩天，這個湖南來的護工也不見了。問來查房的醫生，她說，因為聽說有人在這裡感染，新招進來的這批護工，差不多都走掉了。

「你們不能多付點錢留住她們嗎？」趙小姐想，哪裡有甚麼有錢不能解決的問題呀。

「試過了。都害怕。不肯做。」醫生顯得很無奈。「我們也不知道接下來能不能找到人。」

「其實你們都不用那麼緊張，這個病毒感染了，也就是像得了感冒。特別是你們這種身體這麼好的。」醫生安慰趙小姐和她的同房。

「可是聽說樓上有人感染，然後死了呀。」同房老太將信將疑。

「那些都是有長期病的。你們身體這麼好，怎麼能和她們比呢。相信我，不要亂想，不用擔心。」

「是呀，你看，醫生這麼講，你不用每天唉聲嘆氣的。病毒沒有那麼可怕的。」趙小姐馬上附和醫生。一方面，希望醫生的話能夠讓老太放心，這樣她就能少聽點唉聲嘆氣，另一方面，附和醫生的話，也算是一種自我安慰。

是呀，自己身體這麼好，應該不會有事的。上一次的非典，自己在廣東。那個時候是那麼緊張和嚴重，新聞每天報很多人死，她也沒有被感染。所以，這次，也不會有事情的。

接下來的兩天，趙小姐和她的同房，再也沒有見到醫生出現。她在走廊裡面向其他的院友打聽，原來大家都在為醫生的消失而擔憂。

護工，開始一天一個新面孔，吃的食物，份量和品種越來越少，房間也從一天打掃一次，變成兩天，甚至有的時候是三天。趙小姐打過電話去前台投訴，不再是熟悉的聲音。對方顯得很不耐煩。

「我們已經很努力了，你最好配合我們的工作。」

「我要找你的領導反應情況。我們是付了錢的。」趙小姐不依不饒。

「沒有用的。領導也只會講同樣的話。」

電話啪的一聲被掛掉了。握著電話，聽著電話裡面的忙音聲，趙小姐被一種不祥的感覺籠罩，已經沒有力氣生氣了。

不能去客廳裡面看電視，她只能看手機。新聞裡面的上海，市政府應對疫情井井有條，對比其他城市，上海一副做得最好的樣子。

但是這越發讓趙小姐擔心。

如果要總結這輩子的人生經驗，趙小姐覺得，其中一條，就是如果這個政府讓大家不要擔心，那就是肯定有甚麼壞的事情要發生了。

她想，是時候和女兒聯繫了。但是，她必須找一個讓女兒無法拒絕聯繫的理由。畢竟，當年，女兒是被她罵走的。

她的女兒，叫吳若林。

＊＊＊

吳若林是在傍晚的時候，接到趙小姐的電話的。對於她來說，這原本是沒有甚麼特別的一天，如果不是因為這個電話的話。

在朋友眼中，吳若林是一個非常自律和勤奮的人，但是用她自己的話來形容，那就是沉悶的體現，因為缺乏變化。

她每天睡得很晚，所以早上九點多才起床。洗漱完，她會換上運動裝，然後把運動口罩掛在手臂上，十點鐘準時從公寓坐電梯下樓。和門口的保安説聲「早晨」，推開公寓的玻璃門，她會先穿過灣仔街市，然後穿過馬路，從灣仔峽道跑上寶雲道。她喜歡這個時間點，因為寶雲道上跑步的人不會那麼多。很多人跑完去上班了。但是這兩個月，隨著感染病毒的人數越來越多，很多公司開始讓員工在家辦公，寶雲道上跑步的人，不管甚麼時候，都多了起來。

三月中的香港，已經有點夏天的感覺了，但依然還是香港最好的季節。到處是盛開的木棉和黃花風鈴木，照在身上的陽光是溫柔的。而只要進入了四月，天氣會快速地變得濕熱起來。

這天，若林和往常一樣，還是只準備跑五公里。因為政府規定，戶外運動也必須戴口罩，所以她不打算為難自己。即便是戴著運動口罩，放慢速度，她還是覺得呼吸困難。但是她不敢把口罩摘下。前兩天，跑在她前面的一個白人男子，在轉彎的地方，因為摘下口罩喘氣，被突然出現的兩個警察截停，吃了罰單。按照政府規定，這會被罰款五千港元。

當若林看到那名男子被警察截停的時候，她特意放慢了腳步，但是又裝作對眼前發生的事情毫無興趣的樣子。當她經過三個人的時候，她聽到那個白人，誠懇地不停向警察說對不起。因為戴著口罩，若林沒有辦法看到警察的表情，但是大概可以判斷，兩個人很年輕。他們站立的姿勢，有一種盛氣凌人的姿態。

若林很生氣，因為隨時會發生在她的身上。每次跑完步，她也會拉下口罩，呼吸幾口新鮮空氣。而她更生氣的，是不知道這兩個警察到底從哪來冒出來，顯得鬼鬼祟祟。她想起幾年前去美國密蘇里的一個小鎮，也就是發生黑人被警察槍擊，引發騷亂的地方，當地朋友提醒她，開車經過小鎮天橋底的時候，一定不要超速，因為一定有警車躲在那裡。

「他們躲在那裡做甚麼？」

「開罰單。這是他們的主要收入。所以，吃相很難看的。」

「啊，我們香港就不會有這種事情。」

若林當時其實有點不好意思，擔心朋友覺得，她是在毫不掩飾地炫耀。不過她總是這樣，在世界各地行走，總是喜歡拿當地和香港進行比較。

可是現在，若林熟悉的香港，開始不見了。

就好像她出生長大的上海，早就變成了陌生的地方。

若林掉頭往回跑的時候，警察消失了，那個白人正在氣鼓鼓的講電話，若林看到他手上拿著的罰單。也許，對於這個倒楣的白人來說，他熟悉的香港，也在不見了。

跑馬地是若林跑步的終點。她會在一家裝修懷舊的茶餐廳吃早午餐。她喜歡這家的午餐肉煎蛋和菠蘿包，或者是牛腩撈面，當然一定要配上一杯港式熱奶茶。

和灣仔的喧鬧和市井不同，跑馬地有種隔世的感覺。一切都是慢的，就好像有軌電車的叮叮聲，那種節奏，是遠遠跟不上這個城市的腳步的。這裡，好像在頑強地抗拒著改變，雖然最終，變化是無法抗拒的宿命。

若林第一次喝港式奶茶，就愛上了。那是三十多年前，她的母親，帶著她，進了一家香港的茶餐廳。

對的，她的母親，趙小姐。

第一次喝港式奶茶之前，若林喜歡喝西式奶茶，那是表姐教會她的。

表姐比她大剛好大一輪，住在樓下的廂房。高中畢業去了崇明插隊。後來，下鄉知識青年可以參加高考，這是回到城市的方法之一。考不上大學的，就會千方百計的用其他方法，比如讓城裡的父母早早退休，把工作崗位讓出來給自己頂替。畢竟，沒有人願意自己，也沒有父母願意自己的孩子，在農村待一輩子。在考了四次大學之後，表姐終於成了一名大學生。

喝過不同地方的西式奶茶，若林覺得，始終還是表姐做的奶茶最好喝。她記得自己坐在亭子間，等著表姐慢慢的完成一壺奶茶。表姐會先用一塊紗布把茶葉包起來，然後用很細的線把紗布的四個角捆在一起，這樣茶葉就不會散落在水裡面。很多年之後，若林才知道，原來可以買到現成的，專門放茶葉的茶包。表姐會用一個小鍋把水燒開，再放進紗布包，水滾了之後，若林會聞到濃烈的茶葉味道。表姐會加上和水差不多份量的牛奶，用小火慢慢煮滾，再加入砂糖，於是，一股甜甜的，膩膩的，香香的味道，在亭子間裡面飄蕩。喝茶的時候，表姐會放音樂和她一起聽。從古典交響樂，到美國鄉村歌曲。若林記得那首〈昨日重來〉（Yesterday Once More），還有〈憂鬱河上的橋〉（Bridge Over Troubled Water），當然還有貝多芬，莫札特。

表姐拉小提琴。琴聲會從廂房飄到若林住的閣樓。每當這個時候，若林就會衝到樓下，搬一個板凳，坐在表姐的邊上。若林覺得，表姐拉琴的時候的樣子是最漂亮的，大家閨秀就應該是這個樣子。

表姐練完琴，會讓若林拉幾下。不管若林怎樣努力，總是無法控制手裡面的琴弓平滑地在琴弦上滑過，總是發出刺耳的，吱吱啞啞，斷斷續續的聲音。然後，表姐會拍她的頭，笑她沒有天分。

若林聽表姐說過很多次，她要好好練琴，然後考音樂學院。不過自從表姐插隊之後，若林再也聽不到表姐的琴聲了。表姐變得話很少，脾氣也差了很多。若林在閣樓，常常會聽到表姐大聲地和奶奶，也就是表姐的外婆，還有姑媽，也就是表姐的母親說話，好像吵架一樣。看到自己，表姐也沒有了以前的耐心，愛理不理。表姐總是氣呼呼的樣子，若林覺得，表姐變難看了。

若林小學畢業的那個暑假，表姐走到閣樓，扔給她兩本書。這讓若林有點受寵若驚，因為自從表姐變得沉默寡言之後，她已經好久沒有和自己說話了。每次從農場放假回來，她很少待在家裡，不僅不再練琴，就連奶茶，也不再做了。

「你考完試了，反正只能等結果了。盡情地看小說吧。」

若林記得，放在她面前的，一本是《簡愛》（Jane Eyre），還有一本是《飄》(Gone With the Wind)。

那個時候，若林已經看過電影《簡愛》，而且看過好幾遍了。

一九七九年的夏天，這部根據英國作家勃朗特（Charlotte Brontë）同名小說改編的英國電影在上海公映，並且被改編成廣播劇，在電台播出。很快，中文版小說在上海出版，風靡一時。對於經歷了文革，人性一直被壓抑的中國人來說，這是改革開放的第二年，整個國家開始變得色彩繽紛起來。不僅僅是人們身上的衣著，獲得釋放的想像力，為社會源源不斷注入活力，也蘊藏著湧動的暗湧。人們嚮往更多的自由，嘗試突破限制，個性解放的限制。

主人公簡愛，為無數女性打開了一道窗，看到即便出生卑微，依然可以追求獨立人格和尊嚴的可能。她們在這個愛情故事裡面，無師自通地學習如何去愛，期待可以和簡愛一樣，可以有自由意志，可以擁有靈魂平等的真愛。若林記得，那年夏天，上海街頭，忽然多了很多戴著「簡愛帽」的年輕女性，當中也包括了她的表姐。

上了中學，午飯時間，若林都會在圖書館。閱讀是若林想像和理解世界的方法。八〇年代的中國，人們一面反思文革，一面思考如何重新建立社會新的秩序。兩股閱讀浪潮在中國湧現。一方面是知識份子引領的文化啟蒙閱讀，大量西方科學文化和哲學著作被翻譯成中文，另一方面是由來自港台的武俠和言情小說形成的大眾閱讀。而若林，興奮地穿梭於這些文字構建的無窮大的世界之中。

表姐高考分數不高，沒有能夠進入她的第一志願中文系，結果被調級去了國際金融專業。若林記得當年表姐是那樣的沮喪。但是，等到四年之後，表姐的專業成為當時最最熱門的，作為首屆畢業生，她根本不需要像中文系的同學那樣，為了找一份理想的工作而傷透腦筋，她被分配去了中國銀行，成為一名信貸員。

表姐成了別人口中的大齡青年，快三十歲了，還沒有結婚對象。這讓她成為弄堂裡面那幾個老太太們的背後議論的對象，也讓若林的奶奶，還有她的媽媽顯得非常焦慮。後來，託人介紹，表姐和一個從福建來上海讀大學，但是一直找不到女朋友的人結了婚。

那個年頭，一個上海女孩子，嫁給一個外地人，並不是一件榮光的事情，但是用奶奶的話說總好過嫁不出去。若林覺得，這位表姐夫看上去蠻老實的，總是瞇著小眼睛，笑嘻嘻的樣子，不討人厭。只是，只是因為兩個人都到了結婚年紀，就要結婚生子，這不是她要的生活，也不會是以前那個，喜歡拉小提琴，泡西式奶茶的表姐要的生活。

若林喜歡港式奶茶那種濃烈的苦澀和甜膩，她覺得和西式奶茶的溫和絲滑很不一樣，嚐過了，就難以遺忘。自從若林來到香港工作，每天一杯奶茶成為了她的一種習慣。出差的時候，她會想念。就好像一想到上海，她會想起弄堂口小店的生煎饅頭和小餛飩。港式奶茶對她來說，就是香港的味道。也因為這樣，跑完步，她要去茶餐廳吃早餐。對她而言，這是成為這個城市一份子的一種儀式。尤其是她開始傷感地發現，屬於香港的東西，在一點點地消失的時候，她更是執著地想要把這些變成生活的日常。

吃完早午餐，若林慢慢的沿著馬場走回灣仔的家。她的小公寓就在利東街附近。利東街有個俗稱，叫做囍帖街，是專門買各種印刷品的地方。每年過年，她都會在那裡挑選利是封還有揮春，然後慢慢看各種款式的結婚喜帖。街區要清拆重建的時候，引發了很多抗爭，可是最終，她和這個城市的人一起，看著一個個集體回憶的消失：天星碼頭，皇后碼頭，還有這條囍帖街。

重建後的利東街不再是社區街坊日常生活的地方，它成了政府推廣的旅遊景點。每到節日，街道上會有不同風格的燈飾裝飾，吸引不少本地和外地遊客。而清早和夜晚，商業步行街上的長凳，會被周圍的街坊們坐滿。大部分是老人，有些在那裡聊天，有些就安安靜靜地坐著。這樣的一個公共空間，變成了大眾客廳，似乎改變，也沒有甚麼不好。這個城市的歷史，透過城市面貌的改變被不斷構建著，見證舊香港，如何被新香港所取代。

若林是一個自由撰稿人，因此，工作時間並不固定。她喜歡這個身分。不受機構限制，可以自由地支配時間，可以自己選擇書寫的內容，可以自己決定想要去的地方。

若林已經有三個月沒有接工作了。

這三個月，每個星期她會花兩三天和朋友爬山。這也是她喜歡香港的地方。從鬧市到郊野，只需要十分鐘的車程，或者走不到半個小時。不管是哪裡的山頂，都可以看到大海。

若林一直覺得自己是一個堅強和有韌性的人。

她可以去條件艱苦的地方，為了看到真相，為了記錄那些地方和人的狀態；作為一個寫作者，她也可以承受各種批評，人們對她的文字，又愛又恨。但是不管是讚美還是批評，甚至辱罵，對她來說，一點都不重要，她只想寫自己想寫的東西。可是此時的她，被一種無力感纏繞著，不想動筆，甚至，她覺得，已經不懂得如何寫了。

那麼多人，為了這個城市，失去了自由，失去了將來，失去了舒適安定的生活。

她停掉了寫了十多年的英文和中文專欄，把來自世界各地，不同媒體編輯的邀稿郵件，毫不猶豫地扔進了郵箱的垃圾箱。雖然，這意味著沒有收入，可是她就是想這樣。眼睜睜地看著金錢的損失，眼睜睜地看著郵件越來越少，這反而讓她覺得安心。

終於，也算是實實在在的付出了一些甚麼，為這個城市。

但是，總有一些瞬間，負疚感又會回來，讓她覺得像在水裡面不斷往下沉，拼命的想要抓住甚麼，但是甚麼也沒有。因為，和太多人相比，她並沒有付出甚麼，只不過是收益少了一些而已。而且，她這樣做是安全的，因為她有這個小小的公寓，有一點積蓄，早就過了要為未來打拼的年紀。雖然，一想到未來可能還有至少三十年需要過下去，讓她不敢細想。好像，人生太長。

若林每天寫日記。這是她從去年夏天開始做的事情。日記的文字，是她寫給自己的，都是關於一個人，那個讓她的心緒總是處於跌宕起伏的人。在這個亂世，她當然是幸運的，她遇到了愛情，儘管可能只是一廂情願，但是，至少，她讓自己看到，還有愛的能力。

那天下午，若林和朋友約在金鐘太古廣場見面。和這個城市的很多人一樣，朋友要離開這個城市，去英國開始新的生活。

他們約定見面的咖啡館在三樓走廊的位置。坐在靠窗的座位，可以看到外面那條叫做夏慤道的大馬路。穿過這條大馬路再往前走，就是添馬公園，政府總部和立法會大樓就在那裡。而沿著這條馬路一直往西就是中環，那裡有國際金融中心大廈，和維多利亞港對岸的環球貿易廣場遙遙相望。這兩個建築，被官方視為這個城市的標誌，也許是因為它們的名字，直截了當。而再往西，就是到西環的中央政府聯絡辦公室，象徵著北京，也就是這個城市的人口中的「阿爺」，管治香港的地方。

二〇一四年的時候，這條馬路變成了一個巨大的露天公園。在這個商業和政治權力中心，人們在這裡搭起了帳篷，出現了有著不同名字的村落。整整七十九天，人們在這裡吃飯，睡覺，玩樂，演講，討論，認真安定的過著每一天。中午的時候，會有上班族拿著外賣走到馬路中間，坐在分隔來回車道的水泥牆上，一邊吃飯，一邊觀看村民們的日常。

那一年，為了抵擋催淚彈，這裡出現了各種顏色的雨傘。誰也沒有想到，五年之後，雨傘又頻繁的出現在這裡，這一次，不僅僅是催淚彈，還有水炮車，這裡變成了硝煙彌漫的戰場。同樣的，誰也沒有想到，二〇二〇年七月一號，是這個被稱為「示威之都」的城市，最後一次出現大規模的遊行，而那一次，人們沒有能夠像過往一樣，抵達這個地方。

以前，當遊行還是合法的時候，若林會約朋友在這裡碰頭。她們會坐在窗邊喝咖啡聊天，等到遊行隊伍在樓下經過，她們就會加入進去，然後一直走到中環。

若林第一次參加遊行，是二〇〇三年的七月一號。那天，她和周圍的人一樣，穿著黑色的T恤，從銅鑼灣維多利亞公園起步，和大家一起，默默的走著。她沒有像周邊很多人那樣，跟隨組織者喊口號。她沒有辦法開口，心裡面的聲音，就那樣卡在了喉嚨口。她不知道是因為自己怕羞還是出於恐懼。

對於若林來說，加入進來的理由非常簡單。她不想在恐懼下生活，她已經逃離了那樣的日子，在這個城市過得異常的舒適。她不想失去這種舒適。當然，她可以再一次的離開，但是為甚麼呢？如果說，離開上海是毫不猶豫的，因為那個時候年輕，一無所有，但是現在，這個城市讓她建立了屬於自己的生活，她怎麼能就一走了之呢？這個城市正在經歷甚麼，她都想知道，不想錯過一點點，這個城市中的人，他們在做些事情，她也想要知道，她願意變成這個城市的一份子。

那次遊行，主辦機構宣布，有五十萬人。若林終於覺得，和這個城市有了一種連結，她不再是一個過客，她可以坦蕩的告訴別人，自己是香港人。

若林一直不理解，為甚麼身邊那麼多人喜歡談論故鄉，年長一些的，更是掛念著葉落歸根。對於若林來說，故鄉，只不過一種血緣關係，而且，是自己無法選擇的關係，離開足夠久了，也就疏離了，甚至和自己無關了。

也因為這樣，若林對於上海沒有太多的眷戀。自己人生的一半時間，她沒有在故鄉，而且，那一半人生，還有很長一段是沒有記憶，或者是不懂事的。那個上海，只是過去的上海，之後那個日新月異的城市，她是陌生的。她更在意家在哪裡。這麼多年，她很清楚，家在這裡，在香港。

「你已經是這個月第四個要去英國的了。我覺得很快，英國就可以發展出很多個小香港。」看著眼前的這個叫做佩珊的年輕人，若林發現自己沒有依依不捨，反倒是一種釋然。

這大半年，幾乎每天都有一大早警察上門抓人的消息。連若林都開始疑神疑鬼。也許有一天，自己早上還沒有睡醒，就被警察上門按門鈴，雖然自己，沒有做過任何違法的事情。可是，誰知道呢？到底有沒有犯法，很多人都已經看不懂了。過去可以做的事情，現在不可以了，但是到底為甚麼不可以，到底哪些不可以，很多時候，只能靠自己的猜測。誰也不知道，那條看不見的紅線，到底在哪裡。

若林甚至開始設想，如果這樣的話，自己應該怎麼辦。

「好吧，至少警察可以讓我換衣服，洗把臉吧。」若林這樣安慰自己。

一九九七年，就在大批香港人離開這裡的時候，若林，還有很多和她一樣，在大陸出生，歐美接受教育的人，來到了香港。這是一個距離中國那麼近，但又不是太近的地方，讓這些人，可以篤定的站在這裡，不僅僅見證中國的變化，還從變化中得到好處。他們迅速的累積財富，和過去的貧瘠告別，他們甚至將大部分同樣學歷的香港人拋在身後，並不是因為他們更加聰明，而是因為在大陸出生長大的背景，因為他們能夠說流利的普通話。他們在這個城市自成一體的生活，即便不會說粵語，不知道這個城市的歷史和文化，甚至生活半徑只是集中在港島很小的範圍，都不會對生活質素有絲毫影響。他們的下一代也是一樣。在國際學校讀書，然後回到美國上大學。和留在美國相比，他們不需要花費力氣去糾結身分認同的問題。這個城市早就習慣了有這樣的人存在，過去，是英國人，而現在，是他們。

但是現在，這種篤定和疏離，被徹底的抽空了。面對眼前的不確定，還有這個城市急速的改變，他們必須要做選擇：留下，還是離開。當然，為了去留而煩惱，因為擁有選擇的機會。更多人，他們只能留在這裡，和這個城市一起沉浮。

佩珊是一名插畫師，若林因為請她為自己的書做封面設計，一來二往的，成了若林為數不多的，在這個城市出生和成長的朋友。

看著佩珊，若林常常會想起自己的女兒曉瑜。她們是同齡人。她們對談論政治沒有興趣，她們對賺錢也沒有興趣，但是她們好像，至少在若林看來，她們有自己的一套生活哲學，讓她們可以自洽的生活。至於這套生活哲學是甚麼，若林覺得，她還沒有了解。

若林喜歡佩珊的設計，簡約中釋放出充分的女性氣質。她感受到佩珊的用心，也覺得自己好像更了解佩珊是一個怎樣的人。但是三年前的夏天，也是在這個咖啡館。若林才發覺，原來對於這個女孩，她知道的那麼少。

她和佩珊面對面坐著聊天。若林發現，佩珊有點心不在焉，時不時低頭刷放在桌上的手機。若林瞄了一眼，那是她熟悉的界面，標註哪裡需要人手，去街頭應對警察的清場。若林再看了一眼佩珊放在地上的大背囊，終於意識到，眼前這個瘦弱嬌俏的女孩，原來是那些穿著黑衣服，帶著頭盔、眼罩，看不清面貌，但是衝在最前面的人中的一個。

若林沒有多問。當佩珊突然站起來，說有急事要離開的時候，若林只是拍了拍她的手臂：

「小心點。」

此刻，她又可以說甚麼呢。可是，這個世界變成這個樣子，和年輕人有甚麼關係，他們憑甚麼要擔負起這麼多責任。父母們那樣的努力，不就是想讓孩子們可以生活得不用那麼辛苦嗎？

佩珊背著大背包匆忙的離開，若林有些自責，自己自以為是的認為，了解和理解對方。其實，這些年輕人，她又了解多少？就好像自己的女兒，她又了解多少？

現在，佩珊終於為自己考慮，若林覺得，自己鬆了一口氣。

未來對於佩珊來說，很長。誰知道未來會發生甚麼事情呢？當自己比佩珊還要年輕的時候，不是也毫不猶豫地做過認定是正確和應該做的事情？自己也被現實幾乎擊垮，也是無奈的離開，去一個陌生的地方。但是，只不過是十年，驀然回首，當時的痛苦，迷茫和銘心刻骨，其實都敵不過歲月。她好好的活著；她得到很多，但是沒有變成年輕時厭惡的那種人；她回到了當初離開的地方；她已經可以坦然的面對沒有希望的現實。她看到了時間的韌性，而所有這些，會是佩珊的未來。

「你也考慮走吧。」佩珊把手中的咖啡杯放在桌上，雙手撐著下巴，擔憂的看著若林。「你寫了那麼多，我也有點擔心你。」

「不用擔心。」若林搖了搖頭。「你現在要做的，是好好的愛自己，建造一個自己的小世界。」

這不是若林第一次聽到這樣的建議。

成長於這個城市的人，正在眼睜睜的看著自己曾經擁有的東西一點點被剝奪，然後赫然發現，自己身處在一個從來沒有經歷過的環境中。但是對於若林，雖然也在經歷失去，但是因為經歷過從一無所有，走到現在，於是想當然的認為，自己知道甚麼才是最壞。

她當然不想走，當年逃離了上海，但是現在，她不想再逃。美好的生活，她已經體驗過了。作為一個既得利益者，也許，到了付出的時候了。此刻，留下來，也算是一種自我救贖吧。

傍晚，若林站在露台上看落日，等著華燈初上。這是她計算，又過了一天的方法。

電話響了。她看了一眼來電顯示，是一個來自大陸的手機號碼。

「喂？」

「請問是吳若林嗎？」是女聲，聽上去大約六、七十歲，說上海話。

「我是。請問是誰？」她用上海話問。

對方沉默。

「喂？」她有點好奇，這個說上海話的女人，她會是誰？怎麼會有她的電話？一定不是她的同學，聲音聽上去太老。難道是上海的親戚？

「我是你媽媽。我在上海。醫生說我還能活幾個月，所以，我想見你。」對方一口氣把話說完，好像怕她隨時打斷，或者掛電話。

若林拿著電話，沒有作聲。她還是不確定，電話那頭的那個聲稱是她母親的人，到底是誰。

「你想想吧。你應該看到我的電話號碼。我再發一次給你。我在上海等你。」

電話掛斷了。

若林放下手機，也就是一瞬間，她忽然想起來，這是「趙小姐」，她的生母。

她扳起手指，開始算她們兩人有多少年沒有見面了。

整整三十年。

她都不記得趙小姐的樣子了。如果沒有記錯，她應該快八十歲了，畢竟自己已經五十出頭。

原來，趙小姐已經是一個老人了。可是，在她的印象中，只有趙小姐中年的模樣。

若林沒有見過年輕的趙小姐，在她四歲的時候，趙小姐離家出走了。她依稀記得趙小姐的照片，那是後來，趙小姐給她看的，有點像當年上海很紅的一個電影明星。她只記得，當趙小姐出現在她眼前的時候，已經有些中年福態，儘管她把自己打扮得和年齡不相稱的年輕。

不過，趙小姐，現在，會叫甚麼名字呢？若林記起來，在和趙小姐斷斷續續相處的那四年，趙小姐的護照、身份證、做生意的名片，有著不同的名字。但是有一點，倒是一直沒有變過。

她的母親，向別人自我介紹的時候，總是說：我是趙小姐。

所以，不管改了甚麼名字，她應該還是趙小姐。

若林從露台走回客廳，從酒櫃裡面拿出一支白酒。

她需要喝一杯。好好的想一想。畢竟，儘管，她們有著血緣關係，但是，她也是一個三十年沒有見面，在自己的生命中，把面對面相處的日子加起來，只有幾個月的陌生人。況且，如果不是血緣關係，這是一個，自己一定不會交往的人。

***

趙小姐放下電話，深深吸了口氣，走回房間。她是躲在走廊上打的電話，她不想讓鄰床的老太聽到。

她知道，這個電話，如果今天不打，那麼按照她的脾氣，以後也不會打了。她做事情一直是這樣的，想到就做。她相信自己的直覺。雖然常常後悔自己的決定，但是，她更討厭做事情猶猶豫豫。

想到女兒，趙小姐總會覺得自己命苦，生了一個沒有孝心的女兒。畢竟兩個人有血緣關係，但是女兒可以那麼狠心，三十年，從來不主動聯繫。

十年前，她從第一位前夫，也就是女兒的生父那裡拿到了若林的電話。還好前夫一直沒有搬家。當她憑藉著記憶，按響前夫家的門鈴，她看到的，是前夫詫異，甚至有點驚恐的表情。

趙小姐看著前夫滿頭的白髮，佈滿皺紋的臉。她有點暗自慶幸，對方老得這麼快。因為她知道自己，同樣老了很多，不再是上一次，站在十多年不見的前夫面前的樣子。

上一次找前夫，那是女兒十八歲的時候，那一次，前夫的表情，沒有這種驚恐，反而，在趙小姐看來，有點點喜出望外。這讓趙小姐覺得，對方還喜歡著自己。

那一次，趙小姐是充滿自信的。雖然比年輕的時候胖了不少，但依然身材勻稱，甚至比年輕時候要更加性感。她依然是一張瓜子臉，悉心保養的關係，臉上的皮膚緊繃光滑。她總是要比實際年齡顯得年輕很多。

那天，趙小姐花了比平時更多的時間化了妝。她要精神奕奕的站在前夫面前，讓他看到，自己過得很好。

前夫的五官，並沒有太大的變化，臉依然是瘦瘦的，依稀可見年輕時候的斯文帥氣。

年輕的時候，趙小姐就喜歡漂亮的男生。她覺得，這樣兩個人走出去才不會沒有面子，用上海話來說，叫做「扎台型[2]」。

前夫長得好看，很受女生歡迎。大學畢業，來到這所中學當化學老師的他，說話細聲細氣，寫一手漂亮的字。師生們都喜歡他。特別是學校裡面的那些單身的女老師們，總是找機會接近他，而他，總是沉默害羞的樣子。

趙小姐初中畢業，是學校的雜工，負責打掃學校衛生。雖然她不喜歡讀書，成績很差，但是從小學到中學，她一直是學校裡面最受歡迎的人，不管是女同學還是男同學，都喜歡圍著她轉。她從小就有這樣的本事，可以很自然的和別人親近。而這種本事，在她後來跑單幫做生意的時候，顯露無遺，讓她總是能夠化險為夷。也因為這樣，她總是希望能夠成為讓別人羨慕的人。但是她這個讀書人前夫，說她是「愛慕虛榮」。

2　編註：指愛好面子、喜歡出風頭。

在這所中學也是一樣，那些年輕單身的男老師，總是會主動幫她掃地，接熱水。而那些同齡的女同事，尤其是女老師們，同樣喜歡找她聊天。趙小姐有說不完的話題，她知道好多社會上流傳的八卦，都是她從一起出去玩的男生那裡聽來的。而且，她總是能把顏色單調，款式難看的衣服穿得漂漂亮亮。她會收一收衣服的腰身，春夏的時候，她會把灰色外套裡面的襯衣領子翻出來，冬天，是自己織的高領毛衣，都是亮色的。兩條辮子，總是紮上顏色鮮艷的塑料頭繩。她很大方，如果有女同事誇好看，第二天，她就會把頭繩送給對方。

每次趙小姐去前夫的辦公室打掃衛生，她會幫他放在桌子上的杯子加好熱水，有的時候，會留下一塊餅乾，那是她自己不捨得吃，省下來的。等到前夫下課回到辦公室，她會裝作在一邊打掃衛生。她喜歡看前夫拿著杯子，或者對著桌上的餅乾，那種困惑的樣子。

終於有一天，前夫拿著水杯，走到正在裝作埋頭擦桌子的她面前。

「是你，對吧？」

「是的。」趙小姐開心的笑了。

她從來沒有想過要否認，或者一直偷偷的這樣做，她只是覺得好玩。一開始，她想看他詫異困惑的表情，然後，她想要知道，這個木訥的，但是又帥氣的男人，到底甚麼時候才會揭開謎底。

趙小姐和前夫在南京路上的照相館拍了結婚照。那個時候只有黑白照片。她穿著淺灰色的外套，前夫穿著藏青色的中山裝。攝影師在他們兩個人的胸前別上了白色的人造玫瑰花。

他們在街道的革命委員會辦完登記，回到學校舉行婚禮。校長宣讀結婚證書，然後把證書交到他們兩個人的手裡面。兩個人在大家的要求下，講述了戀愛經過。趙小姐發現，平時寡言的前夫，那天站在同事們面前，忽然變得侃侃而談，就好像在講台前給學生上課一樣。他告訴同事們，其實第一天，他就知道，是她給自己倒的熱水，只不過，他裝作不知道，想看看，她會這樣做多久。

趙小姐的奶奶找了一個木匠，給他們訂做了一張雙人床。前夫的家，準備了大衣櫃，桌子和椅子。趙小姐算了一下，有七十二條腿[3]，這在她的小姐妹當中，算是最富足的了，因為大部分人，只有能力添置三十六條腿，比她少一半。奶奶還給了她一個木梳妝箱子。她小時候就一直盼望，有一天可以坐在這個梳妝箱子前面。奶奶一直說，「等你結婚的時候。」

結婚之後趙小姐發現，前夫不喜歡逛街，這讓她很煩惱，因為逛街是她最喜歡做的事情。過去，她可以和其他的男生一起逛，但是現在她結婚了，自然不能再和其他的男人交往。雖然還有小姐妹，但是，那種感覺，自然是不一樣的。她想要拖著前夫的手，漫無目的地，在淮海路上走上半天。

前夫會躲在家裡偷偷聽黑膠唱片，都是外國人名，她記不住名字，只是聽他告訴自己，這些人很

3　編註：指櫃腳、桌腳、椅腳等家具的支腳。

有名，但是趙小姐沒有絲毫興趣。她喜歡唱歌跳舞，是學校文宣隊的主力，這些音樂，和她喜歡的，是兩個世界。它們太陰沉，甚至有些淒慘。每當他開始播這種音樂，她會覺得自己被錮住了脖子，然後就想逃到外面透透氣。

她嘗試過。她坐在廂房的沙發上，像聽課一樣，前夫站在唱片機邊上，播一小段音樂，就停下來，然後告訴她，這段音樂應該如何理解，為甚麼好聽。她試了兩次，然後就放棄了。她沒有辦法安安靜靜的坐在那裡，她的心，早就跳到了窗戶外面，跳到了大街上面。

不過，為了讓前夫能在家聽放心的這些音樂，她做了很多事情，特別是要確保鄰居如果聽到了不會告發。結婚那年，文革開始了。趙小姐擔心，如果被鄰居舉報，或者被警察發現，會惹天大的麻煩。所以，作為新來乍到者，她開始花時間和鄰居們搞好關係。但是她很快發現，其實她不需要去做這些，因為她的鄰居們，每戶人家，每天都會有一段時間，會飄出同樣的音樂。

她告訴前夫自己的發現。他笑了。

「你知道嗎，樓下那家姆媽是音樂學院教鋼琴的。樓上那個小姑娘，人家是音樂附中的。」

學校很快變成了造反派和紅衛兵的天下。好在他們那所學校比較普通，學生們都是來自周邊的工人家庭，不僅不為難老師，還告訴孩子們，要尊重師長。不像那幾家有名氣的重點中學，北京來的紅衛兵會直接衝到那裡，揪鬥老師。每隔一段時間，同事們遇到，就會說起，聽說哪間學校的老師又自殺了。這當然讓趙小姐擔心。不過，雖然也有一些大字報出現在校園，也有批鬥大會，他們終於熬過了最讓人惶惶不安的三年，並且在第三年，迎來了他們的女兒，若林。

若林這個名字是趙小姐起的，前夫想來想去，總是拿不定主意。趙小姐想起和前夫一起去杭州玩，她最喜歡的那些竹林，於是決定，給女兒起這個名字。前夫倒是沒有反對，反而覺得，名字確實好聽。甚至誇她，給女兒起的名字，蠻有點文采。

趙小姐覺得女兒長得不漂亮，集中了他們兩個人的缺點。她每天捏女兒的鼻子，還剪了她的眼睫毛。

「你幹嘛要這樣做？」前夫有點生氣。

「女孩子，長得不漂亮，將來嫁不到好人呀。」趙小姐覺得，自己能夠嫁給一個老師，而不是一個工人，正是因為她長得漂亮。

他們是在若林快五歲的時候離婚的。那一年，又開始了「批林批孔」運動，這一次，她的前夫沒有躲過。

因為批評學生上課不認真，做小動作，一個學生寫信寄到上海的報紙，並且被登了出來。前夫沒有怪那個學生，只是嘆氣：「他們年紀這麼小，懂甚麼。都是跟風。」

趙小姐也明白，這種事情，不是落在前夫的頭上，就是會落在其他老師的頭上。看著前夫站在操場上被批鬥，趙小姐第一次感受到了絕望。未來的日子，將會是看不到頭的黑暗，是苦難的，不，她不能這樣過下去。

他們是在家邊上的街道革命委員會辦的離婚手續。那是秋天，也是上海天氣最好的時候。路邊的梧桐樹開始落葉了，踩在上面，會有沙沙的聲音。趙小姐告訴工作人員，兩人因為政治立場不同，感情不和，她要和對方劃清界線。手續辦得很快。他們就在弄堂口分手了。前夫全程沒有說話，她也無法從他的表情去猜測他的心情。而這也是她下決心離婚的另外一個原因。結婚之後，他們很少聊天，直到女兒出生，他們的話才多了一些。這讓她覺得壓抑。她想要的，是活潑生動的生活。

趙小姐再次見到女兒和前夫，是在女兒十八歲的那年。她有了一個新的身分，港商。

辦離婚手續之前，她已經申請調動工作，去另外一家靠近奶奶家的學校。

她從小是奶奶帶大，父母在她不懂事的時候相繼過世了，奶奶原本是她在這個世界上唯一有血緣關係的人，當然後來，她有了若林。她原本希望，婚姻可以讓她下輩子有依靠，過得安穩，卻沒有想到，並不如她的預期。至於女兒，如果她想要有新的婚姻，那會是一個障礙，她不想「拖油瓶」。

要求調單位，是不想和前夫在一個地方上班。而且，離婚的女人，總是會被周邊的人指指點點，好像做了甚麼壞事情。所以，她需要離開這個地方，去一個新的環境，一個別人不太清楚她的過去的地方。更重要的，她需要一個新的開始。她還年輕，還不到三十歲。她也很聰明，所以她可以過得開心一點，簡單一點，也富裕一點的。

奶奶家在上海腫瘤醫院附近。文革一結束，邊上的保健旅社成為了「票證交易」市場。很多人從杭州還有溫州來到上海倒賣糧票、油票和布票。她的奶奶和幾個鄰居，發現了一個商機，那就是用家裡面的煤爐幫這些住在旅社的人燒飯。代燒一隻鴨子收四毛錢，代燒一隻蹄膀收三毛錢，這樣一天下來，也能賺到一兩塊錢。那個時候在上海，一家大型國有企業的工資，也只有五十元。奶奶一直和她說，男人靠不住，自己能夠賺到錢，才是最重要的。

看到奶奶和鄰居們的生意不錯，趙小姐乾脆不再去學校上班，專心在家裡做這門生意。她負責和客人打交道，奶奶負責燒飯。很快，她有了一個男拍檔，也是她後來第二任丈夫，大家都叫他阿毛頭。

阿毛頭每天去旅社，和外地人倒賣糧票。中午的時候，他會來奶奶家吃午飯，付五毛錢，兩菜一湯。後來趙小姐才知道，是因為她，他才來搭伙。阿毛頭的年紀和趙小姐差不多，和她的前夫一樣，也是高高瘦瘦。他笑起來嘴角會歪向一邊，總是用一種嘲諷的眼光，看著別人。不過，趙小姐從來沒有見過他這樣看過自己。他看著自己的眼神裡面，是帶著笑意的。

阿毛頭住在附近的一棟洋房裡面。趙小姐後來聽鄰居說，那棟房子，原本是阿毛頭家的房產，他的父母解放的時候，慌慌忙忙去了香港，留下他和他的哥哥，也是由奶奶帶大的。

後來，趙小姐和阿毛頭開始在淮海路擺賣自己編印的書，有菜譜，也有教人編織絨線的，她負責叫賣，阿毛頭負責望風。她很喜歡他，和對前夫的那種喜歡不太一樣，她覺得，他們是一樣的人。而且，阿毛頭抱著她的時候，她能感覺到自己的心跳加快，人有種要飛起來的感覺。

賺錢是讓他們覺得最開心的事情。雖然老是要和警察玩貓捉老鼠的遊戲，躲避查處，但是他們都沒有害怕過，因為他們不覺得自己是在做壞事，也一點也不坍台。因為他們兩個人，靠的是比別人腦筋靈活，願意吃苦，能賺到錢，那是理直氣壯的事情。

阿毛頭和趙小姐一樣，初中畢業就沒有再讀書，但是總是有很多想法，而且，趙小姐覺得，是真心對自己好。知道自己喜歡漂亮，他想辦法搞到介紹信，讓她去「新新理髮廳」燙頭髮。剛剛改革開放，只有文藝界和宣傳隊的女性，拿著縣級以上，證明有演出任務的介紹信，理髮店才肯提供燙髮服務。當她燙完大波浪，和阿毛頭走在南京路上的時候，儘管她目不斜視，裝出一副不在意別人眼光的樣子，但是趙小姐知道，他們是南京路上最矚目的，最讓人羨慕的一對。

他們很快結婚了。在上海，離婚的女人是低人一等的。離婚之後，有很多熱心人上門給趙小姐介紹過對象，但是不是離過婚的，就是妻子過世，一個人帶著孩子的，或者，年紀很大，一直找不到老婆的那種。每次，趙小姐雖然保持著笑容，聽對方介紹，但是心裡面恨不得把對方一腳踢出房門。奶奶更加直接，常常沒聽幾句，就會把臉拉下來：「我們家囡囡的事情不需要你們擔心。她的事情，我都不管。」趙小姐一直相信，她會遇到一個不嫌棄她離過婚的。最終，事實證明她是對的，她遇到了阿毛頭。

很快，出境限制開始放鬆。很多海外華僑回上海探親，當中包括了阿毛頭的父母。他們很喜歡趙小姐，覺得她把阿毛頭照顧的很好，而且也比阿毛頭要懂得人情世故。他們用家庭團聚的名義，把阿毛頭和他的哥哥申請去了香港。過了兩年，趙小姐也用家庭團聚的名義離開上海，去了香港。

阿毛頭在紅磡火車站等她，兩年沒見，趙小姐差點沒有認出對方。阿毛頭燙了長髮，穿著白色的喇叭褲，貼身的粉紅色碎花襯衣。後來她才知道，那種髮型叫做椰殼頭，因為七〇年代，全世界掀起了男士留長頭髮的熱潮，當然，不包括上海。雖然她離開的時候，女性在上海燙頭髮已經不再需要介紹信，也有了穿西裝的男性。她甚至開始每個星期去上海的地下舞會，但是眼前的他，還是讓她覺得，一個新世界在等著她。

那天晚上，阿毛頭帶她去尖沙咀海傍。這是趙小姐第一次看到大海，還有那麼多高樓和霓虹燈。他們去了半島酒店，阿毛頭說，這是香港最好最貴，也是最有歷史的酒店，英國女王來香港，都是住在這裡，所以，一定要去看一眼。趙小姐第一次看到法國大理石做的餐桌，配上海軍藍色的餐椅，還有酒店門口，帶著白色帽子，身穿白色制服的門童。當他們伸手為他們兩個拉開大門的時候，一直覺得自己甚麼都不怕的趙小姐，走路的步伐，變得猶豫起來。站在酒店門口的噴水池前，趙小姐覺得，自己和阿毛頭就好像電影中的情侶，因為眼前的這些，她只在電影畫報，還有電影裡面見過。她緊緊的拉著阿毛頭的手臂，把頭靠在他的胸前。

因為有太多大陸偷渡者，這讓趙小姐這種尋合法途徑進入香港的大陸移民，申請居留的手續也變得繁瑣。每隔三個月，她和阿毛頭就要去在金鐘的域多利兵營申請居住延期。後來那個地方，變成了現在的太古廣場。這樣的日子，持續了差不多兩年。

他們住在北角，那是上海人聚集的地方。他們住的房間不到二十平方米，主人是一對跟著國民黨從上海撤離，逃難到香港的老夫妻。他們把這套一千呎的三房兩廳分租出去。主人套房租給了她和阿毛頭，老夫妻住在客房。房租每個月九百，是阿毛頭工資的一半。在她來之前，阿毛頭和父母住在一起，但是趙小姐堅持，一定要和公婆分開。她經歷過公婆不合的日子，儘管這裡的空間要比公婆家小很多，但是她覺得，這樣才有自由，才是兩個人自己過日子。

香港的報紙和電視台新聞，總是在報導港商去廣東開廠的新聞，趙小姐和阿毛頭不約而同的看到了到廣東做生意的前景。他們向阿毛頭的父母借了一筆錢，加上自己的積蓄，去東莞開了一家小型的紡織廠，出口歐洲，成為第一批北上發展的港商。這個時候，他們都是香港永久居民了。很快，他們在北角一次性付款買下了一個六百多呎的舊公寓。兩個人都覺得，有了自己的房子，才能真正的安心。就算發生甚麼，最終有個可以安身立命的屋簷。趙小姐那個時候還不是趙小姐，她是劉太太。

兩年之後，兩人分居了，又過了一年，劉太太變成了趙小姐。

故事和很多北上的港商家庭差不多。

年輕能幹的大陸女孩出現，她們接受過高等教育，能幹，野心勃勃。男人變的時候，是突然和冷酷無情的。趙小姐離婚的時候，只剩下一個香港人的身分，一家在香港用她的名字註冊的皮包公司，和一個在她名下的北角舊公寓。這個房子，是法庭判給她的。

趙小姐從來沒有和任何人說過，如果說人生有甚麼後悔的事情，那就是回東莞開廠。

如果留在香港，她和阿毛頭兩個人老老實實打工，或者在香港做點小生意，那麼她可以繼續安安穩穩的做劉太太，可以和阿毛頭在一起。她是那麼喜歡他，以至於後來，就算遇到自己喜歡，或者對自己好的男人，她都沒有想過要結婚。

趙小姐沒有太怨恨那個女孩。只是很長一段時間，她少了自信。她一直認為，容貌是她最值錢的武器。可是，鏡子裡面的自己，無論用衣服怎樣遮掩，都是一副整個人向下墜落的模樣。雖然她每天擦很多護膚品，但是脖子的皮膚開始鬆弛，尤其是眼角的皺紋。如果不是每個月去髮型屋染頭髮，那麼白頭髮就會很明顯的盤據在頭頂。

女人，會輸給年紀。這是沒有辦法的事情。

她想起了女兒。應該十八歲了，比那個剛剛大學畢業，用蔑視的眼神看著她，取代她成為劉太太的女人小幾歲而已。她現在會是甚麼樣子？和自己一樣不愛讀書，還是和她父親一樣？

趙小姐決定，回一次上海。

***

雖然過去了三十多年，吳若林一直記得，第一次見到趙小姐的那天。

用第一次，是因為她從來沒有四歲前的記憶。她只記得奶奶一直和她嘮叨，生母是一個壞女人。至於到底做了甚麼壞事，奶奶從來沒有解釋。當然，這是不需要解釋的事情。一個女人，拋下自己的孩子，就已經是天大的罪名了。也因為這樣，家裡的長輩，總是對若林帶著額外的愛憐，就連鄰居大人們，看著小時候的若林，也都帶著同情，覺得這個可憐的，被媽媽拋棄的孩子，需要她們的關懷。但是，若林從來沒有聽到父親說過一句生母的壞話，但是同時，他也從來不提任何關於生母的事情，甚至沒有給若林看過一張生母的照片，就好像這個人，從來沒有在他們的生活中存在過。於是，在若林十八歲之前，生母對她來說是一個飄渺虛幻的概念，但是也因為這樣，又讓她對生母，充滿了各種想像。

那年若林在讀高三，距離高考還有一個多月。她在上海的一家重點中學唸書。因為是住讀，只有每個週末才能回家。週末回家，是若林最不喜歡的日子，因為要回到閣樓和奶奶擠在一起。奶奶越來越嘮叨，總是在那裡說鄰居們如何的不懷好意。很多時候聽得煩了，若林會說奶奶：「你是基督徒呀。耶穌不是說，要寬容嗎？」然後，奶奶就不說話，看著她，嘆氣。

那天晚上，若林在上晚自習。班主任走進教室，徑直走到若林桌邊，拍了拍她的肩膀，示意她跟著出去。一走出班房門口，站在走廊上，班主任輕聲告訴她，她的父親來了學校找她，就在走廊樓梯轉角那邊。

這讓若林覺得意外，因為自從她上中學，父親就再也不需要在學校出現，因為她一直是不用讓父親操心的好學生。從小學開始，每年考試，若林都是年級前三名。小學一年級，她加入少年先鋒隊，二年級，就戴上了三條槓，成為了大隊委員。走在街上，若林總覺得，所有人都在用讚許的眼光看著她。

初中二年級，剛滿十四歲，就加入了共青團。只有學習好，思想進步的學生，才會被老師推薦加入這個組織。

她還是學生會的學習委員，經常組織各種比賽。得意之作，一個是組織了全校英語朗誦比賽。報名的同學很多，她自己也拿了一個三等獎。還有一個，是她下課後，一家家地跑上海的十多家重點中學，和學生會的同學聯絡。有的時候，因為聊得太晚，沒有辦法在寢室鎖門之前趕回去，她只能躲在這些學校的學生宿舍過夜。最後，大家搞了一場有十多家中學參加的文藝匯演。這場活動被很多家報紙報導，得到老師的表揚，這讓她驕傲了好一陣子。

不過，進了高中，若林突然對學生會和學校團委組織的活動失去了興趣，唯一參加的，是詩社的活動。

這是幾個愛好詩歌的高年級同學組成的團體。若林很忙，除了每星期一次的詩歌朗誦會，聽學姐學長們朗讀他們的作品，還要花至少兩個傍晚，趁著下午上完課，和晚自習之間的空檔，和其他人一起，輪流用一枝鐵針尖的筆，在蠟紙上刻字。

若林花了好幾個星期，才掌握力道，不然，一不小心，就把蠟紙劃出一個大口子。她的中指和拇指，到現在都有老繭的痕跡，正是刻鋼板留下的。刻完字，就是油印。那是一黃木匣子。若林需要把蠟紙放在裡面的紗網上面，下面鋪好一疊紙，然後把滾軸蘸一些油墨，推著滾軸向前，這樣，蠟紙上的字，就會印在紙上。雖然滿手都是油墨，甚至是衣服上，但是若林最喜歡，就是看著白紙，變成了單張。

班主任講完，回辦公室去了，留下若林一個人站在教室門口。她轉身走到樓梯轉彎口，看到父親和一個看上去三十多歲的女人，站在樓梯階梯上。若林確定自己沒有見過這個女人。她紮著一個馬尾，很明顯有燙過，因為垂下的頭髮，有著波浪的形狀。她身穿一件白底黑花的連衣裙，腰上是寬粗的黑色皮帶，還有兩條細細的皮繩垂在腰間。裙子是大泡泡袖，配上她的紅色皮鞋，和紅色皮包，像是雜誌裡面的香港明星。

父親還沒有開口，那個女人對若林說：「若林，我是你媽媽。」

若林是鎮定的，至少表面上看是這樣。她甚麼也沒有說，只是把頭從這個女人的身上轉向一邊的父親，看著他，等著他點頭確認。若林曾經無數次想像過，和自己的生母將會是怎樣的重逢，只是，每次的想像都無法完成，因為她沒有辦法拼湊出生母的模樣。但是因為有過無數次不成功的想像，當這一刻真的來臨的時候，若林覺得，並不意外，反正總是會發生的。

他們約定，週末放學回家，趙小姐會在學校門口接若林，兩個人單獨吃一頓飯。

吃飯的時候，趙小姐告訴若林，決定來找她，是因為她是一個好學生。

「我問你爸爸，你現在怎樣的時候，你知道我有多緊張嗎？如果你讀書不好，和我一樣，那我是不準備來見你了。」

當時若林不以為意，她還沉浸在終於見到親生母親的錯愕和興奮中。後來，等到若林和趙小姐決裂之後，這段話和這段場景，開始清晰的浮現在她的腦海中，很長時間揮之不去。她倒沒有恨過趙小姐，只是覺得當時的自己怎麼會那麼愚蠢，沒有看出趙小姐是一個精於算計的人。她先確定自己的女兒能不能夠上大學，然後再來決定，是不是需要來這一場感情投資。若林感嘆自己的天真，居然以為，血緣是人和人之間，打敗一切的連結。

這場和生母的短暫邂逅，徹底打破了若林在青春期，對於母女情深的想像和憧憬。如果沒有時間和情感的投入，那麼依靠血緣構建的親情同樣無法維繫，甚至比不上陌生人之間，因為相處而相知的友情。如果夫妻、伴侶、情人，可以一夕之間成為陌路，甚至惡言相向，那麼血緣維繫的親人，同樣也會。所以，最終可以依靠的，只有自己。

那頓飯是在陝西南路上的紅房子餐廳。若林對於西餐的喜愛，就是父親在這家餐廳培養出來的。每次，他們會先在紅房子吃飯，然後去看芭蕾舞或者交響樂演出。這是若林最期待的週末節目。若林喜歡紅房子的羅宋湯，酸酸甜甜，濃濃稠稠的。這種記憶一直持續到她成年，以至於後來，第一次從香港回上海出差，她特地去了一次。只是，九〇年代末的紅房子，已經搬到了淮海路上。雖然比原來的要華麗氣派，但是若林是失望透頂的。羅宋湯意外的稀薄，味道甚至比不上香港普通的茶餐廳，加上國營商店那種無心服務的做派。若林不單單沒有找回童年的味道，她對上海的記憶和留戀，有一部分，就因為這份羅宋湯，被毀掉了。

雖然若林小時候，大多數的中國人，還在想如何吃飽的問題，但是若林從來沒有過飢餓的記憶。她的童年記憶，食物不僅僅是豐足，而且是講究的。有大白兔奶糖、萬年青餅乾，當然少不了凱司令的攢奶油[4]，還有隨便一家食品商店，都做得非常好吃的蝴蝶酥。而這種童年的味道，她曾經在巴黎的街頭找回來過。那是她第一次去巴黎，在街邊麵包店吃到的蝴蝶酥。

不過若林也記得，上山下鄉的伯父和叔叔，每次回上海探親，走的時候，奶奶會在他們的箱包裡面，塞足食品，從自己醃製的醬油肉、風雞，到各種糕點，還有他們的孩子們的糖果零食。仔細回想的話，負責一家人三餐的奶奶，其實每天都在精打細算的過日子的。她陪著奶奶去菜場撿過菜葉子，看著奶奶把吃剩下的西瓜皮做成醃菜。夏天的時候，明明過夜的菜已經有了奇怪的味道，但是奶奶不捨得扔掉，一個人會把這些剩菜吃掉。

若林對咖啡的喜愛，是從父親那裡繼承過來的。從有記憶開始，父親週末都會帶她去德大西菜社，她還記得一樓的那套虹吸式美式咖啡壺。她喜歡看咖啡在圓圓的透明玻璃瓶裡面滴下來，上海人把這個叫做小壺咖啡，也就是一杯杯現煮的意思。她記得父親邊喝咖啡，邊對自己說：

「記得，吃是吃進自己肚子的，穿是給別人看的。」

若林雖然也喜歡吃，但是她從小就覺得，吃和穿同樣重要，因為穿得好看和舒服，同樣是讓自己

4　編註：生奶油。

高興的事情。若林剛上小學，《大眾電影》復刊。父親喜歡這本雜誌，每期都會買，然後週末來看若林的時候，會把每期雜誌帶到奶奶家，給若林看，因為若林從小就喜歡看電影，而且記性好，能把電影情節記得一清二楚。大人們聊天的時候忘了電影的名字，就會問在一邊看看書的若林。若林最喜歡每期的封面，那些明豔的女電影明星。她想像自己長大，可以和她們一樣，穿漂亮的衣服，可以燙頭髮，可以化妝，塗口紅，臉上掛著燦爛的笑容，好像整個世界，都是自己的。

那頓飯，趙小姐叫了羅宋湯和炸豬排。若林一邊吃，一邊聽趙小姐講述她現在的生活，以及對若林的未來規劃。

「等你考完高考，我就帶你去深圳。」

若林從小到大，只離開過一次上海，坐遠洋客輪去青島。初中畢業的暑假，若林參加了上海市計算機比賽，獲得了參加夏令營的資格。客輪離開的時候是傍晚，若林和其他的營員站在甲板上，捨不得回到船艙。看著碼頭，一點點，一點點消失在視線中。然後，四周甚麼都沒有，只有看不到邊際的大海。

營員們來自上海不同中學，也就是半天，很快組合成不同的小團體，每個小團體都有一個自然生成的領袖人物。每個小團體風格不同，有的嘰嘰喳喳，每個人搶著説話，有的特別安靜，説話的聲音都是細聲細氣的。誰也沒有想到，十多年之後，這些人當中，一些人還維持著友誼，甚至成為了商業合作夥伴，成功創業。而若林沒有想到，那個此刻讓她思念的他，三十多年前，原來也在這條船上，只是，那個時候，他們錯過了。

營員們住在青島一家中學的學生宿舍，走路十分鐘就到海邊，也是棧橋所在的地方。站在岸邊，大家是興奮的，那是人生的一次嶄新體驗。此刻的海灘，不再是文字的描述，或者電影和照片的影像，海浪撲打岸邊的聲音，海水苦澀的味道，還有，看到太陽從海平線上升起和落下，都是真實的，從此存在於每個人的記憶中了。若林是在那個時候有了這樣一個心願：將來，如果能夠住在海邊，那該是多麼美滿的生活。

那次旅行，若林愛上了海上的落日。那是一種日光結束前，需要牢牢抓住的短暫。日落是低調的，不像日出，過於張揚。人到中年，當若林回看那個站在海邊，凝望著落日的少女，她終於明白，為何死亡於她而言，從來不是一種恐懼，而是一種永恆。落日讓她懂得到時間易逝和萬事無常。因為這種感悟，從十四歲開始，陪伴著她成長。去年夏天，在西班牙的馬約卡島，若林和他站在海邊，看著太陽慢慢的從圓形變成半圓，然後消失在海平線之下。他對她說：「這是完美的圓遇到完美的直線。」若林想，有意思，從截然不同的角度，看同樣事物。於是，她動了心。

高考結束，趙小姐履行了她的承諾，帶若林去了深圳。

八〇年代末的深圳，整個市區不大，圍繞著國貿大廈和深圳大劇院。從羅湖區到蛇口區的中間，還是農田，和整片整片紅色的土壤。第一眼看到這片紅色，若林覺得很神奇，因為印象中，泥土，應該是黑色的。深圳這個地方，同樣對於中國人來說很神奇，因為，這是可以淘金的地方。

若林住的怡景花園，是深圳特區最早的一批高尚住宅。當然，在到處是建築工地的深圳，很快，就算不上新了。這是趙小姐買的房子，是她的住所，也是她的辦公室，所以每天人來人往。

怡景花園和黃貝嶺村很近。和高尚住宅不同，城中村都是充滿了煙火氣的。深夜的時候，村裡的空間被大排檔的折疊桌椅佔滿，空氣裡面漂浮著食物的香味和各種方言，還有拖鞋的踢踢躂躂的聲音。幾乎每個晚上，趙小姐都會帶著若林，還有趙小姐的那些，走馬燈一樣輪換的朋友們，去那裡的大排檔吃宵夜。

「這裡是二奶村。都是被香港的貨櫃車司機包的。其實怡景花園也一樣，只不過是有錢人包的。我們隔壁的那個女人就是。」

趙小姐的語氣充滿了不屑。若林記得那個女人，遇到過幾次，她出門倒垃圾。她總是一副慵懶的樣子，頭髮很隨意的盤在頭上，穿著睡裙和拖鞋。若林記得，她的皮膚很白，臉上的蘋果肌是飽滿的，這讓她的神情，有一種和年齡不符合的滄桑。城中村裡面的女子們則不太一樣。深夜裡的她們，就算是穿著睡衣出來宵夜，依然是生機勃勃，精神飽滿的。

從深圳回來，若林收到了大學錄取通知書，是她填寫的第一志願。

大學第一年，若林很忙。忙著戀愛，忙著參加學校的各種活動，忙著去不同教室搶佔座位，因為那些受歡迎老師們的課，不管教室有多大，總是擠得滿滿的。指定的專業課，變成了最不重要的事情，好在老師們見怪不怪。

同學眼裡的若林，總是穿著新潮的衣服，披著長髮，騎著自行車，從校園裡面飛馳而過。同學裡面流傳著關於若林的一個故事：一個隔壁大學的學生來向她借錢，她爽快地把三十塊錢從二樓的宿舍窗口扔了下去。那個時候，一個月三十塊的生活費，意味著至少一個星期可以有一天，不用吃食堂的大鍋飯菜，可以用多一倍的價錢，去食堂二樓，吃小鍋做出來的炒菜。

就在若林快要完成大學第一年的課程的時候，那個春天，學潮開始了，並且迅速演變成學生運動。當六月四號，天安門廣場的槍聲響起之後，所有大學宣布，提前放暑假。

很快，曾致中，若林從高中開始在一起的男朋友，成了被通緝的學生領袖之一，不辭而別，離開上海，偷渡去了香港。

於是，若林跟著趙小姐去了深圳。

從此之後，每年暑假和寒假，若林都會去深圳或者香港。有的時候，趙小姐會讓她住在朋友家裡面，因為她總是很忙，去內地不同的城市，說是去看投資項目。而和趙小姐在一起的時候，若林做得最多的事情，就是陪著她去不同的飯局，和不同的「uncle」吃飯。直到她快大學畢業，她才意識到，這幾個叔叔伯伯和母親之間的關係並不是簡單的商業夥伴，也明白了為甚麼很多時候，她的母親提醒她，在飯桌上要叫她「趙小姐」，不要叫「媽媽」。

和中國其他城市不同，成為了經濟特區的深圳，因為和香港只是隔著一條深圳河的關係，幾乎每家每戶都裝上了魚骨天線，收看香港的電視節目。而每天來往於深港兩地的人們，也大搖大擺的把報紙從香港帶到深圳。偶爾會被沒收，但是大部分的時間，大陸這邊的海關，懶得一個個檢查。若林每天看香港電視台的新聞，讀香港的報紙，那段時間，大部分是關於六四的報導。

那個夏天，若林對自己説，必須長大了。生活不再僅僅是讀書和戀愛，生活包含很多其他的東西。而且，沒有了曾致中在身邊，她要習慣一個人的日子。所幸，她的生活裡面，曾經缺席的母親這個角色，歸位了，所以，她不用怕。

夏天很快過去，學生們重新回到校園。大學出現了留學潮和經商潮。一些學生想盡辦法，尋找出國留學的機會。校園裡面流傳著各種言語不詳的傳言，大多數是關於某個女生，為了找擔保人，去了五星級酒店找外國人，結果在房間被警察抓了。還有一些，跟上時代的潮流，開始尋找做生意的機會，無數失望的人，放棄了公務員和國有企業的鐵飯碗，寧願從事充滿了風險的商業投資，這在當時被稱為「下海」。

回到校園的若林發現，很多相熟的同學走了，剩下的那些，已經沒有甚麼人有興趣和她談論民主自由，也沒有人和她討論，人為甚麼要活著。沒有人寫詩了，也沒有人讀詩了。課堂上曾經躊躇滿志的老師，常常講著講著聲音會變得低沉起來，校園三角地的佈告欄，只剩下招聘廣告和托福考試輔導的廣告。

若林環顧四周，找不到人好好説話了。還好，她還能打長途電話，給已經逃亡去了美國的曾致中。雖然，因為昂貴的電話費，每次，只能通話很短的時間。但是，已經足夠支撐她的日子了。

大學畢業那個夏天，若林和趙小姐決裂了。

那年暑假，若林失戀了。曾致中在美國結婚了。若林像逃跑一樣，匆忙的離開了上海，住進了趙小姐在蔡屋圍租的一層農民房。兩年前，趙小姐賣了怡景花園的房子，把家和辦公室搬到了這裡。

那是一九九二年。鄧小平剛剛在一月份發表了南巡講話，結束了中國共產黨黨內關於是不是要繼續改革開放的討論。六四之後，經濟改革開放政策受到質疑。雖然大批人開始下海經商，但是他們發現，生意越來越難做，常常會因為政府公布的一個政策，甚至是一個做法，讓自己辛苦積累起來的一點點財富，化為烏有。儘管這樣，人們還是不願意回到國有企業。很多名牌大學的畢業生，尋找在外資企業工作的機會，即便是在外商投資的五星級酒店做門童或者是打掃房間。鄧小平的講話，讓幾乎停滯，差不多要倒退的改革步伐，又開始飛快的向前。

若林去深圳，而不是留在上海，在她的周邊的同學朋友看來，這是自然不過的事情，而且是正確的選擇。深圳是一個未知的，但是肯定是充滿了機會的地方，以為在這裡，一定可以賺到更多的錢。若林不是一個人，很快，她的幾個同學也來到這裡。不過和若林不同，他們都是來自小城市。對於他們來說，與其回到家鄉做一個公務員，過看得到未來的日子，還不如來到這裡，為了一個看不到，但是充滿了無數可能的未來。

蔡屋圍就在深南大道邊上，這條寬敞的，貫穿整個城市的馬路，象徵著這個經濟特區的高效和現代。大道兩邊，是無數的建築工地，和不斷快速完工的高樓。當然最矚目的，是深圳大劇院對面，荔枝公園門口的鄧小平巨幅畫像，上面寫著：「不堅持社會主義，不改革開放，不發展經濟，不改善人們生活，只能是死路一條。」

大劇院的後面，就是蔡屋圍。村民們在這個幾年的時間裡面，造起來各種高高低低，大小不一的樓房。而這些農民房，成為來深圳淘金的人的落腳點。裡面的路是沒有規律的，房子的號碼，也沒有按照數字的大小排列。剛開始的時候，若林老是迷路。於是，她花了點時間，逼著自己記住房子周圍的標示。後面是一家工廠的三層樓高的宿舍，左邊是一棟黃色外牆的農民房，右邊的那棟房子，有一道黑色的鐵門，對面的房子，和周圍三層房子不同，只有兩層。

若林幫著趙小姐做了很多事情，見客戶，推銷產品，和之前一樣，陪著趙小姐，和不同的uncle吃飯。其中一位，若林一直印象不錯，因為他總是很紳士的樣子，說話聲音很輕，會幫她和趙小姐拉開椅子，讓她們先坐下。聽趙小姐說，他是從英國留學回來的，在深圳辦了一家合資工廠。

一天，這位uncle帶了一個三十歲上下的男子和趙小姐還有若林一起吃飯。他說是他的世侄，叫Andy，剛從澳洲留學回來，幫助家人打理在大陸的生意。Andy戴著眼鏡，圓圓的臉，顯得很憨厚的樣子。話不多，安靜的坐在一邊，時不時幫若林夾一下菜。

吃完飯，和以往一樣，一群人去夜總會喝酒跳舞。若林並不討厭跳舞，也不抗拒喝酒，大學裡面的舞會，她幾乎每個星期都會參加，她喝酒也很爽快，畢業典禮的那天晚上，大家在校園草坪上通宵喝啤酒、聊天，結果若林把同班的男生們都喝趴下了。她也不抗拒這個城市的夜總會，確切地說，很喜歡。

因為和香港只是隔著一條深圳河的關係，加上港商們開始北上投資，深圳成為了大陸最早受到香港夜總會文化影響的城市，然後慢慢的，夜總會從南向北，先是上海這樣的東部沿海城市，再擴散到內地。雖然八〇年代末，上海已經有了夜總會，若林也跟著趙小姐去過，但是當她第一次走進香蜜湖夜總會，激光放射出來的不同圖案，還有強勁的音樂，她的眼睛、耳朵，還有心臟，花了差不多十分鐘才適應過來。這個被稱為東南亞最大的夜總會，確實有著一種讓人精神為之一振的氣勢。

但是，每次一想到，要和趙小姐一起，陪著那些uncle們去夜總會，若林的內心會有點不舒服。這會提醒她當下的處境：和夜總會裡面的那些陪舞小姐一樣，都是用自己的青春和時間，來讓男人放鬆和開心。如果說，那些女孩子是為了生計而賺錢，選擇這種在外人眼中，輕鬆和快速的的方法，那她又是為了甚麼？幫趙小姐談成生意？也是為了賺錢，所以，有甚麼區別？如果說這些女孩子沒有其他更好的選擇，明明她是有的，所以，她為甚麼要活成這個樣子呢？

第二天中午，若林在客廳看電視，她看到剛剛睡醒的趙小姐，穿著睡衣走出她的睡房，然後坐在她的身邊。

「昨天那個Andy，對你的印象很好。他會約妳出去，你要把他當成結婚對象交往。」

「可是，我對他沒有絲毫感覺。再說，我有男朋友呀。」若林並沒有告訴趙小姐，她和曾致中剛剛分手。

「我知道你有男朋友。可是他，他靠得住嗎？他在美國，你們離得這麼遠，行不通的。而且，他在美國讀書，那是很辛苦的，誰知道到時候他又能找到怎樣的工作。看看Andy，穩定，一看脾氣好，長得也不錯，有哪點不好？媽媽是過來人，女人要過得好，就是要找一個靠得住的人結婚，才不會那麼辛苦。」

「可是你自己不是離了兩次婚了嗎？」

「就是因為我讀書不多，找不到好男人。你讀了這麼多書，就更應該嫁得好。」

「我嫁給誰，和你有關係嗎？」

「當然有關係。」趙小姐開始失去耐心了。「這兩年我花錢在你身上，當然你的前途和我有關係。」

「你再說一遍？我聽不懂。」若林覺得自己無法理解趙小姐的邏輯。

「你不要裝聽不懂。你嫁得好，那麼我就有依靠。我也不用這麼累。」

「所以，你把我當成一個投資品？」若林並沒有生氣，而是突然覺得眼前的這個女人非常有趣。

「養小孩就是投資。讓自己的父母過得好，本來就是孩子的責任。」

「可是你有養過我嗎？我是爸爸和奶奶養大的呀。」

「啊呀，你真是沒有良心，居然這樣講話。這幾年，你可以來深圳，可以去香港，可以進出酒店，誰出的錢？」

若林沒有再說話。

這四年多，她一直以為，可以把她們之間失去的那些年補救回來。原來，只是她的一廂情願。眼前的這個女人，不是她心目中母親的樣子，只是趙小姐而已。

若林回到房間，收拾了行李，離開了那棟房子。她的人生，剛剛浮上水面，可以呼吸一口空氣，現在，被一股來自水底的力量拖扯著，又開始往下沉淪。而這一次，好像已經甚麼也抓不到了，她甚至都沒有想過，是不是要去抓住甚麼。只想這樣，讓身體，一直往下，往下。

第二章

香港—上海：來不及道別

趙小姐已經不太記得，若林離開自己的那天，到底發生了甚麼。她只是記得，自己的一片好心，這個沒有良心的女兒，一點也不領情。

其實從見到若林的第一天開始，趙小姐對她是相當滿意的。

雖然按照趙小姐的標準，若林無論如何都算不上漂亮。但是她不得不承認，年輕，加上聰慧，若林絕對是擺得上檯面的。每次帶著她去飯局，或者夜總會，她看到走過女兒身邊的那些男人們，在她身上停留的眼光。而若林對這些人和目光的忽視，反而添加了她和那些夜店裡面漂亮女孩們的不同。若林從來都沒有那種主動討好男性的眼神，甚至有點漫不經心。當然，趙小姐知道原因，因為若林的心在男朋友身上。所以，這裡的燈紅酒綠，那些來來往往的男人，對於若林來說，都是不相干的。但是，即便沒有男朋友，若林應該也不會喜歡在這裡出現的男人。誰讓若林和她的父親一樣，書讀得多了，就會清高呢。

不過，趙小姐很有信心，憑藉她的人生經驗，在婚姻市場上，年輕，讀得書多，那麼清高，絕對是加分的。

當然，她首先要做的事情，要說服若林，和現在這個男朋友分手。

每次想到這一點，趙小姐就有點生氣。雖然談戀愛是正常的事情，而且若林和自己年輕的時候很像，顯然很受男生歡迎，但是，太認真了，女孩子一定會吃虧的。每次看到若林魂不守舍的樣子，趙小姐知道，她又在想念那個在美國的男朋友了。

若林只提過一次，所以趙小姐只知道，對方是若林的同學。既然都是名牌大學的學生，自然算是門當戶對。但是，和香港不要說有錢人家，就算是和工薪階層人家的孩子相比，也是窮人。沒有見過世面的女兒，到現在也不明白。不明白嫁入了有錢人家之後，她的人生可以快進不知道多少年。

趙小姐想，自己走過的彎路，一定不要讓女兒再走。

她是吃過苦頭的。以前的她，也單純過，也把愛情看得很重要。所以她可以和她喜歡的人一起吃苦。可是，男人們不是這樣想的。所以阿毛頭會被那個年輕女孩搶走。

等到若林到了自己這個年紀，終於熬到算是體面的生活了，她就會和自己一樣，發現老公的眼睛會開始看著那些年輕女孩子。窮出身的男人一旦發達，都會是這個樣子。那個時候，她後悔就來不及了。

而且女人，越老機會越少。就好像現在的自己，雖然在那些有妻室，邁入老年的男人面前，還算是年輕，但是他們絕對不會離婚，除非找到一個二、三十歲的年輕女孩，不然，划不來。

所以，若林不曉得，現在的她，是最值錢。等著年紀一年年的增加，就開始一年年的貶值。這個世界，一直都是這樣的。

可是，和前夫一樣，這個女兒書讀多了，不肯相信這麼簡單的道理。簡單直接的事情，總是被他們這種人，想得很複雜。

趙小姐很清楚，讓若林陪那些老男人吃飯，她是不情願的。讓她在別人面前叫自己「趙小姐」，而不是「媽媽」，她雖然照做，心裡面是不開心的。還好若林算是懂事，也沉得住氣，所以飯局上，沒有怠慢那些男人。

唉，小姑娘不懂，一個商場上的單身女人，如果被人知道有這麼大年紀的女兒，會馬上就不值錢，沒有男人願意出手幫忙的。而且商場上的飯局，如果沒有年輕女孩作陪，場面，就不會那麼容易活絡起來。

讀書人，怎麼都這麼愛面子呢？真是讀書把腦子讀壞了。又不是富貴人家出身，卻看不起錢。不知道清高也要用錢來做本錢的，沒有本錢，那就是窮酸了。

那天，趙小姐坐在客廳，看著若林拿著行李開門離開，她沒有起身阻攔，也沒有想過要挽留。

趙小姐一直覺得，若林的身上是有自己年輕時候的影子的，至少脾氣很像。若林沒有她父親那種懦弱，她是乾脆和有冒險精神的，不然的話，不會二話不說，一見面，就同意跟著自己去外地。若林也是沉著的，這是她自己年輕的時候做不到的。雖然若林不喜歡自己帶她去的很多場合，也不喜歡自己圈子裡面的那些人，甚至有點看不起，但是她依然可以不露聲色，總是安靜的，微笑著坐在一邊，總能接住別人的話題，讓飯桌上的聊天，能夠繼續下去。

這是可以做大事情的樣子。趙小姐一直對若林有這種信心。而這種信心，從她第一眼看到女兒的時候，就已經有了。

趙小姐記得那個夏天的傍晚。那天她特地選了紅色皮包和紅色鞋子，還有鮮紅色的唇膏。她有點緊張。若林上了上海最好的中學，自然是聰明的，但是，萬一還是和小時候一樣，不漂亮，甚至越長越難看呢？

直到若林站在面前，趙小姐鬆了一口氣。

若林長得比自己高一個頭，這讓她有點喜出望外，因為她的前夫並不算高大，而自己更是屬於個頭矮小的那類，所以她一直擔心，女兒長大了會不會和自己一樣，身高不理想。女人是這樣的，足夠高的話，可以彌補一些樣貌的不足。還好若林的身材是勻稱的，甚至稱得上性感。雖然她穿著難看的校服，還是可以看到，她有著和自己一樣豐滿的胸脯，和纖細的腰身。和小時候一樣，她依然是鵝蛋臉，唯一讓她不滿意的，是那雙單眼皮的眼睛。但是女兒的嘴唇像前夫，勻稱而圓潤，男人應該喜歡。

那天晚上，若林只是在自己說，「我是你媽媽」的時候，默默的看了自己一眼，其餘的時間，她的眼神一直沒有和自己接觸。從她的表情，自己看不出來她到底在想甚麼，反倒是自己，差點讓眼淚掉下來。

那個週末，她們單獨吃飯。若林依然是鎮定點。她的話不多，回答問題的時候，聲音柔柔的，非常好聽。這一點，很像她的父親。當初喜歡上前夫，其中一個原因，就是因為他說話總是柔柔的，不急不慢的。也許，用讀書人的話來說，這就是有教養的樣子。

那年夏天，若林高中畢業，在家等待高考結果。趙小姐帶若林先去了珠海，正好陪自己談生意。對於若林來說，這是人生第一次，如此不確定自己未來的時刻，不知道接下來，會留在上海，還是會去美國。

趙小姐承諾過若林，如果沒有考上第一志願，不能留在上海讀大學的話，那麼就去美國念大學。這個承諾，是在趙小姐和若林吃第一頓飯的時候作出的。當然，趙小姐嘴上這樣說，但是心裡面並沒有真的這樣打算。因為這並不是一樁划算的事情。去美國，等於是把鳥放出了籠子，根本沒有把握，是不是還會回來。趙小姐並不知道，其實若林早就有了打算，而且已經開始了準備，因為若林，並沒有告訴趙小姐的打算。

一九七八年改革開放，出國熱率先在上海出現。這股熱潮自然在若林的學校蔓延，畢竟，這是上海最菁英的中學之一。若林的好幾個同學，包括她的同宿舍好友，已經陸陸續續去了美國，當然，都是因為有家人在美國的關係。若林有向好友請教如何申請美國的大學。原來需要參加托福考試，需要自己寫信給美國的大學申請。

伴隨著出國熱，是八〇年代開始的全民學英文熱。中央電視台引進了BBC的英語教學節目《Follow Me》，這個中文叫做《跟我學》的節目，不僅僅為中國人提供了一種不同於以往的學外語的方式，還讓中國人看到了英國人日常是怎麼生活的。上海的人民公園，出現了中國第一個英語角。每個星期天，人們會聚集在公園的一個角落，在這裡，交流溝通的語言是英文。偶爾出現的外國遊客，或者是特意過來的外教，也就是來中國教英文的外國人，會成為人群的中心，被團團圍住。來這裡的人目標明確，要出國，要去外資企業工作。而從若林初中一年級開始，學校就乾脆把政府的統一教材放在一邊，直接拿《新概念英語》上英文課。

上海很快出現了專門提供托福和雅思培訓班的補習學校，最大的一家叫做「前進業餘進修學院」，一到晚上，幾乎每一家中學都變成了前進夜校，提供托福和雅思培訓。雖然還有半年時間就要高考，若林還是報名參加了托福班。每個星期有兩個晚上，一百多個人坐在一個大會堂裡面，拿著油印的試題，聽台上的老師，一道題一道題的講解。這些老師來自各大學的英文系，他們也因為這份兼職，很快成了先富起來的人。在準備考托福的同時，若林依照朋友在信上面給她的幾個大學地址，寫了申請信，寄了出去。

和深圳一樣，珠海也是經濟特區，和澳門的距離，只是一道關卡而已。趙小姐站在拱北口岸，告訴若林，那一邊的澳門，是怎樣的繁華，尤其是賭場。她們去了九州城，一個仿古建築群，珠海的經濟文化標誌。不過若林沒有太大的興致，覺得和上海相比，這裡的店鋪顯得頗為土氣，加上人流稀疏，完全不是她想像中經濟特區的模樣。

「是的，這裡完全不能和深圳比。過幾天我們一起回深圳，你就知道了。」

趙小姐也不喜歡珠海，覺得這裡，缺乏一種生氣，更像是一個適合養老的地方。這裡的人也和深圳的不一樣，缺乏野心，不願意冒險，做事情不夠靈活。她覺得，自己在這裡生意談得不如預期，顯然是因為自己和這個地方，還有這個地方的人格格不入。不像在深圳，每件事情都有野蠻生長的可能。

她們住在石景山大酒店。趙小姐告訴若林，她是動用了一些關係才能夠住進來，因為很多中國的領導人在這裡住過，所以常常爆滿。這是中國了第一家中外合資的酒店，一個晚上的房價，相當於當時普通人四、五個月的工資。也因為這樣，能夠在這裡住上一晚上，成為了一種可以炫耀的風光。

那是若林第一次住五星級酒店。晚上洗完澡，若林一副做錯事的樣子走出洗手間。這是她第一次用淋浴，因為不懂怎樣用浴簾，結果花灑的水，濺到了浴缸外面的地上，把整個浴室的地都弄濕了。

趙小姐拿浴巾鋪在地上，然後教若林，浴簾應該怎樣放。

「以後如果有不懂的事情，一定要開口問。這沒有甚麼不好意思的。」

若林很聽話的點了點頭。趙小姐看到，若林的臉漲得通紅。

那天晚上，趙小姐對若林說了很多過去的事情。為甚麼離婚，一個人怎麼打拼，還有，錢，對於一個女人來說，為甚麼特別重要。

趙小姐並沒有為若林的離開感到特別悲傷。畢竟她們本來就是可以在沒有對方的情況下，好好生活的。她只是為若林覺得可惜。自己為她鋪設了這麼好的一條路，她卻不願意走。當然，她確實是有點點失落，就好像每次損失了一筆錢那樣，又要開始辛辛苦苦，從頭來過。

那天下午，趙小姐在空蕩蕩的屋子裡面來回走了幾圈，對著門口的鏡子，從頭到腳，仔細端詳了自己一遍。

她把頭髮高高紮起在後腦，換上牛仔褲，從她一堆花花綠綠的衣服裡面，找出一件白襯衣。然後又站到鏡子前面。

雖然她喜歡穿牛仔褲，但是上身一定是穿有圖案的衣服。趙小姐不喜歡素淨的打扮，所以她經常埋怨若林，買衣服從來不挑顏色鮮艷的，總是把自己為她特意挑選，特別適合年輕女孩的衣服放在一邊不穿。

當然，若林年輕。年輕女孩，穿甚麼都是好看的。但是，可以更好看呀。自己和若林一樣年紀的時候，只能穿灰色和黑色那麼難看的衣服，現在的年輕人，怎麼會知道，顏色鮮艷的衣服，曾經是可望不可及，甚至會因此而被抓起來呢。她們以為眼前的東西，是理所當然的，真是沒有吃過苦頭。

不管是怎樣的政治運動，因為表現積極，加上工人家庭的出身，趙小姐一直覺得，不需要擔心自己，直到和前夫結婚。那一年，正好是文化大革命開始。

於是，她不再那樣高調，尤其是在衣著方面。她把各種顏色的頭繩收了起來，當然，捨不得扔掉，還有那些自己編織的，顏色鮮艷的毛衣。她還把收了腰身的衣服，拆了線，變回了原本寬大的樣子。

總之，她不想自己的打扮，和其他人有怎樣的不同。她記得那個被學生批鬥的女老師，罪名不過是因為頭髮彎曲，於是成了資產階級腐朽生活的證據。但是她知道，那並不是因為愛美燙了頭髮，那是天生的捲髮。只是那個時候，有理說不清，那些學生，根本不會聽解釋。

那天參加完批鬥大會，趙小姐回到家，對著鏡子，仔細看自己的瀏海。她有一個習慣，會在睡覺前用髮夾把瀏海捲起來，這樣起床之後放下來，正好有很自然的捲曲的效果。她暗自慶幸，因為梅雨天的關係，早上還有點彎曲的瀏海，早就變得筆直。而從那天開始，趙小姐再也不敢捲瀏海，而是用髮夾，把瀏海加了夾在兩邊，露出光潔的額頭。當然，這個髮型，是她很不喜歡，最暴露自己弱點的。

趙小姐認真的端詳著鏡子裡面的自己。她其實蠻喜歡穿上白襯衣的自己，很清爽。但是，問題來了，人看起來沒有那麼顯眼了，一副隨時隱沒在人群裡面的樣子。這可不是她想要的。走在馬路上，走到任何一個有人的地方，她都應該，也會是最矚目的那個，至少她自己這樣覺得。

趙小姐把一條紅色寬皮帶繫在腰上，這一下子，平淡的白襯衣，變得精神和立體起來。她滿意的看著鏡子裡面的自己。

從現在開始，她又是一個人，但是那又有甚麼關係呢，她從來都是靠自己，一路走到現在。

＊＊＊

那天接完趙小姐的電話，吳若林喝了兩大杯白酒。

每當覺得有問題需要解決和面對的時候，她都會一個人躲在她的公寓裡面喝酒。她並不是嗜好喝酒，只是覺得，喝酒這個形式，可以讓時間變得慢一些，讓她有足夠的時間思考。只是這一次，她想了好久，覺得有點不知所措。她早就習慣了所有的事情，都是自己做決定，但是這次，她很想找人商量。她的腦海中閃過一個念頭，想要找他。但是，這個念頭，只不過一瞬間而已。

最後，她放下酒杯，坐到放在餐桌上的電腦前。她決定上網訂飛上海的機票。只是，她能找到的最快出發的票，是三個星期之後。

此刻的香港，每天有四、五萬宗新冠感染個案。好多人在搶機票，回大陸躲避疫情。只是，中國的清零政策，其中一個主要措施就是切斷和外界的人員流動，所以，每個星期從香港飛大陸的航班，一隻手都數得過來。

街上的人很少，大部分的餐廳空蕩蕩的，因為政府限制用餐人數和營業時長。若林發現，自己常常去飲茶的那家餐廳，乾脆在門口掛上牌子，宣布裝修一個月。

爬山的人倒是多了起來。雖然政府規定，戶外運動包括爬山也必須帶口罩，但是一走進山林，大家會把口罩拉到嘴巴下面。有人從對面走來，或者從後面跟上來，都會心照不宣的把口罩再拉上。

若林約了幾個朋友行山，為大學師兄孫偉送行。孫偉和若林的成長軌跡很像，上海出生長大，本科畢業去了美國讀書，進入華爾街工作。之後被美國投行派到了香港，幾個月之後，若林成了他的同事。三年後，孫偉的太太，當時在香港的一家美國律師事務所工作，有了一個去上海工作的升遷機會。她毫無猶豫的，帶著孩子去了上海，孫偉一直覺得，自己是被妻子知會了決定而已，因為她根本沒有和自己商量。從此，孫偉開始了平日在香港上班，週末飛上海的日子。後來，孫偉辭職，創辦了自己的基金公司，於是，一年時間，基本上一半在上海，一半在香港。

「香港疫情太嚴重了，我準備回上海去躲一躲。」孫偉在電話裡面告訴若林。

若林笑了。

「啊呀，你終於決定要走啦。其實，已經超過我的預期，沒有想到，你在香港堅持了這麼久。」

他們從新娘潭出發，走一個多小時山路，去一個客家村莊的家庭餐廳吃飯。這家餐廳只有週末的時候才開門營業，當他們到達的時候，只剩下一張空桌子。

一個老人家在露天的爐灶前，不緊不慢的做著客家煎釀豆腐，香氣從吱吱作響的鐵鍋，飄散到空氣裡面。若林喜歡週末的時候來這裡。這裡的青菜是從房子後面的農田裡面摘下來的，豆腐，還有豆漿，特別是包著花生碎的糯米糍，都是老闆娘自己做的。每次來，若林都會買上一包糯米糍帶回家。

「香港還是很舒服呀，如果不是因為疫情的話。我也不想走的。現在，越來越像一個孤島。」孫偉第一次走這條山路，雖然有點累，但是一頓飯下來，他覺得，為了這裡的美味，累一點，是值得的。

「所以你要多吃一點。你看這個糯米糍，你在上海，肯定是吃不到的了。」若林把糯米糍放在孫偉面前。

「去國外，回來要隔離三個星期。可是待在香港，到哪裡都要戴口罩，還要擔心被感染。想想還是回上海算了，至少可以不用戴口罩，正常地過日子呀。」孫偉拿起糯米糍，一口塞進了嘴裡。這是他連著吃的第三個了。

二〇二二年一月，當疫情剛剛從武漢開始，孫偉和太太帶著孩子從上海去了紐約，很快的為孩子找好了學校。三個月後，紐約出現了第一宗因為感染新冠而死亡的個案。接下來，疫情起起伏伏，完全沒有可以被抑制的跡象。於是，他們果斷決定，帶著孩子，回香港。

能夠在紐約封城之前離開，這是孫偉一直覺得欣慰的事情。但是，香港的防疫措施搖擺不定，不知道應該像中國一樣的清零，還是像其他國家和病毒共存。很快，防疫政策，從科學主導，變成了政治掛帥。

「你看，香港政府就是在做仰臥起坐。」孫偉抱怨個不停。眼看著身邊很多朋友，陸陸續續從香港回到了北京和上海，夫婦兩人決定，孫偉一個人留在香港，太太帶著孩子回上海。

「祝你在上海，和家人一起好好享受正常生活。」若林舉起茶杯。

「謝謝。當然要好好正常生活，不然回去隔離兩個星期太不值得。想想我們真是幸運，可以這樣走來走去。」

孫偉的感嘆當然是發自內心的。若林也是這樣想的。

這要歸功於他們出生的年份。因為年紀足夠小，他們沒有受到文化大革命的影響，所以他們可以正常地上小學、中學，可以參加高考。中國的經濟改革開放，讓他們在成年之後，只要足夠努力，有機會改變生活的軌跡。可以上大學，大學畢業可以自己找工作，可以想辦法去國外留學。最後，在危機來臨的時候，能夠相對比較從容的為自己和家人，尋找最好的生活方式。

所有這些理所當然的生活選擇，只要早生十年，就好像若林的表姐，都是無法想像的。因為，在應該讀書的年紀，不要說大學，就連中學也無課可上，到了應該工作的年紀，因為一場「上山下鄉」運動被送到農村。而因為戶口的關係，從一個城市到另外一個城市，需要拿著介紹信，更不要說出國，「護照」這個詞本身，就是一個陌生的概念。

若林有時候覺得，自己有點像身處一九四九年，而她，就是那些坐飛機，或者輪船，離開上海的人。當年，他們能夠買到一張離開的船票，多年之後，又可以用新的身分回到自己出生成長的地方。這種來去自由，身分的變換，大多數人是做不到的。就好像此刻的香港，不是所有想要離開的人，都有能力到外國，重新開始。

雖然若林馬上決定，回一趟上海，但是她一直沒有打電話給趙小姐。

既然到時候要在上海的酒店隔離十四天，那正好可以靜下心來再好好想一想，等到隔離結束再決定，到底去不去見趙小姐。

疫情發生之後，若林已經有兩年沒有回上海。沒有足夠的動力讓她回去，況且，她極度的抗拒酒店隔離，還有必須裝在手機上，讓自己的行蹤一覽無餘的健康碼。

若林沒有擔心過香港的疫情。只是，看著這個城市變得越來越蕭條，樓下的商鋪，一家接著一家的倒閉，變成一間又一間，門口掛著招租牌子的吉鋪，讓她覺得特別傷感。

上海的疫情突然變得嚴重起來。若林不斷聽到回北京和上海的航班被取消的消息。這意味著北京，又加緊了中國的邊境管控。

若林父親和他的妻子所住的小區，因為發現了感染者，被封控了兩個星期。所幸老人家們有準備了大量食物的習慣，沒有出現食物短缺。

「你們記得要多在房間裡面走走，不要老是坐著。」要兩個星期足不出戶，讓若林很是擔心。

「我們本來就不太出門。正好在家裡看看新聞，看看書。更安全。」父親安慰若林。

「倒是你要小心。我看新聞，說香港的疫情，嚴重得一塌糊塗。」

若林想了想，沒有去解釋到底香港的情況怎樣。這個時候，解釋也是多餘，而且既然外面的世界更糟糕，也許會讓老人家們因為身處中國，而感到安心。

回到上海的孫偉，結束了酒店三個星期的隔離，回家當天，因為同一棟大樓發現了感染者，被封鎖了。他和妻子每天在微信抱怨，因為根本沒有思想準備，家裡面吃的東西，都快沒有了。

這讓若林有點擔心趙小姐。

對趙小姐，若林是一無所知的。她不知道這三十年，趙小姐是怎樣走過來的？她也不知道，趙小姐是不是還是把錢看得最重要，是不是依然相信，女人只有依靠婚姻才能夠過上她認為的幸福生活。

她也不知道，三十年，趙小姐的容顏變成了甚麼樣子。若林有點好奇，如果趙小姐依然相信，容貌是女人最重要的武器，那麼，當容貌隨著年紀變得衰老的時候，她會怎樣的去適應呢？

畢竟，就拿趙小姐來說，她沒有機會和自己一樣，可以讀書，也沒有機會走過世界那麼多地方。這類女性，她們眼見的四周，女人們就是依靠容貌，青春，改變了命運，看不到其他的選項。

若林讀大學二年級的時候，大學裡面開始流行勤工儉學，也就是做兼職賺錢。這是一種突如其來的轉變，就在幾個月前，大學生們關心的，是這個國家的命運，想要生活在一個擁有民主自由的社會當中。而現在，經歷了失敗的，轟轟烈烈的學生運動之後，沮喪的年輕人們覺得，也許先從經濟獨立，畢竟，也能換來一些自由。

若林也加入了這股熱潮，不過有她的原因。她需要錢給在美國的男朋友打長途電話。雖然趙小姐有給她零用錢，但是那是不足夠的。而她也不願意開口向趙小姐還有父親主動要錢。她在學校附近找到一家髮廊做兼職，負責打掃店面。一個月下來，能有一百元的收入。而這，足夠她每個星期打長途電話了，儘管每次，她都覺得時間不夠。

店主夫婦是三十上下的上海人。老闆一直在琢磨怎麼去日本打工，那個時候，黃河路上的時裝小店，傳說都是去日本打工回來的人開的。在日本，男的背屍體，女的做陪酒小姐，有的帶著攢下來的錢，回到上海，做點小本生意，努力的把生活過得好一點，有的留在了日本，相信日本會有更多的機會，改變他們的命運。

老闆娘很少提出國的事情，她每天睡得很晚才起床，然後化妝弄頭髮。她喜歡和若林聊天，也常常拉著若林，要她教自己簡單的英文對話。

「做愛怎麼說？」

「Make love。」

「喔。」老闆娘走到一邊，練習發音。若林當時沒有多想，回到學校才明白，老闆娘為甚麼要問自己這個詞。老闆娘每天晚上都去酒吧，顯然，她學這些，是為了和外國人打交道。

若林已經不記得老闆娘的樣貌，但是卻一直記得，老闆娘的高跟皮鞋，敲打在髮廊的水泥地板上，發出的清脆，甚至有點刺耳的聲音。

趙小姐也是這樣走路的。每次飯局，趙小姐都把頭髮高高豎起，化著濃妝，穿著異常貼身的衣裙，衣裙裡面是要費好大力氣才能穿上的束身內衣，高跟鞋的聲音，清脆的，有節奏的，像是全場最矚目的女主角，帶著盈盈笑容，走向飯桌。她從來不會先到，她說，女人和男人吃飯，一定要讓他們等一等。

儘管若林不了解趙小姐，但是有一點可以確定，這是一個生命力頑強的人。

上海的情況越來越糟。反而香港，疫情在慢慢消退。

「唉，後悔死了。早知道就留在香港了。」電話裡面的孫偉，聲音一天比一天沮喪。

很快，上海封城了。

太多人措不及防。整個城市突然停頓了。

一個月快過去了。沒有人知道，這樣的日子還要持續多久。

一條「四月之聲」的視頻在網絡上瘋傳。影片裡面是空蕩蕩的上海黑白街景，背景聲音，是被困在家中的上海人，絕望的求助。找不到退燒藥的媽媽，不能夠外出看病的老人，太多人，第一次嚐到了飢餓的滋味。

「我們都快餓死了」

「病毒不會死人的，餓是要餓死人的。」

影片很快被刪除，幾分鐘後，同樣的視頻，換了一個名字，又開始在網絡上傳播。就好像一場正在進行的賽跑，一個又一個版本的影片，人們按進去，顯示「內容無法查看」，但是很快，會發現一個新的版本出現。人們被激怒了，但是可以怎樣表達憤怒呢？於是轉發，成了唯一的方式。只是，不到二十四小時，網絡又歸於平靜，好像甚麼也沒有發生過。

若林的微信朋友圈也刷屏了，一些平時只曬歲月靜好的人，也加入了轉發的行列。這些日子，若林看到的是，她的老同學，老同事，還有朋友們，每天在微信上講述自己如何為食物短缺而煩惱。微信上出現了各種團購群組，人們自發地組織起來，分享信息和資源，為了讓自己和家人，可以活下去。

一則新聞在微信上流傳，一個著名投資人，因為家裡沒有米了，在微信群求助。很多人幸災樂禍，終於，享有特權的有錢人，也變得和自己一樣。若林驚訝的發現，原來這則新聞的主角，正是孫偉。

「孫偉，到底是甚麼情況？」

「我們看到一個微信群可以團購米，要求加入。結果就被截圖，在網絡上傳開了。」

「現在問題解決沒有？外賣都停了，我在香港，也沒有辦法幫你們。」

「不用擔心。成了新聞人物的好處，是好幾個朋友送來很多東西。」

「你的這些朋友真厲害，現在不是誰也不能外出的嗎？」

「喔，他們是官員，所以車子有通行證。我們享受了一下特權。你知道有多可怕嗎？我們的一個朋友，困在了機場，餓了整整一天，還好遇到一個好心人，分了一隻雞蛋給她。」

「是呀，這些日子網上大家在分享各種匪夷所思的事情。你記得 Ellen 嗎？以前我們一起做過項目的。」

「記得，那個香港女孩。」

「是呀。她真是厲害，一個人拖著行李，從檢疫酒店走路去機場。她算是運氣好，走了十多公里遇到一輛有通行證的車，人家好心送她去了機場，趕上她的那班飛機，逃回來香港。不然要走四十公里。魔幻吧。」

「厲害。可是她怎麼過那些關卡的？」

「嗯，前兩天吃飯我問了她。她說，總共有六個關卡。有些看她可憐，就放行了，當看不到，有的，她是塞了錢的。不過最厲害的是，有六個沒有人看管的路口是有和她差不多高的鐵絲網的，她硬是鑽了過去。」

上海街頭，到處都是穿著白色防護服，被稱為「大白」的人。這樣的裝束，根本分不清他們到底是醫護人員、政府工作人員、警察，受僱於政府的「志願者」，還是真正的志願者。他們看起來都是相同的，沒有絲毫個人特徵，如果不開口說話，分辨不出年齡和性別。很像反烏托邦科幻電影裡面那些帶著面具，穿著盔甲的士兵。

因為不需要展示面目，所以這些執行政府指令的人們，很容易擺脫社會規則和道德的束縛，毫無負擔地做任何事情。同樣的，這個群體之外的人，看著生活中，照片還有視頻裡面的他們，同樣會因為統一的裝束，而輕易忘記，在白色外套裡面，是樣貌年齡性格觀念各異的一個個真實的人。因為是人，所以，即便有同樣的裝束，又會在行動中表現出個體的差異性。

這兩年，因為戴口罩的關係，世界變得非常怪異了。戴著口罩，會讓人覺得很熟悉，脫下口罩，反而變成了陌生人。若林常常想，如果未來的人類世界，人們不會再展現自己的樣貌，那和複製人有甚麼區別？

看著上海正在發生的事情，憤怒，聚積在若林的心頭。原本不發微信朋友圈的她，開始每天轉發關於上海的消息，常常一天發好幾條。

而她轉發的內容和那條「四月之聲」視頻一樣，也是一樣，常常在發出來的幾分鐘之後，會有朋友在下面留言：

「看不到了。」

這段時間，若林經常收到朋友的發來的微信好友申請。

「怎麼了？你幹嘛又開一個帳號？」

「我的帳號被封了。這是新申請的。」

若林這才意識到，不是這些朋友變得寡言了，而是他們被消失了。如果不在真實生活中見面，或者用微信之外的方法聯繫的話，這些朋友，不再存在於她的生活中。

雖然，網絡世界，讓人和人的連結變得容易，也拓寬了人們的社交圈。人們不再需要身處同一個城市，甚至不需要見面，因為可以身處同一個網絡社群之中，可以在網絡上相識，甚至惺惺相惜。但是，當網絡技術成為操控社會的工具，一個人輕易的就被消失。雖然只是虛擬世界中的死亡，但是，和真實世界中的社交死亡，分別並不大。

「我每天看你發的朋友圈。很喜歡看你發的那些，關於弱勢人群的消息。他們太需要被關注了。這個國家怎麼了！」

收到楊小姐的留言，若林覺得很意外。

楊小姐是若林在投行的上司，也是上海人，和若林的表姐差不多年紀，也去過崇明插過隊。後來，她成為八〇年代第一批，被中國政府派去美國公費留學的學生，然後和大部分同去的中國學生一樣，沒有學成歸國，而是留在了美國。她先拿了化學博士，發現很難找到工作，於是又和大部分中國大陸留學生一樣，去讀了工商管理碩士，加入了華爾街。九〇年代中，被派到香港，負責大中華業務。當年，就是楊小姐在紐約面試若林。

在若林的記憶中，楊小姐就是一個能幹盡責的上司。她從來沒有批評過中國政府，不管是公開還是私下的場合，也沒有表露過自己的政治立場。二〇〇八年若林辭職，開始做自由撰稿人。拿著若林的辭職信，楊小姐根本沒有細看，隨後放在桌上，好像早就知道若林的決定一樣。她沒有挽留，只說了一句：

「你選了一條不容易的道路，希望你不要後悔。」

若林一直不太確定，楊小姐的這句話，是出於對她的關心，還是一種警告。但是，有一點，楊小姐是對的，這條路確實不是若林想像的那樣簡單。

成為自由撰稿人的第二年，若林為一家歐洲媒體撰寫一篇中國報導。二〇〇九年，被中國政府視為政治上高度敏感的一年。中共建政六十週年，達賴喇嘛流亡五十週年，還是六四事件二十週年。若林去了上海，她約了一名被中國官方點名批評，但是非常敢言的學者，若林沒有告訴父親自己回到上海，但是一出虹橋機場，她的手提電話響了起來。是若林父親打來的，約她當天晚上在國際飯店吃飯。

當若林走進國際飯店的餐廳包間，幾個自稱是公安局六處的中年男人，客氣的向她微笑，讓她坐下。若林的父親，用抱歉的眼神看著她，不發一言。整個晚上氣氛良好，若林一直沒有搞明白這頓飯的目的是甚麼。只記得一個自稱處長的人笑呵呵的說：

「你在香港，那麼對於香港的情況比較了解，所以，以後就請你多多和我們交流一下關於香港政府政策的信息。」

「我不是官員，也不是立法會議員，消息沒有那麼靈通。」

「沒有關係，沒有關係，你在香港，消息一定比我們靈通。還有，看你最近寫了我們上海的事情。你要知道，登在外國媒體上，我們壓力很大的。」

「喔，這樣。」若林不知道用怎樣的表情來回應，只能埋頭吃碗裡面的菜。

「你看，你經常回來，你家人也在上海。這是你的家鄉。你還是要為家鄉做點正面的事情的。搞得大家都不開心，那就不好了。」

若林看著對方，保持著禮貌的微笑。

走出國際飯店，若林叫了輛出租車，先送父親回家。兩個人沒有在車上談論這頓飯局，而是聊著家裡面的瑣事。道別的時候，父親輕輕的和她說：

「你自己當心。不用擔心我們。」

一回到香港，若林馬上請教她的記者朋友。

「健，我終於加入了被喝茶的隊伍了。」

健跑了二十多年的中國新聞，有過無數次和國家安全局工作人員談話的經驗。

「這太正常了。你的稿子發在了這麼大的英文媒體上，不找你才奇怪呢。」

「嗯，嚴重嗎？」

「算輕的。嚴重的那種，你根本不知道他們在監視你；或者，直接就把你扣起來了。」

「那我接下來應該怎麼辦？」

「記得你的手機是不安全的。你的一舉一動，是沒有秘密的。然後，就是你自己的選擇了，寫甚麼，不寫甚麼。」

「明白了，就是要讓我自我審查。」

「是。這是成本最低，但是也非常有效的做法。你看現在好多的香港媒體，就明白了。」

「但是這種辦法，如果大多數的人都不感到恐懼，就沒有用了，對吧？」

「那就要採取強硬的做法了。」

「比如說？」

「比如說，外國記者不發簽證，你這種，不發回鄉證，讓你沒有辦法去採訪。」

若林很快把這件事情拋在了腦後。她覺得，如果自我審查，那又何必辭職寫作。而且，如果就算不能去大陸，並不等於不能寫中國的事情。

若林只是簡單的回了「謝謝」，她不知道如何用更多的語言，來表達發自內心的感激。

她終於可以確定，這個從來不和自己談論政治的前上司，當年的那句話，是善意的提醒。而一個人堅持不沉默，哪怕在聽眾很少的平台上，都是有意義的事情。

若林終於接到航空公司的通知，航班取消了。其實上海一封城，若林就知道，只要不解封，她就不可能去上海了。她想，是時候打電話給趙小姐，至少可以知道，到底她現在的狀況如何。那天她在電話裡面說自己有長期病患，那麼多病人因為封城沒有辦法看醫生，她會怎樣呢？

因為封城，沒有交通工具，人們沒有辦法去醫院看病。有人想盡辦法到了醫院，卻被拒收。網絡上，充滿了各種病人的遭遇。事發突然，長期病患者，根本沒有在家裡面準備足夠的藥物。特別是那些需要做透析的患者，醫院停擺，對於他們，簡直是滅頂之災，意味著生存線被切斷。

一個有心人，每天在網絡上更新封城期間，因為得不到及時救治的死亡人數。大家都很清楚，這些數字遠遠小於真實的死亡數字，因為這個統計，是根據網絡上，那些得不到救治而死亡的病人家屬發的帖子。沒有人知道，到底有多少沒有被聽見的死亡。只是，就是這樣的一種努力，很快，也被消失，看不見了。

「這樣的情況怎麼會出現在上海，這個國際化的城市？」孫偉憤怒極了。

但是此刻，若林發現，自己對於朋友的憤怒，有一種說不出的感覺。

只要對不同的政治體制的定義有所了解，眼前發生著的，是完全可以用理論來進行解釋，而這些理論，已經在過去，被一次次的證明，是正確的。表面光鮮亮麗的上海，就好像一碰就碎的瓷器，一點風吹草動，就碎成一地。畢竟，上海，是中國的上海。

對於一直生活上海，享受著特權的人來說，是感知不到，或者乾脆拒絕承認，這一種國際都市的脆弱。這群人住在高檔涉外小區，在裝潢精美的餐廳吃飯，交往的人自成一局，和大部分的上海人，或者更準確地說，和大部分的中國人沒有關係。這群人擁有的財富，為他們帶來特權，而特權，帶來了便利舒適的生活。他們用金錢為自己構築了一個安全範圍，避免了遭到制度碾壓而產生的窘迫。但是這種窘迫，對於普通人，卻是一種日常。

只是這次，金錢在權力面前，沒有用了。這群人和這個城市所有人一樣，生活在惶恐當中。擔心家裡面沒有足夠的食物，擔心家人或者自己生病，沒有辦法得到救治，擔心因為感染，或者鄰居感染，會被送到條件糟糕的方艙隔離。

若林曾經屬於這群人，過著和絕大部分中國人無關的生活。

當她還在投行的時候，去大陸出差，住的是五星級酒店，打交道的，不是權力在握的官員，就是事業有成的企業家，而若林的工作，就是幫他們，也是幫自己，賺更多的錢。曾經很長一段時間，若林覺得，她看到的，就是中國。這個中國不再是她離開時候的那個中國，是欣欣向榮，充滿機會，是人民越來越富裕和滿足的，是越來越自由，越來越好的。直到二〇〇八年的四川汶川地震，站在倒塌的校舍前，若林對自己說，你錯了。

若林撥通趙小姐的電話。沒有人接。

隔了一個小時，她再打，還是沒有人接。

第二天，若林繼續撥打趙小姐的電話。

依然沒有人接。

若林對自己說，每天早中晚都要打這個電話，直到趙小姐接聽。

***

若林是在微信朋友圈裡面看到敏初的帖子。朋友們都在轉，刷屏了。這段時間，每天都有刷屏的內容。很快就會被刪，看不見，然後，新的內容填補上來。

一個叫做敏初的年輕人，寫了一篇長長的文章，講述自己目睹她的鄰居，在上海封城期間，死在家中的故事。在她的筆下，這位獨居老人，被她稱為「趙阿姨」。

這是一個悲傷的故事。

趙阿姨的屍體是在去世之後的第三天才被發現的。

敏初住在她樓上。她是這棟樓的志願者，負責將封城時間，居委會統一分配的物資送到各家。由於管控越來越嚴格，上海絕大部分的社區，已經不允許居民們自己團購，所有的物資，必須由居委會統一購買和分配。

敏初告訴大家，之所以充當志願者，一來她覺得需要為這個社區做點事情，二來，說老實話，這是唯一能夠不用關在家裡面，可以出門的方法，儘管最遠也就是到小區門口。每隔幾天從家門口出來，然後到小區門口去拿居委會送過來的物資，一家一家的敲門，把東西放在門口，這是她最期待的事情。

若林看到這裡，忍不住笑了起來，為了這個女孩子的誠實。她想，如果她處在敏初的位置，身處被封控的小區，她也應該會主動去做志願者的，而出發點更加簡單，就是為了享受一下不被二十四小時關在家裡面的那點點自由。雖然對她來說，這是一件矛盾和糾結的事情。因為清零政策，成為政府的志願者，就成為維持這種不合理狀態的強大機器中的一部分，而只要足夠多的人不參與，這個機器是無法運轉起來的；但是另一方面，正是因為沒有足夠多的人去阻止機器運作，於是志願者這個角色，又能夠幫到很多需要幫助的人。

敏初說，自己從來沒有試過一整天被關在家裡面不出門。經歷了幾天被關在家裡的日子之後，她想，坐牢應該就是這種感覺。當然，坐牢更糟糕，至少家裡面還有床，還有窗。而當志願者，其實也就是和監獄放風差不多，因為有時間限制。但是至少，可以盡情的呼吸戶外的空氣，可以看到小區裡面的花花草草，抬頭是比窗口看出去寬闊得多的天空，還有，聽到人的聲音，能夠和人說話。封控開始之後，能夠面對面和人說話，是她最渴望的事情，就好像是人生的額外獎勵。

雖然若林習慣一個人住，有的時候，非常享受一整天不用說話。但是，這是她自己做的選擇，一種自由的選擇。而敏初所面對的，是強制的現實。任何人被迫在違背個人自由意志的處境下生活，都是折磨。所以若林非常理解敏初的這種感覺。封控中的人，像是一座座孤島，是無助的，甚至是絕望的。

若林把這篇文章看了又看，尤其是敏初描繪的，和趙阿姨相處的日子。

這位趙阿姨，是敏初五年前搬到這個小區，認識的第一個鄰里。她總是笑咪咪的，主動和敏初打招呼。知道敏初剛剛搬過來，一個人住，馬上熱情發出邀請，讓敏初到她家裡喝茶。

「她的家裡面擺設很簡單，」敏初寫道：「客廳的鞋櫃上放著幾張照片。趙阿姨說，那都是她年輕的時候。年輕的趙阿姨很時尚，和我印象中上一輩的明星有點像。當中有一張是中年的趙阿姨，和一個和我差不多年紀的女孩。

那是趙阿姨唯一一次提到女兒，看她不願多談的樣子，我也就沒有再追問。但是我覺得，趙阿姨和女兒之間，應該發生過甚麼事情，因為，每次見到趙阿姨，都是一個人進出，就算春節，也是一個人過。

我也是好幾年沒有回老家過新年了。趙阿姨每年都會在年初一的時候敲我的門，塞給我一封利是，她說，這是香港人的傳統，只要對方還沒有結婚，都有資格拿。我喜歡趙阿姨選的利是封。不知道是不是訂製的，上面大大的趙字，然後每年都有這一年的生肖圖案，很用心。

我聽趙阿姨提過，她年輕的時候去了香港，現在回上海養老。她總是誇上海好。可以講上海話。她說她的廣東話一直講得不好。而且她喜歡吃上海菜，但是香港的上海菜做得不好。

這些，就是我知道的，關於趙阿姨的全部。」

敏初在帖子裡面，詳細描述了發現趙阿姨屍體的過程。

經過趙阿姨家門口的時候，敏初聞到了一股奇怪的臭味，從門縫裡面傳出來。她敲了門，沒有回應。三天前，她也敲過門，沒有人應聲。但是她沒有太留意。她想，也許是老人家正在午睡，聽不到敲門的聲音。於是，她把居委會分給趙阿姨的物資放在門口。但是此刻，這些東西還在門口，蔬菜已經腐爛，流出的黃綠色的液體，已經在地上凝固，透過黑色的邊，可以看到這灘液體的大小。

敏初馬上在微信群裡向居委會負責人報告。對方很快回覆：我們會處理。你專心做自己的事情，不用管了。

但是敏初並沒有就此不管。因為按照她這些日子和居委會打交道的經驗，這樣的回覆，也就是意味著拖延。可是，萬一老人家病了，需要馬上得到救治，那麼居委會會拖延到甚麼時候呢？所以，她在門口等了十五分鐘，沒有看到居委會的工作人員出現，馬上撥通了一一〇報警。

警察很快上門了，還有居委會的人。敏初看到居委會工作人員的眼神，很顯然在責怪她多管閒事。可是，這關係到一個人的性命呀。

沒有人知道趙阿姨是如何渡過生命中的最後幾天，或者幾個小時的。敏初想，她可能是為數不多的幾個人，知道一點趙阿姨的人生最後幾年是如何渡過的。所以決定，一定要把寫下來。在這個被封控的城市當中，不知道還有多少像趙阿姨這樣的孤寡老人，他們是不是還活著。

「趙阿姨好可憐。如果不是因為封城，也許她會活得久一些。」敏初在文章的最後這樣寫。

敏初的文章當然沒有在網絡上存活太久。若林早就養成了習慣，看到這類文章，第一時間截屏保存。不然，這些文字，就好像從來沒有存在過。

因為敏初提到那張趙阿姨和女兒的合影，若林想，也許可以試一試。那個趙阿姨，說不定就是趙小姐呢？

若林在微博上找到敏初的帳號，在她的帖子下面留言：

「你好，我的朋友讀了你的帖子。她覺得帖子裡面的趙阿姨，很像她聯繫不上的媽媽。如果可以的話，可以聯繫你嗎？」

「當然可以。這是我的微信。」

很快，若林接到敏初用微博的私信功能發來的回覆。若林按照裡面敏初留下的微信帳號，發了交友申請。

收到敏初的微信回覆，若林正在中環的超市購物。她喜歡的很多食品，只有在這裡才能買到。這也是若林喜歡香港的理由之一，可以用合理的價格買到來自世界各地的東西。同樣的東西，放在上海，要貴太多。

大中華地區最高的大樓，早就不在香港了。先是被上海的金茂大廈超越，然後是台北一〇一的後來居上，但是很快，北京、天津、廣州、深圳，摩天大樓一座高過一座，但是最終，最高大樓還是落腳在浦東，名字同樣直截了當：上海中心大廈。

人們喜歡把香港和上海進行比較，而這兩個城市，輪流見證著中國的時代變遷。十九世紀末，香港還是漁村的時候，上海已經是「東方巴黎」，遠東第一大城市。後來，上海成為社會主義下的上海，而香港，則憑藉著資本主義的優勢，成為國際金融中心。但是，接下來的香港，是不是會像當年的上海一樣，不再是原來的香港？五十年不變的香港，最終是向世界展現了時間的速度，以及承諾的不可靠。

只是，這兩座城市之間不再會有輪迴。沉淪過一次的上海，不可能像當年香港取代自己那樣，再次冒升，取代香港成為國際都會。充其量，兩座平起平坐的中國大城市而已。

若林走出超市，坐電梯去了二樓平台。這裡原本是遊客聚集看海景的地方，而現在，一個人都沒有。

若林打通了敏初的電話。手機屏幕裡面，出現了敏初年輕的、善良的臉。

每次對未來覺得悲觀的時候，總歸是這樣的年輕人，讓若林看到希望，也讓她願意做更多的事情。她希望，這些和女兒同齡的年輕人們，不要像她年輕的時候那樣，選擇太少，付出太多。他們值得擁有更美好的生活。

「謝謝你，敏初，願意和我通電話。我叫吳若林，我聯繫不上媽媽，所以來打擾你。」

「不客氣的。請問，你是那個寫利比亞的吳若林，對嗎？」

「喔是的。你看過我的書？」

「太開心了。我是你的讀者。你在微博發私信給我，我已經很開心了，偶像和我聯繫呢。不過我還是要和你確認一下。」

「是我是我。」

「我在北京讀大學的時候，讀過你的書。我還去過你的簽售會，拿過你的簽名。那本書還在我的書架上呢。我給你看。你等等。」

若林看到敏初從鏡頭裡面消失，然後，她拿著書走回座位，把書放在鏡頭前面。

「哈，真巧。」

「你知道嗎，我現在在一家媒體工作。我喜歡寫東西，就是因為你。我一直記得你説過，普通人的故事，需要有人寫下來。」

若林覺得很慚愧，因為，她正在放棄。

「原來是你在找媽媽。你看看，像嗎？」

敏初發了一張照片過來。

「這是三年前春節，趙阿姨給我發利是，我拉著她拍了這張照片。我差點不記得有合照呢。」

若林拿著手機，看了好久。那是一張圓潤的臉，慈祥的笑容。不過，應該不是趙小姐，她的媽媽。

雖然她不知道趙小姐年老之後的樣子，即便是中年的模樣，都有些印象模糊，但是，眼前的照片，確實沒有絲毫她印象中的跡象。

可是，記憶可能會出錯呢。

「你還記得趙阿姨的其他一些事情嗎？比如，她有甚麼愛好嗎？」

「嗯，有的。」

敏初想起來，趙阿姨喜歡看書。她唯一去過她家裡的那次，她看到趙阿姨的書架，上面除了中文書，還有一些英文雜誌，趙阿姨當時還借了幾本給她，包括《時代週刊》。她有聽說這本雜誌，但是從來沒有讀過。趙阿姨說，這是她每次從香港回來的時候偷偷帶進來的。

「趙小姐說，海關看她年紀大，從來不查她的箱子。」

若林聽著敏初的敍說，沉默了。現在可以百分之一百的確定，這個趙阿姨，並不是趙小姐。

趙小姐是從來不看書的，她也不懂英文。

趙小姐感興趣的東西，都是生動、耀眼、直截了當的。漂亮的衣服，防止衰老的化妝品，提高身價的珠寶首飾。若林和趙小姐有限的相處時光裡面，趙小姐唯一看過的雜誌，是香港的《姐妹》雜誌。

當然，那個時候的若林也愛看。雜誌裡面有關於性技巧內容，直截了當得讓若林看得臉紅心跳，即便周邊沒有人，也會偷偷的看一下周圍，彷彿自己在偷窺，但是雜誌裡面的文字，卻是那樣的若無其事。若林有的時候想，作者們在書寫的時候，應該同樣也是落落大方的，不認為這是羞於啟齒和談論的話題。很多年之後若林才明白，這才是心智成熟的成年人，應該有的樣子。自己的身體自己做主，把慾望說出來，就好像大學時代遇到的那個髮廊老闆娘，沒有甚麼難為情的。

若林是在姐妹上面讀到亦舒的小說。那些在香港展開的愛情故事，若林是陌生和好奇的。讀中學的時候，上海流行瓊瑤的小說，裡面的女子，都是紫色的、悽楚婉約的，站在雨中，眼睛憂鬱，她們因為愛情而存在。亦舒筆下的女子是不一樣的，她們穿白色襯衣、米色的褲子，配上長長的大衣，像風一樣。她們很忙，讀書，工作，尋求經濟獨立，甚至有點拜金。她們也戀愛，但是那不是她們的全部。這一點倒是和趙小姐經常講的有點類似：男人不可靠，只能靠自己。

「謝謝你，雖然不是我的媽媽，但是謝謝妳寫出來。你的文字，讓我覺得，寫作是有力量的。」

若林有一種想要擁抱這個女孩的衝動。非正常的生活狀態，發生在眼前的生離死別，這麼年輕的人，面對如此沉重的話題，她沒有躲避。若林忽然覺得，自己又有力氣了。

所有發生過的事情，一個個人的遭遇，都是歷史的一部分，需要被記錄下來。如果沒有人主動書寫，那麼將來，對於歷史的記憶，只有一個官方版本，甚至是遺忘。

就好像敏初，她們這一輩，未必知道六四、文革，還有三反五反、四清運動。這些沒有存在於學校的教科書，他們的長輩不願提及，媒體偶爾會提及其中的一些，但是言語不詳，而且，也是被官方選擇和定義過的版本。

即便親身經歷六四，作為參與者，每個人所擁有的，依然是有限的個體記憶。那個夏天，在若林去深圳前，她每天只能看中央電視台的報導。示威的學生成為政府口中的暴徒，若林是不服氣的，因為她堅定地相信，走上街頭的大家，做的是正義的事情，不是暴徒，但是眼前的畫面，那個被燒死、屍體被掛在崇文門過街天橋的解放軍士兵，又讓她有點疑惑。直到她去了深圳，看到香港的報紙和電視，才稍微了解，到底發生了甚麼。再後來，看了更多參與者們的敍述，非官方的影像記錄，才讓若林慢慢確定，自己對這段歷史，有了一定的了解。

若林很想和敏初多聊，但是她忍住了。

「等到不需要隔離了，希望在上海能夠見到你。如果你願意，你應該把自己做志願者也好，封閉生活的狀態也好，全部都記錄下來。因為，這是非常有意義的事情。」

「我會的。」

若林沒有放棄她的努力。她決定請梁清鴻幫忙。清鴻是她的大學同班同學，也是閨蜜。現在是上海一家媒體的一把手，更重要的，他認識和了解趙小姐。

大學三年級那年，若林要去深圳過暑假，清鴻死纏著要一起去。她倒是歡迎，三十六個小時的火車旅途，有個人坐在身邊一起說話，時間自然過的快一些。

清鴻是若林班上最帥的男孩。瘦高個子，皮膚黝黑，頭髮是天然捲，加上稜角分明的臉，讓他看上去有點像混血兒。他來自湖南一個小城，若林覺得他的身上有一種高冷氣質，他不喜歡的人，是無法接近他的。但是若林一直奇怪，為甚麼他們是最好的，無話不談的朋友，但從來沒有過異性之間的那種化學反應。

大學畢業之後，他們有八年沒有見面。當他們在上海見面，清鴻看到若林的第一句話就是：

「你猜猜我有甚麼要告訴你嗎？」

「喔，你是 gay ？」若林想也沒有想，脫口而出。

那天傍晚，清鴻帶她去了黃浦區的一個三角地花園，那裡有一個公廁，他們結識男伴的地方。若林那天晚上才知道，很多大學裡面備受女孩喜愛的男生，原來都是同性戀。

他們有一個自己的私密世界。

「不過，我是公務員，所以，不能讓單位知道我是同性戀。」

「那你不結婚怎麼辦呢？」

「我已經告訴他們了，我有暗戀的女孩，我一直在等她。」

「哈，他們相信嗎？」

「所以今天晚上你要陪我去吃飯。我告訴他們，那個女孩就是你。但是，你愛上了另外一個男生，你們都去了美國。」

「噢，這個謊話編得不錯，至少一半是事實。」

那天晚上，若林陪著清鴻和他的領導吃了晚飯。領導沒有多問甚麼，看著若林，微笑著，一副甚麼都知道的樣子。清鴻一個晚上，都用情深款款的眼神看著她。而若林，則努力的忍住笑，表現出一副享受其中，但是又能夠和清鴻保持距離的模樣。

那年暑假，若林帶著清鴻去深圳。

從上海到廣州，坐火車要三十六個小時。車廂裡面的行李架塞得滿滿的，買不到座位票的乘客們，用報紙鋪在地上，橫七豎八的坐在那裡，讓本來就狹窄的過道，只能一個人側身通過。兩個人的好處，是一路上可以聊天，悶熱的車廂，變得也沒有那樣難受。

到了廣州，需要再轉大巴，通過一個檢查站關卡，才算正式進入深圳，如果沒有邊防證，就會在這個關卡被趕下車。邊防證的申請很複雜，不過趙小姐有門路，通過武警邊防大隊的朋友，為兩個人辦好了證件。很多沒有邊防證的人，就會付五十塊錢給蛇頭偷渡。蛇頭們在邊防線鐵絲網下面挖了一個洞。也有人會買假邊防證，然後拿著闖關，博一下運氣。

巴士進入深圳市區，從深南大道的上海賓館開始，高樓開始一座連著一座。若林看到清鴻瞪著他的那對有點凹進去的大眼睛，頭貼著車窗，看得出神。

趙小姐很喜歡清鴻。他們到深圳的第二天，趙小姐帶著他們去了國貿大廈頂樓的旋轉餐廳。若林已經去了很多次，每次都是陪趙小姐，招待內地城市來的官員。清鴻坐在落地玻璃前，根本沒有打算收斂一下自己的興奮。他都顧不上吃東西，而是一直看著窗外的景色。

「謝謝趙阿姨請吃飯。今天太開心了。這是我這輩子最開心的一天。」

看著清鴻講話的樣子那麼真誠，若林不得不忍著，才不讓自己笑出來。她看到趙小姐笑得非常開心，一副心滿意足的樣子。若林這才意識到，自己從來沒有當面感謝過趙小姐。也許她覺得，母親請女兒吃飯，理所當然的事情吧。

第二天，趙小姐過關去了香港，然後出發去危地馬拉，把兩個人扔在了深圳。她買到了一本危地馬拉護照，需要去當地住上一段時間。想到趙小姐一句英文都不懂，隻身一個人去那麼遠的地方，若林和清鴻都佩服她的膽量。當然還有羨慕。他們兩個，之前連護照都沒有見過，所以，拿著趙小姐的那本護照，看了好久。

趙小姐從東北一個邊境小城弄來了一個車皮[1]的飲料，於是，收貨、找倉庫儲存、推銷，成了若林和清鴻整個暑假的工作。

他們兩個推著自行車，車後面放著飲料，一個又一個電話，約貿易公司看樣板，一家一家的向街邊小店推銷。半個月過去，他們賣出了大半車皮的飲料。

在暑假快要結束的時候，趙小姐回到了深圳。

趙小姐喜歡找清鴻聊天，清鴻是一個特別優秀的聆聽者。看著兩個人坐在客廳的沙發上，說說笑笑的樣子，若林覺得，清鴻更像趙小姐的孩子。

清鴻告訴若林，他喜歡趙小姐，因為她是那種，打不倒，摔不死的人，站在她的邊上，都能感受到她的能量。

清鴻大學畢業，和若林一樣，也來到了深圳，在一家國企工作。若林和趙小姐決裂那天，拖著行李出現在清鴻的宿舍門口。

---

1 編註：火車車廂，在此作量詞用。

清鴻握著若林的手，聽她慢慢講完：

「我明白你的感受。你離開她是對的。我們和趙小姐，從來都不是一類人。」

二〇一二年的春天，若林收到趙小姐的一個短信。只有一句話，讓若林每個月給她匯款，作為她在上海的生活費。短信附上了帳號和名字，一個新的名字，還是姓趙。若林算了一下，她已經見過趙小姐四個不同的名字。

若林沒有回短信，但是馬上坐上去羅湖火車站的火車，過關去深圳。在銀行辦完自動轉帳手續，打電話給清鴻，此時的清鴻，已經調到了上海，是一家國有媒體的領導。

「清鴻，你幫我去看看趙小姐，然後和她說清楚。錢我會付，但是，就這樣了。」

清鴻很快約了趙小姐。

「趙小姐還記得我。」清鴻告訴若林。

「她看上去狀態蠻好。她說賣了香港的房子，打本做生意，現在租了上海郊區的一個小別墅，兩層的。我去的時候，有一個男的在樓下燒飯，那個男的看著比我們沒有大多少。他看趙小姐的時候，滿眼都是崇拜。」

「她現在在做甚麼？還是做生意？」

「她是這樣說。我和她說，阿姨，你不如不要做生意了。現在很難的。不如拿著若林每個月給你的錢，安安定定的養老算了。當然，我知道她不會聽的。她是趙小姐，肯定是生命不息，折騰不止的。」

只是，此刻，打電話給清鴻，請他幫忙，若林有點遲疑。畢竟，封城，對清鴻這種級別的官員，同樣也會有影響。

***

若林的擔心是有道理的。

清鴻告訴若林，自己每天過得像打仗一樣。人總是繃得緊緊的，睡不好覺。他都懷疑自己是不是抑鬱了。

清鴻必須每天早上五點起床，對著電腦，上網搶菜搶物資。對於清鴻這樣的人來說，這種節奏和壓力，比普通人要大的多。平時，這些瑣事，都是由秘書和助手完成的，是不需要為生活的零碎操心的，這些人的時間和精力，放在無數的會和應酬當中。而現在，只能依靠自己了。

「想想我也算幸運，眼看上海疫情變得嚴重，把父母在封城前送到了湖南的一個小城市，一個人，總是容易解決一些。」

「那裡怎麼樣？」

「也封小區，但是小地方容易通融，吃的還是能夠買到的，而且能夠在小區裡面走走。就是不能上街。」

「那就好。好過被關在家裡面。」

清鴻每天和若林報告自己又怎麼過了封城的一天。若林很為他著急，但是又幫不上忙。唯一能夠做的，就是當一個傾聽者。

「你給我的咖啡還剩一點點，冰箱裡面也只有一小塊黃油了。我現在已經從每天兩杯咖啡，減少到一杯了，而且杯子也換成了小的。別人都是在團購柴米油鹽必需品，咖啡和黃油這些東西，在小區群裡面提這些，也不太好意思。」

封城前，若林給清鴻寄去了兩包 Geisha 咖啡豆，還有一堆清鴻指定牌子的日用品。這些東西，雖然在上海可以買到，但是卻要比香港貴很多，所以若林定期會寄給他。為了找清鴻要的義大利的 Mavis 牙膏，若林還花了點時間。

「你怎麼這樣講究？我都沒有聽說過這個牌子。」

「那是牙膏中的愛馬仕呀，死八婆，你也要用呀。」

「你是官員。給人家知道你這個樣子，哈哈，當心被舉報違反八項規定。」

八項規定是中共在二〇一二年對八千多萬黨員提出的規定，要求改變官場文化和工作作風，向貪腐宣戰，塑造中共廉潔形象，

「唉，也只有堅持這些，我才能保持一點自己。」清鴻當然知道若林是在開玩笑，只是，依然悵然若失。

「你知道嗎，我必須一些生活習慣。我這是防止自己墜落的抵抗。雖然很淺薄，甚至有點愚蠢，也許沒有用，但是，我必須堅持的。」

大學同班同學裡面，若林只和清鴻成為了朋友，其他人，離開大學之後，就沒有了來往。雖然中間有八年時間沒有見面，但是真正的朋友，就是那種，許久不見也不需要細說從頭，可以讓時間無縫連結。

畢業二十年，同班同學搞了一次聚會。若林正好在上海出差，加上所有當時人在上海的同學，正好圍成一桌。大家談論的話題，房子，鈔票，孩子，還有官運，若林一直沉默，只是微笑著聽著，倒是清鴻，在飯桌上顧盼生姿。

「你就是《沙家浜》裡面那個阿慶嫂。」一離開餐廳，和同學們道別，若林推了一把站在身邊的清鴻。

文革的時候，全中國的舞台，只有被中共審查通過的「革命樣板戲」可以上演，當中包括《沙家浜》，一部現代京劇。用「現代」這個詞，是因為雖然表演形式單一，但是注入了創新元素，比如，用鋼琴，而不是京胡來伴奏。主角阿慶嫂，被塑造成所有中國抗擊日本侵略的女性的化身。她表面上經營一家茶館，和國民黨周旋，但是實際上，這是共產黨的一個聯絡站。而現在，阿慶嫂被用形容一個人能說會道，左右逢源。

他們走在思南路上，梧桐樹的葉子，在若林和清鴻的頭頂刷刷作響。這是若林最喜歡的一條街。

「喲，你離開中國這麼久，居然還記得樣板戲。」
「怎麼會忘記，小時候太多東西深入骨髓了。」若林停下來，等著聽風吹過樹葉的聲音。只有在這樣的路上，若林才會懷念上海。
「我哪裡是阿慶嫂。阿慶嫂好歹是全心全意在為共產黨工作。我更像一個被迫賣笑又賣身的啦。」看著清鴻的眼神變得黯淡起來，若林後悔自己打開了這個話題，勾起了老朋友的傷心。
清鴻是一個很有韌性的人，也因為這樣，他們的友誼，並沒有因為歲月，以及環境和身分的變化，受到影響。
清鴻從湖南的鄉村考上上海的大學，畢業後去了深圳，然後又回到上海，一直在體制內。看著清鴻算是順利的走到現在。若林當然是高興的。雖然，他必須有付出，比如，他不得不隱瞞性取向，再比如，必須隱瞞自己的很多真實的想法。
若林知道他糾結過。
清鴻四十歲之前，和若林商量過好多次，要不要離開體制，甚至離開大陸。若林很認真的建議，他們可以結婚，這樣，如果他想走，可以用家庭團聚的理由移民香港。不過，清鴻一直拖拖拉拉，猶猶豫豫，最終沒有接受這個建議。後來，共產黨發佈了新的規定，如果要想被提拔，那麼自己的配偶和子女不能都在境外定居，這種官員被稱為「裸官」。
「還好當年沒有接受你的建議，不然，我的官運就到此為止。」

「沒關係，我們可以果斷地離婚。顯得你更加忠誠，寧願和黨在一起，也不和愛情在一起。」

雖然這是若林的玩笑，但是她明白，清鴻終於決定，犧牲自己的感情生活。

隨著在官場的不斷晉升，清鴻想要偷偷的和同性伴侶交往也變得不可能了。他必須時刻提防，被官場上的對手用來攻擊自己。雖然官員有情婦是普遍現象，只要情婦們不鬧，或者官員本身沒有被調查，從來不是問題，但是同性戀的身分，會徹底把一個人從官場系統中剔除出去。

若林原本是最被同學們羨慕的。九〇年代去美國讀書，然後到香港工作。但是過去十多年，中國經濟發展的這麼快，也讓同學們的家庭資產在不斷增加，尤其是那些在政府機構工作的。於是，若林在同學們的眼裡，就像香港這個城市一樣，慢慢變得黯淡和不再特別了。

這些體制內的同學，雖然工資收入從帳面上看，一點也不高，但是加上各種福利，收入還是不錯。況且，因為擁有特權，於是比普通民眾多了資源，讓生活變得便利和優渥。就拿清鴻來說，手裡面兩套上海市中心的房子，是單位在二〇〇〇年初分配的。隨著市場化，單位用很便宜的價格賣給了員工，然後，跟隨著上海的房地產價格飛漲，一套就超過千萬。而若林，依靠在投行工作的積蓄，在香港買下了一個很小，但非常昂貴的公寓。

「哇，你家都沒有我家的客廳大。」清鴻第一次來到若林家，無法置信眼前的狹小。

「可是，居然那麼貴。」

「是呀。所以你看，老同學們，再也不羨慕我了。可能很多人會覺得我活得辛苦和可憐呢。沒有搭上中國經濟發展的快車。」

「不要理他們。他們根本不懂。你看，你和大學的時候，沒有甚麼兩樣。你再看我，越來越像個中年婦女，外人眼中的油膩中年男。」

「你可以不要打扮成現在這個樣子呀。穿這種夾克外套，難看死了。你不是一直對吃穿很有要求的嗎。」

若林真的是發自內心討厭很多大陸中年男人的打扮，加上發脹的臉龐，一看就是缺乏自制力，沉迷各種飯局當中。還好，清鴻一直是注重自己的身形和外貌的，雖然也有點中年發福，但是並沒有像大部分的官場男性那樣走形。

「那怎麼行。你要知道，如果我在外面穿得和領導不一樣，那是自己送死呀。」

若林辭職當自由撰稿人，清鴻只問了一個問題，那就是她的銀行戶口，是不是有足夠的錢可以支撐這種可能是零收入的生活方式。

因為寫作的關係，若林一度在內地成了公眾人物，這些老同學們，開始時不時的誇獎一下她，成了班上唯一的名人，讓大家都很有面子。但是很快，若林關於中國的書寫，在網絡上，被愛國小粉紅們攻擊。

這種攻擊在二〇一四年達到一個高潮。渴望擁有真正的選舉權的香港人走上街頭，佔領主要交通幹道，要求立法會和行政長官的選舉，做到一人一票。這場公民抗命運動，被稱為「雨傘運動」。小粉紅們把若林關於運動的文章，一篇篇的從被防火牆阻隔，無法在大陸被瀏覽的英文媒體，斷章取義得翻牆搬運到大陸的社交媒體，作為若林賣國的證據加以批判。

若林當然不在乎，畢竟那些都是不相干的陌生人。再說，人們總要尋找一個出氣的地方。網絡世界上，喜歡罵公眾人物，也算是找到了一個發洩的渠道。若林甚至覺得，充當出氣筒，也算是對這個社會，還有同胞的一種貢獻。

不過，來自老同學的批評，若林還是有點介意，畢竟同窗四年，雖然很多人已經面目全非。好幾個同學在微信群裡面，批評若林是「帶路黨」，站在美國人一邊。若林保持沉默，清鴻站了出來：

「不要甚麼事情都用外國勢力的思維。好歹大家都是新聞系畢業的。忘了老師課堂上怎麼教大家的。」

於是，那些批評的聲音消失了。

二〇一九年，香港發生了反送中運動。運動支持者反對通過《逃犯條例修訂草案》，擔心一旦香港的犯罪嫌疑人被引渡到大陸，會遭到不公正的審判，認為這個條例，損害了一國兩制之下，香港獨立的司法權。

同學群裡面排斥若林的聲音又開始出現，而且比五年前多了許多。一名在政協工作的男同學說若林是「港獨」，因為她同情示威者，還在微信圈曬自己參加遊行。

「為了我們群的安全，我建議群主，把若林請出去。」

看到這位男同學的建議，若林想，是不是應該自己主動退群，這樣，身為群主的清鴻不用為難，但是，這是不是一種逃避？自己又沒有做錯事。

若林猶豫不決，其他同學倒是沒有覆議。清鴻很快的説話：

「你這種做法太惡毒了。你在官場這麼多年，扣這麼大的帽子，是把老同學往死裡整呀。」

好幾分鐘過去，那位男同學沒有再説話。

「作為群主，我定個規矩，不要在這裡談論時事，我不想我們這個群被炸，也不想自己有事。大家都知道，現在群裡面如果出現過激言論，不單群沒有了，群主是要承擔責任的。另外，這是同學群。大家能夠同窗四年，本身就是一種緣分。希望大家珍惜。」

若林看到，大部分同學在清鴻的建議下面點了讚。

若林決定，還是要請清鴻幫忙。只是，她吞吞吐吐，繞了很大的圈，才告訴清鴻，發生了甚麼事情。

「我們是這麼多年的朋友了，你説話直接一點不行嗎？」清鴻有點生氣。

「啊呀，八婆，因為看了那麼多關於上海的消息，然後看你每天搶菜，所以才會這樣説話啦。」

若林聽到清鴻嘆了口氣。

「是呀，前兩天，我的一個手下就去世了。」

「多大？」

「剛三十歲。」

「怎麼死的？」

「她心臟病發，打一二〇叫不到急救車。後來，她的媽媽打電話給我。我動用了所有的資源，終於搞到了一輛急救車，但是，去到女孩家的時候，已經晚了。」

「唉，這樣的事情，這些日子聽得太多。你千萬不要責怪自己，你盡力了。是這個城市被徹底的毀壞，無法正常運轉了。」

「是呀。經過這些事情，我會開始擔心自己。原本我屬於享受到更多資源的人，而現在，這些資源都沒有了，甚至缺失了。你想，如果我都有這種擔心，那就更不要説普通市民了。可是，能怎麼辦呢？」

很快，清鴻告訴若林，趙小姐十年前住的那棟樓，早就被拆遷了。

「你不用擔心。不是有手機號碼嗎？我讓公安系統的朋友幫忙。」

很快，清鴻找到了趙小姐，她在浦東的一家養老醫院。

「但是我還沒有聯繫上他們。一直沒有人聽電話。你再等一等，我找找他們的上級領導。」

這讓若林更加擔心。

這家養老醫院在上海封城前發生過醜聞。

十多個老人感染死亡，屍體被停放在養老院裡面，院方不僅沒有通知家屬，即便是家屬們打電話詢問的時候，院方也沒有告知對方真實情況。一些自稱離職的護士，在互聯網上發帖，講述養老醫院裡面的慘狀。帖子很快被刪除，但是後來，一些離職的護工和家屬，接受了美國媒體的採訪，證實了傳言的屬實。

而這兩天，微信群裡面，大家又在刷屏一個消息：一位老人被送到了殯儀館，因為疫情關係，家人不能去火化現場。家人第二天收到通知，告知老人已經被火化。但是幾天之後，院方又打電話給他們，原來被火化的老人，是另外一個。這名老人，就是被這家養老醫院送去了殯儀館。

疫情剛剛開始，一名著名的經濟學家，美籍華人，住在上海的母親，因為醫院不接收非感染病人，得不到及時醫治去世。儘管媒體不能報導，但是他的微信截屏，在網絡上快速傳播，同樣的，被海外媒體報導。

但是此時，類似的故事已經太多，對於無法求醫而死亡的故事，人們已經麻木了，不再感到震驚和憤怒，就連海外媒體也不再報導。但是把一個活人送到了殯儀館，完全超出了人們的想像。按照政府規定，一個人被證實死亡，需要多個機構開具證明，醫院、派出所，如果一切都按照程序，這種事情，是絕對不可能發生的。但是人們再一次發現，因為一個城市被迫停止運轉，沒有甚麼底線可言了。

若林越來越擔心。擔心趙小姐，會不會是那些無聲無息死去的人當中的一個。

要讓清鴻動用他的權力和資源來幫自己這個忙，若林是有點內疚的。畢竟，有違自己的原則。

但是，這是她當下唯一的選項了。

***

趙小姐躺在床上。周圍是安靜的，隔壁床的老太，已經不見了。至於不見了幾天，她有點記不清楚了。而且她也不知道，老太到底是被家人接回了家，還是送到了別的地方。

上一次護工來送飯，是兩天前了。新的護工依然是外地人，問她問題，只會搖頭，連不知道都不開口説。

房門被反鎖了。院方説，為了防止感染，誰也不能離開房間。趙小姐打過電話去前台，但是沒有人接聽。而現在，她連打電話都沒有力氣了。餓過頭的關係，她反而沒有了食慾，只想躺在床上，甚麼也不做。

她用手機看新聞，知道上海封城了。

也許是因為封城的關係，所以沒有護工送飯，也找不到人。應該不會持續太久的吧。她這樣安慰自己。

趙小姐的電話，已經有一個多星期沒有響起過了。之前，每天都會有那些詐騙和廣告電話打進來。距離她打電話給若林，已經有兩個星期了。

「看來，她是不會見我了。」

雖然是白天，躺在床上，趙小姐閉著眼睛，這樣可以節省點力氣。睜著眼睛，也沒有東西可以看。

她不想坐起來，更不想房間裡面走走。

這兩天，她常常沉浸在回憶中，這是她用來打發時間的方法。沒有電視看，連可以說話的老太也不見了。這個時候，趙小姐覺得，原來還是雙人房要比單人房好，如果隔壁的床位有人的話。

趙小姐是不喜歡回憶的。她覺得，只有一個人衰老了，走不動路，說不動話了，才會只想著過去。她遠遠沒有到這個時候。所以，每當有過去在腦海中閃過，趙小姐都會把這個過去趕走，阻止自己繼續想下去。

如果說，自己的人生中，覺得特別開心的日子，那應該是和阿毛頭在一起，在上海的街頭擺攤的時候吧。後來的日子，雖然自己很努力，但是總是踩不準這個時代的節奏。

當年嫁給若林的父親，她是被小姐妹們羨慕的，因為她們和她一樣，都是初中畢業，只能在工廠做女工，所以，也只能嫁給工人，只有她，嫁給了老師。後來，她離婚了，她知道有些小姐妹是有點幸災樂禍的，所以，她和那些人斷絕了來往。再後來，她嫁給阿毛頭，去了香港，她再次成為姊妹們羨慕的對象。

八〇年代回上海，還是很有衣錦還鄉的味道的。她可以大大方方的走進友誼商店，而以前，她只能站在外面，羨慕的看著別人走進去。她可以住在五星級酒店，對於一個在石庫門房子裡面長大的人來說，這是難以想像的生活。她還記得自己第一次去香港，他們租的房子有浴缸和淋浴，她都不知道怎麼用，結果搞得洗手間一地的水。所以後來，看到第一次住酒店，第一次用淋浴的女兒，因為把洗手間搞得滿地都是水，在那裡不知所措的樣子，她想起了自己當年，在房東面前的窘迫。

可是，自從她和阿毛頭離婚之後，趙小姐覺得，所有的運氣，好像都被用光了。

一九九七年，一場亞洲金融風暴，讓她所有的積蓄都不見了。

她聽朋友的鼓動，把錢都投在了紅籌股[2]上。從好的地方想，她沒有像她的一些朋友那樣，抵押了房子，然後借銀行錢炒股票。畢竟她是窮怕了的，她承受不了那種負債的壓力。當然，向朋友借錢是另外一件事情。就好像做生意，問朋友，家人借錢，那是自然不過的事情。不然，朋友和家人要來做甚麼？

對於一無所有的恐懼，拯救了她，不然的話，就像她身邊的一些朋友，股票賺的時候，魚翅撈飯，但是最終熬不過金融風暴，破產、自殺、消失。

說到房子，那是讓她最懊悔的事情。

金融風暴不久，趙小姐在上海認識了一個叫建國的男人。在他身上，她看到了年輕的阿毛頭的樣子，也是腦子靈活，同樣有著上海男人那種貼心。建國說自己在上海有路子，可以一起投資做生意。

2　編註：指在香港上市的中國公司股票，通常是有中國政府背景的公司或機構。

這和她的打算，不謀而合。

「我當時怎麼會這麼相信這個男人呢？」趙小姐在床上翻了一個身，嘆了口氣。

自己當年一直教訓若林，想讓她明白，嫁一個家境富裕的老公才能過上有保障的生活，可是自己，為甚麼會又一次，還是和一個窮男人從頭開始，而且相信這個窮男人會有出頭一天呢？

不過，說到底，回上海，還是自己的決定吧。

那是二〇〇二年。趙小姐帶著行李，來到上海。坐在出租車上，離開浦東機場已經半個多小時了，周圍還是荒蕪的鄉下。那個時候，浦東只有一家香格里拉還算像樣，金融區的那些高樓，還沒有蓋完。但是，上海變了太多了。

趙小姐記得，看著已經不再熟悉的上海，自己當時是多麼的興奮。她有一種直覺，香港要開始衰落了，如果說，當初她做的決定是正確的，離開上海，抓住了香港最好的機會，那麼現在，應該輪到上海了。作為上海人，怎麼可以錯過呢？

於是，趙小姐毫不猶豫地賣了香港的房子，回到上海。

十年之後，當她待在租來的小別墅裡面，她不停的懊悔。

為了來上海，她的房子是在香港樓價暴跌的時候賣的。當然，她並沒有虧錢，在經歷了一九九七年的樓價高峰之後，跌得再多，她也是賺的，而且賺得不算少。因為相信建國，她把所有的錢都投資在生意上。

如果按照她自己的想法，她是一定要買房子的。如果，十年前，她買了上海的房子，那麼就不會像現在這樣居無定所。而且，上海的房子像香港一樣，十年的時間，樓價飛漲，她甚麼都不做，都可以賺到錢。可是，她卻眼睜睜的錯過了。現在，上海的房子，早就不是她能夠負擔的了。

如果當年來上海，第一時間買了房子，那麼也不會和好姐妹變得疏遠。雖然趙小姐認識很多人，但是她知道，自己在上海只有一個要好的小姐妹，還有就是建國。

只是人生，哪有甚麼如果。

她和小姐妹在一條弄堂裡長大，一起上同一家小學和中學。但是，大概十年前開始，她們慢慢不來往了。趙小姐明白，這是她的問題。年輕的時候，因為長相一般，小姐妹永遠是她的陪襯。自己一直是小姐妹羨慕的對象，羨慕她受別人歡迎，羨慕她結婚，甚至和若林的父親離婚，羨慕她去香港，後來用港商的身分，回到上海。但是，當趙小姐賣掉香港的房子，決定回上海和建國一起做生意之後，她發現，在小姐妹面前的優越感慢慢消失了，甚至開始一點點被自卑取而代之。

小姐妹嫁給了工廠的同事，一個家裡甚麼事情，都讓小姐妹做主的上海男人。每次趙小姐去找小姐妹，她們在房間裡面嗑瓜子、聊天，那個男人總是默默走開，拿著搓板和木桶去天井洗衣服，或者去灶頭間，為她們做飯。

小姐妹有一個獨生兒子，在上海讀完大學，去了銀行工作。小姐妹很早下崗，二〇〇〇年，他們以前住的弄堂老房子拆遷。這一次，和九〇年代拆遷不同。九〇年代，拆遷賠償，說到底就是從市區搬到了郊區，改善了一點居住環境，但是人們並沒有多餘的錢或者房子。但是後來，上海政府出了新的規定，拆遷不再按照面積，而是按照住戶人數來算。小姐妹家不知道用了哪些親戚的名字，戶口本上一下子多出好幾口人。結果，他們家拿到了三套安置房。

很快，上海的樓價大漲，他們把兩套房子賣出去，然後買了市區的新房，過起了悠閒的，幫兒子帶孩子的退休生活。每次見面，小姐妹總要說起，房子又升了多少，或者拿出孫子的照片，聊天的場面，趙小姐不再是主角。

好幾次，小姐妹為她惋惜：

「你看，如果你不去香港，你們家那套老房子，多值錢呀。」

說者當然無心，但是趙小姐聽著，心裡面會有種被針扎的感覺。於是，她越來越少約小姐妹出來聊天，對方找她，她也總是推說很忙。慢慢的，也就不來往了。

因為自己香港人的身分，趙小姐聽從了建國的建議，所有的商務登記都用他的名字。雖然經過了阿毛頭的事情，她時不時心裡面抱怨，男人都是信不過的，但是依然毫無保留的相信建國。

就這樣，趙小姐算了一下，兩個人在上海過了十二年。建國倒是一直對她很好，直到公司陷入財務困境，面對一大堆債務，建國突然消失了。

也好。趙小姐想。因為從法律上，她和公司沒有絲毫聯繫，所以，所有的債務，隨著建國的消失，也就和她無關了。這也是算是他對自己好的一種方法吧。

趙小姐的手上，倒是還剩下一些私房錢。她還是留了一個心眼，為自己保留了一點點積蓄。可是，此刻的上海，她手裡面的這點點錢，房子肯定是買不起了，也做不了生意。而她，也已經過了六十，在上海，早就過了退休年紀了。

當公司開始面臨經營困難，趙小姐想，是時候讓女兒來養自己了。贍養父母，這不是天經地義的事情嗎？於是，她找到前夫，要了若林的電話。前夫告訴她，若林在香港工作，這讓她更覺得，應該讓若林承擔起做女兒的責任。

她看得出來，前夫在決定是不是給她若林的電話的時候，有點猶豫。

「我是她媽媽，怎麼會害她。」前夫想了想，點點頭，把電話交給了她。

趙小姐當然記得清鴻的拜訪，因為第二天，建國消失了。

那天，清鴻做了一桌的飯菜，有她最愛吃的梅乾菜燒肉，和往常一樣，他在裡面加了雞蛋，因為那是趙小姐最喜歡吃的。那是要多花功夫的。先要把雞蛋煮熟，剝殼，再和梅乾菜還有豬肉一起慢慢燉。

趙小姐生命中的這三個上海男人，都能做一手好菜，總是勤勤懇懇的做家務，而她，因為從小奶奶帶大，被寵壞了，對於家務一竅不通，更不要說做飯。沒有他們在身邊，她都是在外面的餐廳吃飯，或者在家裡面煮一碗麵條。這三個男人，讓奶奶寵溺她的感覺，一直在她的生活中持續，即便中間，中斷過一點時間。

只是，建國消失之後，後來的日子，趙小姐不知道自己是怎樣晃晃悠悠的過來的，再也沒有男人寵她了，她真的是只有一個人。

女人真的是，年老色衰，不值錢了。

房間裡面的日光燈又開始一閃一閃，還發出顫抖的吱吱聲。這盞燈從早到晚一直亮著。隔壁床的老太太在的時候，她一定會在每天睡覺前，去把燈關上，自從她不見了，沒有人去關燈了，因為趙小姐根本不在意它的存在。

可是，為甚麼運氣後來會不見了呢？為甚麼會錯過賺錢的機會呢？

難道，是自己書讀得少了？

趙小姐記得，奶奶從小說她聰明，周邊的鄰居也老是這樣誇她。上了小學，老師也這樣和奶奶說她。

但是她太貪玩，而且那個時候，讀書從來不是讓人羨慕的事情，被人羨慕的，都是那些腦子靈活，能言善道，積極參加各種政治活動的人。但是她骨子裡面還是應該很敬佩讀書人的，不然，那麼多追求者，有工宣隊的、有革命委員會的，為甚麼最後她還是選了一個讀書人？

趙小姐想起來，還沒有和若林父親離婚的時候，每次買了新衣服，或者打扮的漂漂亮亮的出門，或者想要為家裡面增加一點好看的裝飾，他會說她浪費，愛慕虛榮。

那個時候，的確剛剛流行，布店裡面，多了好多好看的花布。她買回來為自己還有若林做裙子，但是婆婆的臉色變得很不好看，最讓她傷心和生氣的，若林的父親從來沒有幫她說話，反而因為婆婆的臉色，責怪她不懂得持家。

可是，那是她自己的工資。她自己賺的錢，為甚麼不能按照自己的心意來用呢？

至於甚麼叫做虛榮，她問過若林的父親。她確實是聽不懂，但是她沒有得到答案，只有一個眼神，讓她覺得慚愧，好像問了一個只有愚蠢的人，才會問的問題。她倒是經常聽別人用這個詞批評女人，可是，那些被指點的女人們到底做錯了甚麼呢？像她一樣，因為喜歡花錢，喜歡漂亮，就是貪慕虛榮，可是，那又有甚麼錯呢？那麼多的男人也喜歡花錢，為甚麼偏偏說，這是女人的缺點呢？

若林沒有理自己。難道是因為自己沒有盡到母親的責任？

可是，若林出生的時候，自己還那麼年輕，根本沒有準備好。

趙小姐還記得看到女兒的第一眼，那是一個多麼醜的小東西呀，而且，從今以後，這個小東西就要永遠跟著自己了。

第一年是讓她喘不過氣來的。她要上班，晚上卻沒有辦法睡好，因為若林會半夜哭鬧，再睏，她都必須爬起來，不然第二天，鄰居們都會來抱怨。石庫門房子隔音不好，房間裡面一點點聲音，就會傳到隔壁房間。雖然她已經算好的了，婆婆和前夫都會一起幫忙帶孩子，但是，因為若林的關係，她好久沒有和小姐妹出去逛街看電影了，不知道外面流行甚麼樣子的衣服。她原本那麼靈敏的時尚觸覺，都快不見了。

趙小姐一直不喜歡小孩子，覺得他們太吵鬧。若林出生，她覺得，抱著她，只不過是母親的工作和責任，但是並不享受。若林的父親，一下班就會第一時間衝到房間抱起女兒，不停地說話、扮鬼臉，把女兒逗得不停的笑。若林也更喜歡黏著爸爸，看著趙小姐的眼神，總是有點點害怕和猶豫。

離婚之後，趙小姐並沒有太經常想起若林。她需要把過去的舊世界放在一邊，前面的路很長，她很忙，忙著讓眼下的日子過好。

等到若林十八歲的時候，之所以想到要去找她，就是因為，那個時候，她正好一個人，環顧四周，可以依靠的，除了自己，也就是若林了。這個世界上，和自己血脈相通的，只有若林一個人。她從來沒有隱瞞過這種想法，她記得很清楚，告訴過若林。之所以這麼直接，因為她相信，自己可以為若林帶來更好的將來，而這個更好的將來，當然裡面必須有自己。

和若林相處的那四年，她一直覺得，她們更像同齡人，她從來沒有把自己當成長輩。相反，很多時候，若林要比她成熟。

這不能怪她，她不知道怎麼做媽媽，因為，她是孤兒，由奶奶帶大，她不知道一個媽媽，應該是甚麼樣子。雖然她總是說，只能靠自己，但是她的人生，大部分時候，還是依靠別人的照顧的。小時候是奶奶，後來是若林的父親，再後來有阿毛頭和建國，還有其他那些來來走走的男人。也因為這樣，她理所當然的覺得，自然是可以依靠成年之後的女兒的。

不然，為甚麼要生孩子呢？不就是當自己老了，有一個依靠嗎？

和若林決裂之後，趙小姐同樣沒有太多地想起這個女兒。因為她依然很忙，忙著賺錢，忙著嘗試一種種的可能。但是此刻，當她無力地躺在床上的時候，女兒那一頭的沉默，讓她覺得有一種從心裡面發散出來的痛楚。她覺得，她被拋棄了，而且，拋棄她的這個人的生命，是她賦予的。

她有點怨恨若林。

趙小姐睜開眼，看到了頭頂那盞一閃一閃的日光燈。

她瞪大眼睛。

時亮時暗的光線，吱吱嘎嘎的聲音，好像有人在遠處呼喚著她。她聽不清楚那個聲音，到底是男人還是女人，年輕還是年老。只是覺得，那種聲音帶著她，穿過黑暗的隧道，隧道的盡頭，有一束光，那是她想要去的地方。

第三章

上海——紐約：美好與腐壞

「找到你媽媽了。」

若林聽到清鴻的聲音在電話的那一頭想起。她深呼吸了一下，為接下來的結果做準備。

「她去世了。很可憐，就是那家很多老人沒有人管的養老醫院。我想你應該看到新聞了，有幾十個老人去世。現在家屬們正在鬧，要求院方公開更多信息。」

若林不想接受，但是不得不接受的那一刻終於來臨了。

這些日子，若林不斷地想像著，這一刻會用甚麼樣的方式來臨。在等待清鴻電話的時候，若林覺得，如果清鴻到時候告訴自己，沒有趙小姐的下落，反而是她最希望的結果。

若林當然看過那段新聞。那是自己在美國媒體工作的朋友寫的獨家報導。過去，雖然這種新聞，大陸媒體因為新聞管制的原因，一定不能報導。但是他們通常會把消息和聯繫方式交給香港的同行，然後會成為香港媒體的頭條，再透過不同的渠道，轉回到大陸，這被叫做新聞的「出口轉內銷」。如果外媒覺得，這樣的新聞，自己國家的讀者會有興趣，或者對於幫助讀者了解中國很重要，那麼，他們會引用和跟進。但是現在，中間的一層消失了，但是還有社交媒體。於是，外國媒體報導中國的記者們，在中國的社交媒體上發掘著各種議題。

「謝謝你。」若林發現，自己的悲傷沒有預期的那樣濃烈，只是有點悵然若失。

四月的香港，空氣中總是彌漫著一股濕氣，在戶外待久了，身上就會有一種黏糊糊的感覺。和清鴻在電話中道別，若林放下電話，走到露台。因為毛毛雨的關係，若林的臉頰變得濕漉漉的，視線也變得模糊起來。

狹窄的露台，被若林設計成一個露天小酒吧。平時，天氣好的時候，她會坐在高凳上，聽著樓下傳來的人聲嘈雜，邊喝酒，邊寫東西。在高樓林立的市中心，她的這個小公寓難得沒有被其它高樓近距離擋住，總算是擁有了隱私。然後，透過遠處的高樓和高樓之間的縫隙，還可以看到一點海景。

若林永遠也不會知道趙小姐的人生故事，因為她已經沒有機會去聆聽了。原本，她以為，自己還有時間，還有機會。只是，如果趙小姐不打電話，那麼自己的生活中，早就沒有了趙小姐的位置，對於趙小姐的人生，她並沒有興趣。

但是，這樣的死亡，即便是發生在一個陌生人身上，但凡有點同理心，有點正義感，聽來，都會覺得唏噓，甚至有點憤怒。何況，那個電話，讓趙小姐重新回到若林的生活中，而且，這一次，她並不準備逃避。

但是，來不及了。

若林在網上查了去上海的機票，她想，至少她應該去把趙小姐的骨灰取回來。人死了，所有的身後事，都是和活著的人有關，不管她做甚麼，其實都不再是為了趙小姐，而是為了自己。

機票已經訂到兩個月之後。這讓若林非常沮喪。況且，就算訂到第二天的機票，還必須算上隔離的時間。封城的關係，從海外到上海，隔離時間從十四天增加到二十一天。

若林託清鴻去領取趙小姐的骨灰，幫她暫時保存。

若林準備把一半的骨灰灑到黃浦江，一半帶回香港，灑在海裡面。也算是魂歸故里，畢竟，這兩個城市，都有過趙小姐生命的痕跡。

不過若林不是太確定，是否可以拿到骨灰。畢竟，已經沒有任何法律文件可以證明趙小姐和自己的母女關係。此時趙小姐的合法身分，只有她手上的那張身份證，那張有著虛假的年齡和名字的身份證。當然，又怎麼能證明，這些是虛假的呢？

清鴻倒是不擔心。

「相信我，一定可以拿到骨灰。」

「我當然相信你，只怕要搞很多手續，會很麻煩。」

「不會的。人家巴不得你把骨灰快點拿走呢。我只是擔心，現在這麼混亂，聽說都不是一個個火化了。」

「你是說，可能拿到的骨灰是別人的？或者幾個人混在了一起？」

「有這個可能。你要有思想準備。」

「唉，沒關係了，不重要了。」

若林不記得中年趙小姐的模樣了，記憶中依稀有點趙小姐年輕時候的樣子。那是因為，趙小姐驕傲的給她看過自己年輕時候的黑白照片，眉眼長得像當年很紅的一個女演員，所以若林留下了些印象。

但是，若林清楚的記得，自己義無反顧，離開趙小姐的那天。

那天之後，她們再也沒有見過。

後來，若林常常想起那天。其實，一開始就是一個錯誤。自己不應該離開上海，一個人去深圳，去趙小姐那裡，尋找依靠。

那是大學畢業的夏天，若林已經在上海的一家外資會計師事務所上班。雖然她的大學專業不是財會，但是因為英文成績好，所以被錄用，正在接受培訓，完成之後，就會成為初級審計員。若林她喜歡那幾個從美國總部過來講課的同事，尤其是那個三十出頭的女同事。穿著白襯衣，和黑色西褲，人特別爽快，課也講得更加清晰。每次她笑起來的時候，若林會被她感染，好像注入一股能量。

就在培訓課程進行了一個星期的時候，若林收到了曾致中從美國寄來的信。那是一封分手信。第二天，若林整理了簡單的行裝，衝到火車站，買了去廣州的車票。

她走得那樣匆忙，都沒有想到遞辭職信。奶奶憂慮的看著她，甚麼也沒有說。她也來不及告訴父親。她想，父親早就習慣了這麼一個我行我素的女兒，所以，不會擔心。

到了廣州，若林發現，自己還沒有辦進入深圳的通行證。當然，這不是大問題。她很快在火車站廣場，找到賣證件的票販子。她在火車站的候車室待了一個晚上，第二天一大早，坐上了去深圳的大巴。當她背著一個背囊，出現在趙小姐面前的時候，趙小姐剛剛睡醒，穿著睡衣，頭髮蓬鬆。趙小姐看了若林一眼，沒有問甚麼，指著一間房間說：

「你還是睡這間。」

那天，若林和趙小姐吵完架，回到自己的睡房收拾行裝。她的東西很少，就是一個背囊。從睡房出來了，經過客廳去門口的時候，她看到趙小姐坐在沙發上。若林想，趙小姐應該看到自己離開了。那一刻，趙小姐甚麼也沒有說，甚至頭也沒有朝若林那邊轉過。

若林關上身後的門，走下樓梯，走出大門，然後在蔡屋圍村口停下來。她看了一眼身後那些高低不同的農民房，還有邊上的工人宿舍。一群女工捧著碗，在走廊上吃午飯，村口士多的老闆，翹著腳，廣播裡面是咿咿呀呀，她只能聽懂幾個單詞的粵曲。若林從包裡面拿出錢包，看了一眼，還有十塊錢。她的腦子飛快的計算了一下，足夠坐小巴去清鴻的集體宿舍。

上一次，她如此徬徨的站在村口，是她大學三年級的暑假。那天，她也是站在村口，不知道接下來的日子怎麼熬下去。

她的口袋裡面只有兩元人民幣，而在農民房裡面，還有兩個人，對外，是趙小姐的員工，其實，是趙小姐來自上海，帶著期待，等待著發財的遠房親戚。若林需要好好計畫，如果趙小姐還不出現，那麼，三個人需要依靠這兩塊錢最多能夠維持幾天。最後，她在這家士多花了一塊五毛錢買了三包散裝麵團，節省一點的話，這三包麵團可以吃兩天。若林悲哀的發現，自己根本不夠錢買方便麵，因為一包要一塊錢。就在這個夏天，台灣來大陸投資生產的康師傅方便麵開始在深圳流行，因為價格比只能在中英街買到的日本方便麵便宜四分之一。至於剩下的五毛錢，還有接下來，三個人可以怎麼過，若林覺得，只能到時候再說。她只能，過一天，算一天。

還好，當天晚上，趙小姐拖著皮箱，意氣風發的回到了出租屋。聽到皮鞋的聲音在樓梯上敲響，若林算是卸下了心中大石。她不是擔心自己會挨餓，她是擔心屋子裡面的兩個男人。她有點不明白，這兩個男人為甚麼要來這裡，而且，為甚麼看不出有絲毫擔心的樣子。即便家裡面已經沒有東西吃了，他們也是一副和自己無關的樣子，於是，需要她，這個屋子裡面年紀最小的一個人，理所應當的去為他們尋找解決問題的方法。

若林早就習慣了趙小姐的行蹤飄忽不定。

大學二年級暑假，趙小姐讓若林來深圳。過了兩天，趙小姐說，要去北方幾個城市跑生意，於是把她託付給一個uncle，一個來自上海，然後據稱在國外轉了一個圈回來做生意的中年男子。若林覺得，對方看上去，五十歲上下的樣子，若林叫他楊伯伯。楊伯伯住在羅湖的一棟高層商業大廈裡面，除了她，還有一個和若林年紀差不多的女孩，來自廣東偏遠鄉下，楊伯伯說，那是他家的保姆。小保姆很安靜，每天只是賣力的工作，打掃衛生，煮飯。若林覺得，小保姆長得蠻好看，濃眉大眼，皮膚黑黑的，臉龐很有線條感。

第二天，楊伯伯說，帶她們兩個一起去逛商場。若林跟在兩個人後面，走進了女裝部的內衣櫃檯。楊伯伯讓小保姆挑選內衣，結帳的時候告訴若林：

「我幫你也買了一套。」

若林覺得很意外，但是不知道如何拒絕，只能點頭說謝謝。

第三天，趙小姐來接若林。

「那個小保姆一定和他有路。」趙小姐一進大廈電梯，馬上就很確定的和若林說。

「不知道，不過昨天楊伯伯帶我們兩個去買內衣。」

「幫你也買了？」趙小姐的眉毛挑起，聲音提高了八度。

「是的。」

「你收下了？」

「是的。他沒有問我，就直接幫我買了。」

「一個女孩子，怎麼能夠讓男人買內衣呢？這是會被人看不起的。」若林聽出來，趙小姐非常生氣了。

「那怎麼辦？」

「都買了，你都收下了，能怎麼辦？以後知道了就好了。」

那是若林唯一一次被趙小姐責備，其他時候，趙小姐還是客氣的，最多埋怨一下若林不懂事，或者沒有把事情辦好。不過若林並沒有因為趙小姐生氣而難過，相反，還有些暗自開心。因為這說明趙小姐在乎自己，才會生氣吧？

士多的粵曲，變成了流行歌曲，陳慧嫻的《飄雪》。這是若林喜歡的歌，講述在滿天的飛雪中，想起已經分手的戀人。若林每天都會想起曾致中，即便離開上海來到深圳，每天的情緒，依然會隨著思念，像坐過山車一樣的跌宕起伏。

而此刻的她，在這麼短的時間裡面，又一次被人拋棄。第一次，是一個被她以為可以過一輩子的人，這一次，被自己的親生母親。

若林沒有哭，但是站在村口，她感覺到自己的身體在發抖。她第一次體會到甚麼是屈辱感。而這種侮辱，竟然來自自己的母親。她想起趙小姐對她的唯一那次責備。那不是因為愛她，她有點恍然大悟，那是擔心她作為女人而因此貶值。

趙小姐從來沒有愛過自己。

她有沒有愛過趙小姐？她愛的，是想像中的那個母親吧。

雖然，若林很早就接受一個現實，即便有血緣關係，並不意味著必定是彼此生活的一部分，並不意味著彼此會有所牽掛，會成為依靠。但是，不管怎樣，終究還是有點遺憾。

若林背著她的大背包，在清鴻的宿舍門口出現。清鴻的室友們見怪不怪，他們早已經把若林當成清鴻的女朋友。清鴻同房的室友，甚至主動表示，會去另外一個睡房，和其他同事擠一擠，把房間讓給他們。第二天，清鴻託朋友買到了從廣州到上海的火車票，三天之後，把她送上了去廣州的大巴。而她和清鴻再次見面，要等到她從美國回到香港工作之後了。

回到上海，若林很快找到了一份新的工作，在一家跨國公司當前台。她喜歡把自己埋在前台後面，只有訪客來了，她才需要抬起頭和對方講話。其他時候，她只需要接電話，就連同事經過，她也可以選擇假裝埋頭處理手頭的事情，視而不見。她不吃午飯，偶爾同事問起，她會解釋，自己正在減肥。每天下班回家，她會躲在閣樓看書。她告訴奶奶，晚餐隨便就可以，因為沒有胃口。

日子就這樣不緊不慢地過著，陪隨著奶奶每天的唉聲嘆氣。若林知道，奶奶是在擔心自己。可是，她又能怎麼樣呢。直到那天，邱海明，也就是曉瑜的父親，出現在她的面前。

海明是若林表哥的中學同學，那天他來看望表哥。若林正在亭子間陪著奶奶剝毛豆。她看到他看著自己，愣了一下。

「若林，你長大了。」

若林當然記得海明。她還在念小學時候，海明每次看到她，就會拍拍她的腦袋，有的時候，會和表哥一起，教她做數學題，玩二十四點，下五子棋。若林喜歡這個大哥哥，個子高高的，有著一張稜角分明的臉，總是笑咪咪的看著她。若林家所有人都喜歡海明，奶奶老誇他懂事，有教養。

八〇年代初，在復旦物理系讀書的海明，考取了諾貝爾獲獎者李政道發起的CUSPEA[1]項目，拿到美國大學的獎學金，開始讀物理學博士。後來，若林聽表哥說，他當了律師。若林後來問過海明，為甚麼會有這麼大的變化。

「是讀物理沒有前途嗎？」

「不是。是到了美國之後我發現，自己對科研完全沒有興趣。我喜歡和人打交道，而且我很喜歡看那些律政劇。所以，我花了三年時間讀完法律博士，通過律師資格考試。而且確實，律師的收入要好很多。」

海明和表哥聊完，剛離開，奶奶就把表哥叫到亭子間，追問關於海明的事情。他為甚麼要回來，回來多久，結婚沒有，在做甚麼。坐在一邊的若林安靜的聽著。原來海明這次回上海，是準備接父母去美國探親。他在紐澤西州剛買了房子，唯一被父母念叨的，是快三十歲的人了，卻還沒有結婚，甚至沒有可以帶回家見父母的女朋友。

第二天，海明又來了。若林聽到他大聲的問在亭子間的奶奶。

1 編註：中美聯合培養物理類研究生計劃（China-U.S. Physics Examination and Application, 1979-1989），由中國物理學家李政道主導，選拔中國學生到美國攻讀物理研究的考試。

「若林在嗎？」

「她在三層閣呢。你自己去找她吧。」

坐在閣樓看書的若林，一早聽到了有人從一樓上樓的腳步聲，直覺告訴她，那是海明，而且，是來找她的。所以當海明問她，是不是願意和他去看電影的時候，她笑了。

因為她，海明延長了在上海的假期。三個月後，在海明和父母去美國之前，他們去辦理了結婚登記。海明說，這樣，她就可以快點去美國團聚。

一年後，若林去了美國。很快，她懷孕了。曉瑜出生的時候，若林也正好讀完了工商碩士課程，在華爾街找到了一份分析師工作。

一切好像順理成章，若林覺得，自己的人生，終於塵埃落定，看到了永遠的模樣。

想到曉瑜，若林覺得，是時候讓她知道，這個從未謀面，甚至從未聽說過的外婆了。而她已經準備好馬上離開香港。有很多地方要去，有一些人要見。她不希望自己接下來的人生，再有來不及說的再見。

***

大部分的上海人，是不相信上海會封城的。畢竟，大家覺得，這是國際金融中心，中國最重要的經濟城市，一旦封城，經濟活動停滯，這個代價，是太大的。

所以，當政府突然宣布封城的決定，人們是驚詫，和措手不及的。

封城先從浦東開始，浦東的民眾只有不到四個小時的時間外出購物，超市瞬間排起了長龍，人們搶購所有眼前所見的東西。誰也不知道，封城，會持續多久。四天之後，浦西進入封控。只是，原本政府宣布只有四天的封控，最終變成了二個多月。

曾經車水馬龍的城市，突然變成了詭異的靜謐，上海，突然之間，昏睡過去了。

若林的來電響起來的時候，曉瑜還在被窩裡面。上海封城已經兩個多星期了，她發現，最好的打發時間的方法，就是睡覺。當自己閉上眼睛的時候，這個世界，就顯得沒有那麼令人心煩意亂了。只是，這些日子開始，閉上眼睛，嘗試了很多方法，總是無法入睡。還好，家裡面有一瓶安眠藥。

曉瑜看了一眼電話上的時間，已經是早上十點了。其實她很早就醒了，只是，起床也沒有太多事情可以做，關鍵是，根本沒有做事情的動力和興致。每天刷手機，看到的都是各種讓人心情沮喪的消息。昨天晚上，網上都在傳一隻柯基被大白活活打死的視頻。她哭了。她沒有想到，這個自己如此喜愛和自豪的城市，會有這麼野蠻的事情發生。她想起和若林以前很多次的爭論。她總是責怪自己的母親看中國過於偏激，但是，也許，若林是對的。

「早，曉瑜，起床了嗎？」

「還沒有。在賴床。」

「嗯，記得還是要吃東西的。最好做點運動。」

「知道。」

疫情開始後，若林的電話多了起來，之前，也就是一個星期通一、兩次電話，而且時間並不長。曉瑜總覺得，電話裡面沒有太多的東西要講，也許是因為從小到大，若林都不在身邊的關係，所以，她沒有在電話裡面傾訴的習慣。

疫情的關係，她們已經有兩年多沒有見面了。她知道若林不想來上海，是抗拒隔離，而她沒有像以往一樣，每年去一次香港，因為回上海要隔離三個星期，會影響手頭的工作進程。於是，她們之間的通話多了起來。特別是封城之後，她已經習慣若林每天打電話過來。她甚至把若林的電話當成了叫自己起床的鬧鐘。

封控到現在，整個城市的人，都在焦慮得搶購食物。曉瑜倒是沒有擔心過。上海突然宣布封城前幾天，曉瑜收到若林寄來的兩大箱快遞。打開一看，水果、速凍食品、方便麵、麵包、咖啡豆、廁紙、洗潔精，還有電池燈泡，就好像把半個超市搬回到家裡。

「你給我快遞這麼多東西幹嘛？」

「哦，收到啦，真快。我昨天晚上在淘寶上下的單。我知道和你說沒用，你不會去準備物資的。你把麵包放到冰凍櫃裡面，吃的時候用烤箱熱一下就可以了。」

「不要疑神疑鬼啦。上海怎麼可能封城呢？今天市政府記者會上都否認了呢。」

「喔對呀。越否認，那就越可能封呢。要不要我們打個賭？」

「才不呢。可是，這麼多東西，我怎麼吃得完，用的完呢。」

「嗯，我相信，一定派得上用場的。別忘記了，你媽媽當初準備口罩，出手多快。」

對於若林的判斷力和行動力，曉瑜是佩服的。

二〇二〇年一月，武漢發現了類似非典的病毒，是香港媒體先報導的，雖然大家都不知道，這到底是甚麼病毒。但是，對於經歷過二〇〇三年非典疫情的香港人來說，大家對於這樣的消息是敏感的。當年，因為中國政府的刻意隱瞞，一個攜帶病毒的內地遊客來了香港，病發之後被送去醫院，沒有人知道他得了甚麼病。於是，病毒被傳播到酒店、醫院，然後是社區。最終，香港成為了疫區。

曉瑜看到新聞的時候，正好和若林在台灣，準備看大選。曉瑜並不為意，但是若林，看完新聞，馬上拖著曉瑜去了西門町的藥店。

藥店裡面的口罩存貨不多。店員覺得很奇怪。

「今天來了好幾個香港人買口罩。我們只剩下這些了。」

「謝謝。我們能不能預訂一些，明天來取？」

「可以的。發生甚麼事情了呢？」

「有沒有看新聞？大陸發現了奇怪的病毒在傳播。」

「是嗎？台灣這邊沒有報耶。不過應該不會傳到這裡來的。」

也就是一個星期，香港人開始搶購口罩了。再後來，搶購潮輪到了台灣。

曉瑜回上海的時候，帶了很多口罩分給同事和朋友。她還記得當時，同事和朋友，都覺得她有點反應過敏。不過儘管事後證明，若林準備口罩的決定是正確的，但是這一次，曉瑜更相信自己的判斷，畢竟若林不在上海，而且她對於中國政府，顯然一直有著偏見。上海是國際大都市，封城會影響經濟，會嚇怕外資，政府不會這麼做的。

當然，她錯了。

「曉瑜，有件事情我要告訴你。我不是和你說過你的外婆，趙小姐？原來她一直在上海。她去世了。」

曉瑜躺在床上，聽若林慢慢的講自己是怎樣找到趙小姐的下落的。她驚訝的發現，自己聽得那樣的波瀾不驚，她想，應該是這幾個星期，差不多的事情，看到的太多，所以，即便一下子距離自己這麼近，落到家人的身上，也就不那麼難以接受和想像了。她不知道是不是應該把自己的這種反應用「麻木」這個詞來形容。

「我可以做點甚麼？」曉瑜覺得，母親的聲音不算悲傷，但是有些落寞。

「清鴻叔叔會想辦法拿骨灰。到時候他會通知你。你把骨灰先放在你這裡，等我回上海，我們一起灑一半到黃浦江去吧。」

「另外一半，灑在香港？你覺得她有沒有把自己當成過香港人呢？」

「我也不知道。我的直覺，她還是更多的把自己當成上海人吧。畢竟，她大部分的時間，是在上海渡過的。上海對她更重要吧。但是，畢竟，她在香港這個地方留下過痕跡，這個城市，也算是在她生命裡面有一個算是重要的位置的。」

「也有道理。哈，這倒讓我想，我也該想想，我死了應該把自己埋在哪裡。」

「嗯，你還有好長時間想呢。不著急。不過如果哪天我死了，記得把我的骨灰撒在香港的海裡面。」

曉瑜覺得，若林是認真的。要是在過去，曉瑜會覺得，和母親談論死亡，是一件無聊的事情，畢竟，母親還年輕。但是此刻，並不是因為趙小姐的死訊，而是因為封城，讓她覺得，死亡是如此輕而易舉，隨時會發生在自己，和周遭人身上。

曉瑜有跟蹤網絡上有心人每天的統計，那些因為封城，而無法得到及時救治而死去的人，很多人沒有一個完整的名字，被稱為阿姨、婆婆、爺爺、伯伯。

也許，這些人裡面就有趙小姐。而且，這些是被曝光的，那麼，那些靜悄悄的死去，沒有人知道的，會有多少呢？就好像，如果母親不去追查的話，那麼趙小姐的死，會有多少人在意呢？

放下電話，曉瑜決定為自己沖一杯咖啡。她需要一點熱量，積累點力氣，來開始新的一天。

沒有人知道，封城會多久。之前政府言之鑿鑿地說只封四天，後來變成一星期，而現在，她已經不想再去猜測了。有期待，才會有失望，就好像感情那樣。最好的方法，就是設想最糟糕的結果。只是，她悲哀的發現，她都沒有能力去設想，自己到底會被關在這個公寓裡面多久。

她想起和若林爭論過新疆，關於維吾爾族人被關進集中營的事情。儘管透過翻牆軟件，她每天都看國外的媒體。但是，一百萬人被關押，這肯定是外媒的誇大。她不相信。

「外媒有自己的議程設定。這完全是西方霸權敍述，我也看過很多報導，批評西方的指控根本沒有足夠證據。再說，給那些維族人提供勞工技能培訓，不是好事情嗎？難道你希望他們因為缺乏技能，一直窮下去嗎？」

「但是，如果不是出於自願，你覺得強迫性的學習，是可以接受的嗎？」

「就算是強迫性的技能學習，也和關集中營是性質不同的呀。」

「所以，你認為只要是出於良善的動機，那麼即便限制了人身自由，也不是問題？」

「當然是問題。但是這樣的邏輯，不能放在新疆問題上。你沒有證據證明政府限制這些人的自由。」

「那你認為，需要怎樣的證據，才具有公信力呢？」

曉瑜沒有回答若林的問題。她很快轉移了話題。曉瑜清楚若林的政治立場，知道她們很多問題上誰也說服不了對方。她也知道若林在中國的社交網絡上一直被小粉紅攻擊。曉瑜當然覺得自己不是小粉紅，因為她並沒有站在中國政府的立場。那些中國的年輕愛國網民，過於得情緒化。在她的大陸同事裡面，就有很多這樣的人。每次講起台灣，總是一副亢奮的樣子，高呼「留島不留人」。在這些人眼裡，只要為了統一，戰爭，平民的死亡，都不是問題。她當然不認同。她從來都是反戰的。

但是，她也討厭西方媒體對中國的批評。她覺得，資本主義制度下有那麼多不公，只有社會主義才能終結這些不公平，因此，她堅信，即便在中國，確實存在一些不公平的現象，但是，需要看到大目標，為了捍衛社會主義，那麼，即便有這些瑕疵，也可以容忍。

但是這些日子，她開始動搖了。

是呀，就像現在，整個城市好像一座監獄。政府說，是為了人民的安全和健康，所以需要限制大家的自由。那麼，這樣的做法，是否是可以接受的呢？

看到那麼多人，在毫無準備的情況下，被強迫送到方艙隔離，她忽然覺得，這和集中營，又有甚麼分別呢？

還有物資分配，那麼多不公平。有特權的人享受著足夠的物資，普通人要忍受政府的惡劣服務造成的後果，甚至付出生命的代價。這哪裡是社會主義？這比資本主義還要殘忍。

沖好咖啡，曉瑜開始刷微信朋友圈。她看到很多朋友在轉一段視頻，題目是「軟肋」。她看到若林也轉了。

她按了進去，原來，她已經晚了。影片已經被刪除了。

這同樣也是她已經習慣的日常。每天都有在朋友圈刷屏的文章、圖片和影片，只要手慢一點點，就再也看不到了。若林教她，要養成截屏的習慣，但是她一直覺得沒有這種迫切性。看不到，那就看不到，對自己的生活，並沒有絲毫的影響。

但是此刻的她，迫切的，想要知道，這部又被刪除的影片，裡面到底有些甚麼內容。到底是甚麼內容，讓這段視頻，變得敏感。

「那條『軟肋』的視頻是甚麼內容？看不到了。」曉瑜打電話給若林。

「那是北京的幾個街道工作人員，在商量怎麼對付一個他們看來是找麻煩的居民，一個說可以把這個居民關起來幾天，一個說，他的兒子是他的軟肋。」

「喔，所以軟肋的意思是威脅一個人最有效的點？」

「是的。」

「這不是和之前上海的那個視頻一樣。就是那個拒絕去方艙，被大白威脅會連累家人，然後那個年輕男子說『我們是最後一代』。」

「是的。所以那個『最後一代』，還有這個『軟肋』，會有這麼大的反響。」

「這太惡毒了。街道工作人員算官嗎？」

「有的是公務員，有的不是。不過，這件事情的本質是，權力沒有監督，就會為所欲為。這就是我一直和你說的，中國的問題。」

「我現在懂了。你為甚麼一直批評政府。」

曉瑜聽若林提起過趙小姐，次數不多。聽完若林的描述，曉瑜覺得，那是一個很有韌性的女性。很現實，又很前衛。在美國讀大學的時候，曉瑜選修過中國女性史，一個在七〇年代離婚，然後自己去闖蕩做生意的女性，其實是非常的勇敢的。就算是她沒有撫養自己的孩子，但是從另外一個角度來說，她選擇做自己，同樣是需要勇氣的，因為這徹底打破社會對一個母親角色的限定，她成為了主流社會眼中的「壞女人」。也因為這樣，她理解若林為甚麼在講起她的這位從未謀面的外婆的時候，從來沒有有過絲毫責怪的語氣，儘管她們是不相往來的。

「你為甚麼不原諒她呢？」曉瑜問過一次若林。

「我不是生氣她沒有陪伴我長大，我是無法原諒她把我當成商品。」

曉瑜並不是太理解若林的想法。甚至覺得，其實不需要固執於當年的一場衝突。不過自己的母親從來都是一個固執的人。她認定的事情，如果不是她自己改變了想法，那麼別人是很難說服她的。曉瑜覺得，自己和若林非常不同，自己非常隨和，害怕和別人發生直接衝突，包括和母親。所以，儘管在很多問題上，她和母親的看法不一樣，但是每次爭論，她都是那個按下停止鍵的人。

但是此刻的曉瑜，覺得嗓子裡面有一股聲音要衝出來，要和人大吵一架。

小說裡面不是經常有這樣的情節，曾經無法相互原諒的人，在生命快要終結的時候，終於和解。但是，原來現實真的是更加殘酷的，想要和解的兩個人，最終無法見上一面，而這兩個人，是自己的親人。

「軟肋」的視屏又出現在曉瑜的朋友圈裡面。也就是幾分鐘，又開始刷屏。曉瑜按進去，畫面中，四個人站在一個像是辦公室的地方，其中兩個男女正在交談。男的提議「哪天找個黑地兒，拘他三天。」女子附和說「咱倆的想法一致了。就得把他關幾天……就是影響你的兒子，要不要你兒子的未來了？

他的軟肋其實就是他兒子。」

曉瑜站在窗前，一動不動。視頻播完了，但是那些聲音，在她的耳邊環繞著，不肯散去。

這種殘酷，對於曉瑜來說，是難以想像，更是無法接受的。在上海生活的這些年，她的生活，一直是舒適輕鬆和美好的。她的生活軌跡，從來不會有機會看到，這些赤裸裸的，對人的權利踐踏的行為。她沒有想到，一場疫情，讓所有的這些黑暗的東西，暴露在陽光下，如此的刺眼。

曉瑜從來沒有想過，其實是可以對這些視而不見。很多像她一樣的人，正是一直這樣選擇的。如果說，曉瑜曾經不理解若林，甚至反對若林的很多觀點，並不是她故意的無視，是她真的沒有看到。所以，當她可以看到，根本沒有想過要去逃避，而是決定，認真的看，然後認真的想。雖然，看到這些東西是痛苦的，心是被刺痛的。一個她如此熱愛的地方，居然完全不是她想像的那樣美好。

窗外的陽光，透過玻璃窗，散落在她的臉上、胸前，還有手機上。她的眼睛被淚水填滿了，窗外，不遠處的那座大樓，變得扭曲起來。

「為甚麼會變成這樣？這是你想要的生活嗎？你還想留在這個城市嗎？」

曉瑜聽到腦海中，自己對自己講話的聲音，透過玻璃窗的反光，她看到一張年輕，充滿了迷惑、痛苦，還有憤怒的臉。

是時候考慮，要不要留在這個城市了。

***

收到趙小姐的死訊，若林決定，不告訴父親。畢竟，他已經年邁，而他的人生，早就和趙小姐沒有了關係。他的人生中，來來去去的人，到底記住誰，忘記誰，那是他的決定。但是，她一定要告訴曉瑜。

曉瑜中學畢業的時候，若林提起過這個曉瑜從未謀面的外婆。她講的很簡略，就好像在講一個不相干的人。她也不知道，為甚麼自己在講起趙小姐的時候，會顯得如此冷靜，甚至有點冷血。

若林和曉瑜一直不算親近，兩個人之間總是客客氣氣的。當然，這種和氣，很大程度是因為曉瑜的好脾氣。雖然在外人眼中，若林隨和溫柔，但是一旦面對自己最親近的人，她很容易發脾氣。有的時候，若林會反省自己，尤其是對曉瑜大聲說話了之後。她會後悔，但是卻又控制不了自己的情緒。不過，曉瑜在自己快要中學畢業的時候，發現若林不再那麼著急和焦慮了，即便不同意自己的觀點或者做法，她也不再像以前那樣嘗試說服自己。

有的時候曉瑜會猜想，若林的生活裡面，是不是發生了甚麼事情。

對於若林來說，母親這個角色，是吃力的。因為在她的成長過程中，母親的角色是缺席的。雖然父親後來又結婚了，後媽是一個非常善良的人，對自己也很好，從來沒有用母親的威嚴，約束過自己。但正是因為這樣，她們之間，從來沒有親密過。在若林的心目中，那是父親的妻子，從來不是自己的母親。即便她可以很順口的叫對方「媽媽」。

雖然奶奶是一個虔誠的基督徒，但是若林一直是一個堅定的無神論者，畢竟，她從小是一個聽話的好學生。但是，後來，偶爾，若林會相信宿命，覺得無論自己怎樣努力，有一些事情，生命輪迴，無法躲過。

在若林四歲的時候，趙小姐離婚，離開了她的生活，而若林和海明離婚的時候，曉瑜同樣也是四歲。

當然，若林覺得，自己當然做的要比趙小姐好一些。她沒有離開過曉瑜的生活，能夠在她成長中一直存在。但是她的存在又是浮光掠影式的，因為她們並沒有真正長時間生活在一起。每年幾個星期單獨相處的時間，並不能足以構建濃厚的母女情感。也許這也就解釋了，為甚麼曉瑜對她，沒有那種依賴和親暱。而且，自己也不知道怎樣做一個母親，沒有人教過她，她甚至連一個模仿的對象也沒有。她的那些同齡女性朋友，大家差不多時間結婚生子，都是在學習如何做母親的過程中。當然也有一些比自己年長的女性朋友，但是可以看到的過於有限，也極為零碎。

因為相處的時間有限，若林和曉瑜在一起的時候，總是帶著愧疚，而彌補的方法，只能是表面的溺愛。只是，這種溺愛似乎很長一段時間，沒有得到正面的回應。也許，是自己不懂，女兒需要的，是更多其他的情感支持，就是需要自己給不了的，陪伴的時間。

當然，若林和曉瑜，都沒有聊起過這些。誰也不想觸碰，好像不談論，問題也就不存在了，也就能相安無事。

一九九七年，若林離開美國來到香港工作。每年的年假，她都會回美國見曉瑜。後來，曉瑜跟著去上海工作的父親去了上海讀書，於是，暑假會有兩個星期來香港。若林一定會早早請假，那是她最期待的日子。若林辭職成了自由作者之後，雖然時間上更有彈性，但是也多了不確定性，因為很多她想要書寫的事件，都是突發的。但是只要是和曉瑜一起，若林一定會把工作放在一邊。

但是，雖然是最期待的相處，真正一天天的日常，很長一段時間，若林不知道，應該用怎樣的一種做母親的樣子，才是對的。曉瑜讀中學之前，是最輕鬆的，因為只需要陪伴，不管一起做甚麼，若林發現，曉瑜都是一副心滿意足的樣子，每次告別的時候，是不捨得自己的。但是當曉瑜進入青春期，若林開始不知所措。曉瑜常常會突然之間的生氣和沉默。而一個人的生活，若林習慣了一切都要快，快速地做決定，快速地完成一件事情，根本沒有時間，也沒有興趣顧及邊上人感受，這讓她們之間越發處於一種緊張的狀態。若林咄咄逼人，而曉瑜用倔強的沉默回應。這樣的狀態，一直持續到曉瑜上高中。

後來，隨著曉瑜讀大學，兩個人可以討論的話題多了起來。這和曉瑜的興趣有關。雖然她學設計，但是她選修了不少政治學和社會學的課程。在很多問題上，曉瑜和若林的政治觀點很不一樣，尤其是對當代中國。曉瑜對中國充滿了憧憬，而她在上海的生活，在她看來，足以成為有説服力的證據。這是一個充滿希望和未來的國家。而若林，總是憂心忡忡。

對若林來說，政治觀點的不同，從來不是問題，她也沒有在意過。她反倒喜歡這樣，因為可以辯論，有互動，儘管最後都是曉瑜選擇轉移話題，這是她的個性，她不喜歡和人爭論，但是若林也眼看著她們的對話，在慢慢變長。

只是，若林覺得，兩個人之間更像是朋友，缺少了一種親密感。

不過，自從上海封城，曉瑜被迫開始不知道哪天才會結束的隔離生活，若林覺得，曉瑜明顯對自己有了一種依賴感，雖然不是那麼強烈，但是也讓她暗自歡喜。

若林有很多事情沒有和曉瑜聊過，比如自己和曉瑜父親的婚姻。若林覺得，現在是時候告訴曉瑜，當初自己為甚麼離開海明，為甚麼決定從紐約搬到香港，為甚麼當時沒有爭取把曉瑜帶在身邊。在美國，母親是很輕易的可以爭取到撫養權的，但是自己並沒有這樣去做。她想要讓曉瑜知道，其實有太多次，她想開口，只是不知道從何說起。

不過，即便不說，若林覺得，曉瑜應該也不會責怪自己。現在的年輕人，和自己這一輩自然不同，父母輩的恩怨和生活，在這些年輕人眼裡，是父母們的事情。其實自己年輕的時候也是這樣，雖然父親從來沒有說起過他的婚姻，沒有和自己說起過趙小姐，但自己從來沒有責怪過父親，甚至是趙小姐。自己讀中學的時候，也就是在成人眼裡還是小孩子的時候就認定，婚姻是否延續，那是父母自己決定的事情。如果是為了孩子而維繫一個無愛的婚姻，那是對所有人都不負責任的選擇。

雖然沒有問過曉瑜，但是若林覺得，曉瑜應該也是這樣想的。

「趙小姐真是一個很前衛和勇敢的女性呀。」

若林有點詫異，曉瑜聽自己說完趙小姐，反應是如此正面。

「為甚麼這樣說呢？」

「那個時候的中國社會，這樣做是反主流的。當然，她同時也是保守的。她希望你透過婚姻改變命運，那就說明，她依然是有著很大的侷限性。」

「那你怎麼看待婚姻呢？」

「愛情是讓人生完整的東西，婚姻不是。太多的婚姻有利益的考量。所以，你和爸爸分開，如果是因為你們不愛了，我是支持的。」

這原本是一個機會，若林可以告訴曉瑜，自己決定和海明分開，確實是因為，她發現自己，並不愛對方，她也無法確定，對方是不是愛自己。

但是若林並沒有這樣做。她沒有談自己。也許，潛意識裡面，自己不想讓曉瑜知道，當初選擇和海明結婚，其實有著實際利益的考量。並不是不想讓曉瑜看到，一個功利自己的自己，而是自己不想面對這樣的自己吧。

「那你想不想結婚？」

「這不是我現在需要考慮的問題吧。」看到曉瑜為難的樣子，若林忽然覺得，自己這個問題問得有點愚蠢。而且，她的內心深處，並不希望曉瑜結婚，更不希望自己成為外婆。一個女人，如果沒有孩子，生活肯定可以是另外的樣子。

當然，若林一直沒有說出口。畢竟，聽到自己的媽媽說，如果沒有孩子會更好，任何人都會覺得傷心的吧。

若林曾經覺得，結婚生孩子，是一個人必須做的事情。至於離婚，也不是大不了的事情。

那是一個春天的下午。那一年，曉瑜快三歲。若林還在紐約。

經過四月的雨，樹木的新葉變得茂盛，各種顏色的花盛開在綠色之間，讓春天變得華麗起來。氣溫的回升，鳥兒們也開始陸陸續續的回歸，城市裡面，隨處可以聽到鳥的鳴叫聲，而人們也放慢腳步，享受室外和煦的陽光。

午飯時間，若林和往常一樣，在辦公室附近的咖啡館吃完午飯，穿過馬路，經過噴水池，走進中央公園。她找了一個長凳坐下，午後的陽光照在腿上，已經有點微微刺痛的感覺。

坐在這裡的時候，偶爾，她會看著遠遠走來的人出神，覺得身影有點熟悉。難道是曾致中？她知道，他就在這個城市。她曾經無數次的想像，如果有一天，在這個城市，她遇到了迎面而來的曾致中，她應該怎樣？停下來叫住他？等著他看到自己，然後叫自己的名字？而如果他們都停下來了，她應該用怎樣的表情？怎樣的語氣？

若林聽到一陣笑聲，轉過頭，一對穿著婚紗和禮服的新人，和親朋好友們在拍照。她和海明結婚，因為時間匆忙的關係，並沒有在上海辦喜酒，只是和奶奶，還有父親一家人吃了一頓飯。領證的地方就好像和醫院排隊配藥一樣，冷冰冰的，辦理證件的工作人員坐在一個小窗口後面，沒有任何表情。

婚紗照是在若林來了紐約之後補拍的，也是在中央公園。若林穿著和眼前的那個新娘差不多款式的婚紗。若林挑的，緞子面料，沒有任何花邊，也沒有拖地的後擺，露出若林最引以為豪的鎖骨。那天的天氣和今天差不多，暖洋洋的，露出手臂，也不會覺得有絲毫冷意。若林最喜歡兩個人都看著鏡頭的那張，放在了客廳走廊的桌子上。每天回家，都會經過那張照片。若林有的時候會看一眼照片，然後會有一個瞬間，想不起來，照片中那兩個開心漂亮的人到底是誰。

她為甚麼要那麼快的就決定結婚呢？她幸福嗎？最重要的是，她愛海明嗎？

若林把目光從那對新人那邊收回，腦海裡面就好像打開了一本厚厚的書，在那裡飛快地翻頁，尋找著蛛絲馬跡，想要證明給自己看，對海明的愛。

海明第一次約若林出去的時候，她爽快地答應了。但是這些日子，若林開始不斷地問自己，是不是在那個時候，就算不是海明，任何男人約她，只要順眼，她都會答應，然後讓他們拖住自己的手？

遇到海明的時候，那是若林覺得自己的人生，跌到了谷底的時候，她覺得，天塌下來，應該就是這個樣子了。曾致中和她分手了，她和趙小姐決裂了。她從深圳回到了上海，和奶奶擠在小閣樓裡面。她已經不習慣了。因為過去十年，從中學到大學，她都是住在學校宿舍的，只有週末的時候回到小閣樓裡面。但是現在，她不知道自己要在這個狹小的空間裡面，和嘮叨的奶奶一起，過多長時間。宿舍再小，只要拉起篷帳，自己的床，就可以是一個不容打擾的私人空間。但是現在，她連這樣一點點的自己的空間都沒有。

若林只是花了幾天的時間，就把趙小姐拋在一邊。倒不是因為趙小姐在若林的生活中存在太短，而是因為，在過去四年，若林更多的是帶著一種好奇，走進趙小姐的生活，並沒有耗費過太多的感情。但是曾致中不一樣，那是若林付出整個身心的。

每一天，若林都在努力的讓自己從悲傷中復原，但是越努力，那些往事，越是清晰，無法遺忘。這個城市，到處都是她和他留下的痕跡，躲也躲不掉。她不能在奶奶面前哭，奶奶家裡面，沒有屬於她的空間。於是每天下了班，她會一個人去靜安公園，找一個安靜的角落，坐在那裡發呆，流淚。只是，這個公園，也滿是曾致中的影子。

直到海明出現。他讓若林對自己又有了信心，他讓若林感覺到，自己是被需要的。若林甚至覺得，她已經把曾致中忘記了，她可以重新開始了。

可是，她錯了。她從來沒有忘記過。

電影裡面，總有分手的戀人，多年後在街頭重遇，若林也時不時地幻想，走在紐約街頭，會有一個熟悉的聲音在背後叫她的名字。就好像電影裡面那樣，他和她擦肩而過，他們會同時停下腳步，回過頭，然後看到對方。她甚至會想像，他們又在一起。她想念他的身體，他的氣味，他抱著自己的感覺。

可是，原來紐約是那麼大。她的紐約，不是電影裡面的紐約。

若林又抬起頭，去看那對新人。新娘手裡面那束白色的繡球花，白色的緞帶，被風吹起，在新娘的禮服前飄來飄去。若林喜歡繡球花，每次去花店，她總是忍不住要買一枝回家。不同的顏色當中，她最喜歡藍色，因為藍色的繡球花，既代表冷酷無情，但也代表執著的愛。

如果她足夠愛海明，或者真的愛海明，她的心裡面，怎麼還會裝著另外一個人？

她忽然有點想哭。

終於，若林下了決心，要對自己足夠誠實。她必須面對和接受一個事實：她犯了一個極大的錯誤，她喜歡海明，但是她並不愛海明，這段婚姻是一個錯誤。

海明在她人生沉淪的時候出現，就好像沉入水面之下，正在拼命掙扎的自己，抓到了一個救生圈，幫助她浮出了水面，終於可以呼吸，終於又活了過來。

清鴻提醒過她好幾次，他是救了你的那個人，你不要辜負他。

她一直記得清鴻的提醒，她也是這樣想的。她不能傷害一個好人。於是，她埋頭工作。

她愛曉瑜，但是偶爾會有些後悔，為甚麼這麼早生孩子。生孩子是海明的主意，他覺得，必須有孩子，才稱得上一個家庭。若林沒有反對，畢竟，她也認同，結婚生子，是自然不過的事情。而且，她想，有了孩子，那她就沒有時間和精力，去想別的事情，可以專心過好眼前的生活。

海明是一個盡責的父親，若林甚至覺得，他對曉瑜的寵愛，遠遠超過了對自己。因為他看曉瑜的眼睛是會發亮的，而這種亮光，在曉瑜出生前，若林沒有見到過。海明看著自己的眼神，只是溫暖的。因為有海明父母的幫忙，若林並不需要花太多的時間在曉瑜身上，至少，沒有對她的工作造成影響。

而她繼續著和海明相敬如賓的日子。若林覺得，就好像溫吞水[2]，雖然恰到好處，但是缺乏激情。

看著鏡子裡面的自己，若林看不到眼睛裡面有光。她甚至開始無緣無故地發脾氣，這讓她自己都覺得驚訝，身上不好的那一面，是如何被激發出來。每次看著海明無辜和包容的表情，她會充滿歉意，但是過一段時間，這股黑色的力量，又會從身體裡面跑出來。

這不是自己想要的自己，那個美好的自己，跑到哪裡去了呢？

外人的眼中，她應該是幸福的，必須是幸福的。她怎麼可以不滿足呢？海明是那樣一個無懈可擊的丈夫，甚至符合她心目中達西先生[3]的紳士模樣。可是，為甚麼她快樂不起來呢？他們的婚姻裡面，缺了甚麼呢？

當初，是若林先提出來結婚的。

她有一種擔憂，如果不快點結婚的話，海明就會跑掉，那麼，她又會變成孤零零的一個人。而海明的手，總讓她想起父親，那樣的讓她安心，就算世界坍塌，他也會幫她頂著。

可是，這並不是愛情呀。對於這個有恩於自己的人，她應該怎麼做？如果她足夠努力，是不是可

2　編註：上海江浙方言，意即溫開水。

3　編註：珍．奧斯汀(Jane Austen，1775-1817)小說《傲慢與偏見》（Pride and Prejudice）中的男主角。

以讓自己愛上他呢？

若林從長椅上站起來，她必須收拾心情，回到辦公室，還有半天的工作。而晚上回家，她決定，必須做點甚麼。

那天晚上，若林走到海明的書房，從他的背後抱著他，把頭湊到他的邊上。海明輕輕的把她推開，然後拍拍她的手臂。

「你先睡吧，我還有一份文件要修改。明天一早開會要用。」

「我在這裡陪你改。我做我的事情，不打擾你。」

海明抬頭看了她一眼。

「你沒事吧？」

「我沒事呀。就是想陪陪你。」

他們一起上床。海明抱著她，用手摩挲她的背部。若林努力的用身體呼應，等著海明進入她的身體。她聽著海明沉重的呼吸聲，感受著海明在她身上的重量，可是，她悲傷地發現，她可以繼續假裝愛他，假裝一切都好，但她的身體沒有辦法偽裝。這種身體的親密接觸，早就不是歡愉，而是一種想要維持現狀的努力。

這四年來，她和海明的性生活算是和諧，但是，她從來沒有過那種衝動，當他在她身體裡面的時候，抱緊他，對他說，「我愛你」。每次親吻的時候，若林失望的發現，沒有那種心會絞痛的感覺，也從來沒有一次，快樂得讓人會飛起來。若林知道，不管自己如何說服自己，自己的身體，是最誠實的，最知道自己的心意的。

只要不出差，海明會先送若林上班，然後再去辦公室。道別的時候，他們會像其他的紐約夫妻一樣，互道一聲「愛你」。在若林看來，這只是一種表面公式，夫妻之間，必須履行的義務和一種禮儀，和兩個人是否相愛，早就沒有關係。

第二天下午，若林提早從公司回到家。她知道這個時候，家裡面沒有人。海明在上班，曉瑜剛剛放學，接她回家的爺爺奶奶，會先帶她去邊上的公園玩一會兒才會回家。若林迅速的整理，正好裝滿兩個她平時出差用的大行李箱。

若林發現，這個房子裡面，完全屬於她的東西並不多。只要把她買的書、她的衣服、洗手間裡面的護膚品，還有桌上和牆上有她的照片拿走，這個房子，就可以沒有了她的痕跡，好像她從來沒有存在過。想到這一點，若林竟然有點釋然。這個家，即便沒有了她，依然是一個家。她不需要為海明擔心，也不需要為曉瑜擔心。她自己，不就是這樣長大了。雖然小時候，弄堂裡面的人總是用同情的眼光看她，因為父母離了婚，但是，她難道不是比太多父母在一起的同齡人，要更符合外人眼中，成功人士的定義嗎？

若林叫了一輛出租車，把兩個大箱子搬到了酒店。她想起自己背著背囊離開趙小姐的家，同樣是這樣的倉促。之所以如此的決絕，如此的不計後果，是因為她擔心，自己錯過了這一刻，就會錯過一生，再也無法擁有這一刻的勇氣。那天，她背著背包，從深圳的農民房走出來，離開了一段自己想像的母女關係，但是卻又如此匆忙的走進了一段自己想像的婚姻。

放下行李，若林來到海明辦公室樓下。她算過時間，海明差不多要下班了。

「我在你樓下等你下班。」若林在前台打通了海明辦公室電話。

「好的。」海明的聲音有點意外，但又是愉快的。

若林帶著海明在辦公樓邊上的咖啡館坐下。這是他們經常來的地方。若林會在這裡等海明下班。曉瑜還沒有出生前，有的時候，如果出門早了，他們會一起在這裡吃早餐。咖啡館的店員早就記得了他們。知道若林一定會要一杯拿鐵，而海明則會點一杯美式，不加糖，也不加奶。

他們喜歡坐在靠街邊的位子，可以透過玻璃窗看街邊走過的人。若林喜歡看經過的年輕女性，看她們的打扮和走路的姿態。她喜歡看著她們手上拿著咖啡，昂著頭走過的樣子，和在上海讀中學和大學的時候，看的電影裡面的場景一樣。紐約街頭的男男女女，都長得和電影裡面的那些人沒甚麼兩樣，若林覺得很是神奇，因為自己也成為了這些人中的一份子。

下班的時候，咖啡店的人並不算多，所以他們一進來，就看到他們常坐的位子是空著的。和平時一樣，海明安靜的坐在那裡，若林去櫃檯點餐。平時，若林站在櫃檯前，等店員做完咖啡，如果點了食物，就會放在托盤裡面，放到兩個人面前。等待的時候，若林會時不時回頭看海明，而海明會微笑的看著她，意思是讓她不要著急。若林是一個心急的人。不過這一次，在櫃檯前等著咖啡的若林，一次也沒有轉頭看海明。海明可以透過若林的肩膀，感覺到她在直勾勾地看著櫃檯後面的咖啡機。

若林拿著兩杯紙杯裝著的咖啡走到桌前坐下。她特意要了外賣紙杯，因為她不知道，他們會不會在這裡，坐到把咖啡喝完。也許，只是聽到「離婚」兩個字，海明就會生氣，起身離開。

若林握著咖啡杯，思考如何開口。她想，她真的努力過了，就在之前的那個夜晚。如果她的身體告訴她，可以接受眼前這個男人的話，她一定不會離開的，因為那意味著，她還可以繼續嘗試，去愛上這個男人。但是，她的努力是失敗的。她不能夠繼續自我欺騙。這對兩個人，都不公平。

只是，她不知道怎樣講述自己的決定，會對海明的傷害，少一點。若林的腦子飛快的轉著，進行各種語式的組合，但是因此產生的語氣，並不讓若林滿意。

「你怎麼了？發生甚麼事情了？」面對神情恍惚的若林，海明覺得，肯定是發生了甚麼事情。他們在一起這些年，他了解若林，她是一個甚麼事情都會寫在臉上的人。

「我們離婚吧。」說完，若林長長地舒了一口氣。她覺得講出這句話，就好像把一個背了好久的包袱，扔在了地上。人一下子輕鬆了很多，也從容了很多。

「甚麼？」

「我們離婚吧。我剛剛已經把東西都搬走了。」

「曉瑜怎麼辦？」

聽完她的決定，海明只是低頭沉默了兩三分鐘。

「她可以跟你，因為爺爺奶奶一定不想和她分開。」

「你這樣説，那事情就簡單了。你讓你的律師和我的律師聯繫吧。」

若林看著海明，他拿著咖啡的手在顫抖。但是他的神情又是鎮定的。他一直避開她的視線。

若林轉頭看著窗外，她也沒有辦法直視海明。行人道上的行人，一個接著一個，匆忙的從她的眼前走過。如果他們朝落地玻璃看一眼的話，會看到一個滿臉都是歉意的若林。

「你有喜歡的人了？」兩個人沉默了幾分鐘之後，若林聽到海明的聲音。她轉過頭，看到海明看著自己。

「沒有。我的決定，只和我們兩個人有關。」若林覺得，這是最容易回答的一個問題，因為，這是事實。這也讓她的愧疚少了一些，因為她沒有做過對不起海明的事情。是的，她的心裡面還有著曾致中，但是她甚麼也沒有做過。她連去聯絡對方的念頭都沒有過。當然，她無數次的想像過，萬一在街頭偶遇。但是，畢竟，那只是想像，並沒有發生。

「我送你回酒店吧。」

若林點點頭。兩個人沉默著，走到若林的酒店。兩個人很自然的一起進了大堂，然後走向電梯。若林按了電梯，海明像往常一樣，讓若林先進。他們在電梯裡面，一句話也沒有説。電梯裡面的空氣是奇怪的，若林可以感覺到自己的心跳。她一直抬著頭，看電梯顯示的樓層，直到叮的一聲。

若林走到房間門口，從包裡面拿出門卡，打開門，側身讓海明進來，然後在海明的身後關上門。

海明轉過身，緊緊地抱著她。她緊繃的身體慢慢的放軟，任由海明把她按在牆上。海明的吻讓她透不過氣，但是她並沒有掙扎。海明把她壓倒在沙發上，進入她的身體的時候甚至有點粗暴，但是她還是沒有抗拒，甚至用身體去迎合他。

她想，這是他們最後一次，也許，這樣可以讓她的愧疚，減少一些。

曉瑜四歲的時候，若林和海明完成了離婚手續。若林在紐約租了一個小公寓。這是若林人生中第一次，有了一個完全屬於自己的空間，不需要和其他人分享的空間。這樣的獨居生活，對若林來說是新鮮的。她從來沒有這樣的生活經驗，目之所及，也沒有現成的榜樣。只有在書裡面讀到過，伍爾夫說過，女人需要一個自己的房間。現在，回到家，不需要講話，不用顧跟著別人的作息和節奏。家裡面的時間，變成了自己的。

每個星期六上午，海明會把曉瑜送到若林的公寓，然後星期天的下午，再來接她。如果海明出差，若林會去海明家接曉瑜。雖然公寓很小，但是曉瑜很喜歡。她在狹小的客廳裡面跑來跑去，坐在只能坐兩個人的餐桌前，一邊吃若林為她做的飯菜，一邊看卡通。晚上睡覺前，若林會像過去一樣，給曉瑜講故事，直到她睡著。

九〇年代末，海明被派駐到上海，開拓中國業務。而若林，已經去了香港工作，只有每年的年假，才能去紐約看曉瑜。曉瑜在紐約讀完小學，和爺爺奶奶一起，被海明接到了上海，讀國際學校。曉瑜上九年級的時候，海明有了固定的女朋友。若林到上海出差，海明帶女友，還有曉瑜，一起吃飯。若林覺得，那是一個很清楚自己要甚麼的女子，這一點，若林很羨慕，因為自己和海明結婚的時候，雖然年紀和這個女孩差不多，但自己並不知道自己要甚麼。那個時候，只是覺得筋疲力盡，想要找一個肩膀，尋找一點溫暖，而且覺得，女人，必須要結婚的。

若林看到海明的裝束和過去很不一樣，顯然是為了讓自己顯得年輕一些，畢竟兩個人相差二十多歲。只是，不管海明如何努力，兩個人站在一起，還是可以看得出明顯的年齡差別。不過在上海，年長的男性，帶著年輕女友，往往被視為男性的成功標誌之一，所以，外表上的差距，甚至可以增加男人的自信。若林並不介意海明找了一個這麼年輕的女子，也就是比曉瑜大十多歲。她甚至覺得，如果海明找一個和自己年紀相近的，那才是讓人意外的選擇，說不定，自己還會有點介懷。

若林看到，海明看著這個年輕女子的時候，他的眼睛是有光的，那種，沒有投射在自己身上過的光。所以，她很肯定地認為，兩個人是相愛的。這讓她鬆了一口氣，海明並沒有像很多他的同齡人一樣，特意去尋找年輕女性，而是遇到了對的人。

「恭喜。你們會過得很開心的。」當若林收到海明的結婚請柬時，她發短信給他。如果說自己可以從過去的日子中學到甚麼經驗教訓，若林想，那就是不能夠在自己感情脆弱的時候，倉促的、牢牢的，抓住在這個時刻出現的人，作為感情的替代。對自己，還有對方，都不公平。而此刻的她，不應該再犯這樣的錯誤了。

一九九七年，香港，曾經的英國殖民地回歸中國，一國兩制，意味著香港依然維持資本主義制度。

一時間，所有想要在社會主義中國拓展業務的美國公司，都把香港當成進入中國的落腳點和窗口。一向對市場機會極為靈敏的華爾街，當然也對中國市場摩拳擦掌，而像若林這樣有大陸背景的員工，成為優先派駐香港的對象。接到公司的郵件，若林是興奮的，她有一種強烈的感覺，香港有她的未來。

若林一直對香港有著憧憬，而且因為趙小姐的關係，也算是踏足過香港。

從中學到大學，若林和她的同學，都是聽著香港的粵語歌長大的。初中的時候，若林的表哥拿著一盤譚詠麟的盒帶回家，若林還記得，封面上，是一個有著捲髮，毛衣像圍巾一樣，披在肩膀上的男人，微笑著，看著鏡頭。背景是秋天的金黃色，寫著「愛在深秋」四個字。這是這盒磁帶中的一首歌，也是最好聽的一首。這是若林第一次聽到廣東話，從此，喜歡上這種語言。之後若林第一次去深圳，馬上迷上了香港的電視台節目。除了翡翠台的六點半新聞，她最盼望的，就是每天晚上九點鐘，明珠台播放的外國電影。

若林讀中學的時候，香港電視劇《上海灘》讓上海萬人空巷。那個時候傳得最熱鬧的一個消息，就是因為大家都在看這部電視劇，整個上海的犯罪率都下降了，因為壞人們都不開工，也去看電視了。若林和她的同學們，對香港明星如數家珍。到了大學，女生宿舍裡面貼著的，都是香港女明星的海報。若林最喜歡鍾楚紅，因為她身上有種不妖嬈的性感。她甚至模仿鍾楚紅的裝扮，燙了同樣的髮型。頂著一頭雜亂的捲髮，驕傲地，走在校園。不過，這個髮型，加上趙小姐從香港帶回來的衣服，確實讓若林，成為校園裡面備受矚目的一個。

因為每年暑假去深圳看趙小姐，若林讀到了香港作家們筆下的香港。在這之前，她看過張愛玲筆下，日據時代的香港。在這些當代香港作家的文字中，香港依然是華洋交雜的地方，但是，更加現代和摩登。只是，若林很難想像這種現代和繁華。趙小姐帶她去過沙頭角的中英街，那是她第一次踏足香港，只是那個香港，是一個沒有甚麼特色的小村莊。不過在唯一熱鬧的那條街上，有電影院，而且電影院裡面，還有兒童不宜的三級片電影。那是若林第一次知道，原來有這樣的電影，原來電影，是分級的，有的，必須要年滿十八歲才可以看。

若林第一次喝港式奶茶，是在沙頭角，香港那一邊的茶餐廳。那個時候，深圳還在流行大排檔，茶餐廳文化是過了兩年，才在深圳開始蔓延開來。茶餐廳很小，不過對於來自上海的若林來說，空間狹小從來不是問題，不管是住家，還是街邊的餐廳，因為她，就是在這種逼仄的環境下長大的。茶餐廳的服務員都是中年男女，對於當時還不太懂廣東話的若林來說，雖然語氣粗魯，但是從身體語言，又可以感受到一種人情味。這讓若林想起小時候上海弄堂口的那些小小的飲食店。服務員同樣也是中年男女，那些阿姨叔叔們，說話同樣是爭分奪秒的，顧客稍稍的猶豫，都會遭到他們的一個白眼。但是他們又是體貼的，會主動告訴你，怎樣點餐才是最划算的。

一九九七年的秋天，當飛機在啟德機場降落的時候，若林有一種回家的感覺。也許是因為，在自己看來，香港，至少有一部分，延續了一九四九年之前的上海吧。那一年開始，上海有了翻天覆地的變化，但是在此刻的香港，還能夠看到一點點那一年上海的影子。

＊＊＊

二〇二〇年一月，一場瘟疫從中國武漢開始，快速地在全球蔓延。到處是措手不及，面對失控的感染數字，焦頭爛額的政府。到了三月，紐約人被要求盡可能待在家中。學校停課，改成網上教學，企業開始在家辦公，博物館無限期閉館，百老匯劇院全部宣布熄燈，餐廳只能夠提供外賣服務。時報廣場變得空蕩蕩的，很多時候，一個人都沒有。

在接下來一年多的時間裡面，人們忍受失去親人和朋友的痛苦，隔離帶來的人際疏離和孤獨，失業的徬徨，收入的減少，以及不知道這樣的日子，何時才是盡頭的不安。

當若林再次站在紐約的街頭，已經是二〇二二年五月，春天，已經過了差不多一半了。紐約人早就恢復了正常生活，雖然每天還是有人感染。

若林上一次來紐約，已經是兩年前了。疫情開始，各種旅行限制，讓若林打消了來紐約的念頭。她的人生，曾經和這個城市有關。她在這裡，有了第一個屬於自己的家，一個在外人眼中美滿幸福的家。只不過，她放棄了，離開了。

若林每年都會來紐約。以前是因為曉瑜，在曉瑜去上海讀書之後，她依然保持每年來一次紐約的習慣。有的時候是出差，有的時候，只是單純的想回到這個城市走走。紐約是一個適合行走的城市，而整個世界被濃縮在這個城市，於是，行走的過程，也是一種旅行。若林記得美國作家約翰．史坦貝克（John Steinbeck）說過，「一旦你在紐約生活過，這裡就成了你的家，沒有其他地方比這裡更好。」

但是這一次，若林覺得，這個城市不再是原來的樣子了。

在古根漢博物館門口，推門而出的若林，迎面遇到一個準備進博物館的白人女子。六十多歲的樣子，瘦瘦的，一看就是飲食非常自律的那種。她突然停了下來，眼睛直勾勾地看著若林，對著她大聲說：滾回你的中國去。若林詫異地看著對方，然後看了看周圍，這一刻，只有她們兩個。若林遲疑了幾秒鐘，然後毫無表情的從對方的身邊走過。

紐約是曉瑜出生的地方。每個週末，只要不下雨，若林就會推著嬰兒車，帶曉瑜去家附近的華盛頓廣場公園。在美國讀書的時候，若林無意間讀到了珍．雅各（Jane Jacobs）寫的那本《偉大城市的誕生於衰亡》（The Death and Life of Great American Cities）。珍雅各認為，一個城市最迷人的地方，是可以讓人們行走的人行道，可以讓小孩子遊玩的街道，需要有充滿活力的社區。這種對於城市的描述讓若林感到親切，因為她長大的上海，很多地方就這樣。也因為這樣，後來若林在香港買房子的時候，她毫不猶豫地選擇了灣仔。

走在華盛頓廣場公園，常常會讓若林想起當年那些參加了公園保衛戰的人。如果不是這麼多人站出來，發出聲音，那麼這個公園就會被第五大道穿越而過。這個公園，也像是對若林的政治啟蒙，讓她不再相信「做好自己」，「遠離政治」的說辭，因為所有的日常，每個細節，都是政治。

若林決定來紐約，是因為趙小姐的死。在這個城市，有一個人，在她的生命中佔據過重要的位置。雖然，三十年前，自己下了決心，不再相見。但是，當死亡距離自己不再那麼遙遠，當一場瘟疫，讓所有的理所當然，都變得不確定，她想，她不應該再這樣的固執。她應該去見曾致中一次，因為有一件她和他之間的事情，還沒有完成，至少在她看來。

曾致中不是若林的初戀。

若林從初中開始和男同學約會。中學生的約會，就是星期天一起去人民廣場溜冰，或者週末，住宿的學生回家，和喜歡自己，或者自己喜歡的男同學一起走路回家。若林是一個很好勝的人，常常因為一個話題吵架或者賭氣，如果對方不主動認錯，那麼，無疾而終。

學校當然是不鼓勵的。只不過，若林的學習成績非常好，所以，老師對那些去打她的小報告的同學非常敷衍，最多偶爾私下提醒她，不要過於張揚，也千萬不要出事情。若林到了高中，上了唯一的一次性教育課才明白，老師口中「不要出事情」的意思，就是不要意外懷孕。那天，老師把班上的女生和男生分開，花了一堂課，各自講解性器官，以及懷孕的過程。

若林第一次見到曾致中是在學校的排球場上。那年，她考上了上海最精英的高中。只要進了這所學校，那麼百分之一百可以考上大學，而且，絕大部分的學生，都是進入中國最好的大學。而若林初中三年，最要好的朋友姍姍，也考上了這所學校，而且和若林分在同一個班級。這讓兩個人都非常開心。班上的同學來自不同的學校，需要相互熟悉和試探，嘗試尋找可能建立友誼的同學，而若林和姍姍，則不需要這個過程，可以專心開始在新的學校，不孤單的生活。

「快，陪我去看男排訓練。」下課鈴一響，坐在前面的姍姍，衝到她的面前。

「為甚麼？」

「你知道嗎，全校最好看的男生就在排球隊。他叫曾致中，高三二班的。」

「哈，花痴。」若林笑著整理好書桌，兩個人拉著手下樓去操場。

「就是那個，好不好看？」姍姍指著正在發球的男生。

「嗯，好看的。」

那天晚自習的時候，若林收到一張紙條。有人從教室外面遞進來，然後從前排往後，傳到了坐在最後一排的若林手上。她打開紙條，上面寫著

「現在到教室外面的走廊樓梯口，有人找。」

若林站起身，在其他同學好奇的注視下，走出教室。在樓梯口，她看到了曾致中。

那天晚上，曾致中告訴若林，她來學校的第一天，自己一眼就從一堆新生裡面看到了她。那天，他和其他幾個高年級同學負責迎新。他記得非常清楚，那天她穿著一件紅色短袖襯衣，一條紅格子的半截裙，一雙白色涼鞋。和高年級同學說話，別的新生或多或少有點怯怯的，但是若林不是。那天他沒有機會和若林說話，但是他不停地看著她，希望能夠和她的目光相遇，但是，若林就是沒有望向他這邊。所以，直到那天下午，看到她目不轉睛地看著自己，他才決定來找她，而且他很確定地相信，

她不會拒絕自己的。

若林和曾致中成為校園中最矚目的一對，也是很多同學羨慕的對象。老師們則是假裝甚麼也沒有看到，若林最喜歡的語文老師，更是一副樂見其成的態度。後來，若林考上了曾致中所在的大學。拿到錄取通知書的那天，他們上了床。雖然若林看過很多小說裡面關於性生活的描寫，但是第一次的體驗，並不是她所想像的那樣浪漫。但是她喜歡他的身體壓在她的身上的感覺，就好像自己被揉碎了，融進了他的身體，讓一直缺乏安全感的她，覺得安心。年輕的他們，常常就是無意中看了對方一眼，激情就會湧現。她喜歡兩個人赤裸著身體擁抱在一起，因為那是和外界無關的世界。她甚至覺得，就算這個時候死去，死在愛人的懷抱，那也是美好而壯烈的事情。

若林對致中的愛，並不僅僅是因為他的外表和身體。她愛他的才華，愛他的正義感。她覺得，致中很像她喜歡的一部電視劇裡面的男主角。這部根據柯雲路的小說改編的電視劇《新星》，主人公是一個年輕的，充滿理想主義的縣委書記。當他推進的改革遭到困難的時候，一個富有正義感的記者寫的報導，為他獲得了上級的支持，也獲得了公眾的喝采。若林尤其喜歡劇中記者的角色，她覺得，那就是自己理想的職業。若林同樣是一個正義感的人，常常為身邊的不公感到憤怒。這種正義感源自她的同理性，而閱讀，是塑造這種同理性的來源。若林從初中開始，迷上了傷痕文學。那些紀錄和描繪文革期間，小人物在大時代下的無奈和悲慘命運，讓她感傷之餘，也有了一種責任感，覺得每個人都應該做些甚麼，才能夠讓這些悲劇不再重演。

只是，若林覺得，致中更聰明，更有能力和行動力，所以，她願意無條件地站在他的身後，和他一起，去做他想要做的事情。也因為這樣，在致中的眼中，若林顯得對政治不關心，過於兒女情長，但是他並不知道，若林選擇不表達自己觀點，不主動選擇談論的話題，是她避免兩個人發生衝突的一種方式。

若林崇拜曾致中。可是為甚麼不呢？她喜歡他寫的詩。他總是可以用簡練的語句，把若林無法用文字描述生活感悟精確地表達出來。若林喜歡致中彈吉他的樣子，特別是他看著樂譜的時候，那種專注的神情。致中在高中二年級的時候競選學生會主席，他站在台上，沒有像其他的候選人那樣慷慨激昂，他是溫和的，眼神是真誠的。若林坐在台下，等著他的眼神和自己的眼神碰到一起，然後，對著自己微笑。因為這是在告訴她，他會加油。

一九八九年四月十五號，以思想開明著稱的前中共總書記胡耀邦逝世。若林很早就聽致中提起過胡耀邦，那個時候，兩個人還是中學生。曾致中的哥哥，是同濟大學的研究生。一九八五年底，他和其他同學一起，上書胡耀邦，呼籲政治體制改革，結果，兩名中央官員，在胡耀邦的指派下來到上海，和他們進行了對話。這個舉動，讓胡耀邦成為大學生中極受歡迎的領導人。

第二年的冬天，曾致中帶著若林去了同濟大學聽演講。演講者是當時的中國科學技術大學副校長方勵之，和《人民日報》記者劉賓雁。這是若林第一次參加這麼大規模的公開演講。演講廳擁擠得水洩不通，還好曾致中的哥哥帶著他們從演講台的後門進了會場，坐在主席台邊上。過了幾天，致中帶著若林去看好幾家大學的小字報，原來在合肥的中科大校園，學生們開始遊行。上海的大學生們很快也行動起來，曾致中請了病假，去了人民廣場，回來和若林詳細描述了示威的場面。

「他們喊甚麼口號？」若林聽得投入。

「反腐敗，要自由，和有人在喊要人權。」

「他們不怕嗎？」

「沒有人怕。我也不怕。好多人去了市政府，不過我先回來了。」

接下來的幾天，上海的氣氛有點緊張。就在曾致中離開之後，湧到市政府大樓門口的大學生越來越多，造成了外灘交通堵塞。到了深夜，當時的市長江澤民到現場和學生對話，要求大家散去，但是得到消息，前來聲援的學生源源不斷，最終凌晨清場。

這場被稱為「八六學潮」的學生運動，最終有差不多二十個城市，超過一百五十所大學的學生響應。學潮歷時二十七天，結束後，中共開始了「反對資產階級自由化」運動，胡耀邦辭職下台。

胡耀邦去世的消息，到了當天傍晚，已經傳到中國各地的大學校園。若林看著致中，把熱水瓶從宿舍窗口扔了出去，很快，窗外傳來砰砰呼應的聲響。

「我要寫點東西。你看今天的報紙，一點也不提他當年辭職，對他太不公平。真是該死的不死，該生的難生。」致中一邊說，一邊在抽屜裡面找筆和紙。

「你是罵鄧小平？」

「是的，就是罵他獨裁。」

第二天早上，若林特地跑到校園佈告欄前。她看到聚集的人群，一邊看，一邊議論。佈告欄上已經不單單只有她幫致中貼上去的那張紙，佈告欄貼滿了各種形狀的紙張，充斥著大大小小的字跡，還有很多順口溜：

「老毛壞，一毛當一塊；老鄧好，一塊當一毛。」；「下邊跟著中央走，中央跟著小平走，小平跟著感覺走。」

對胡耀邦的悼念，很快演變成全國範圍的學生運動。五月二十號，當時的國務院總理李鵬簽署了戒嚴令，但是各地學生還有民眾，並沒有結束抗議。關於軍隊會不會進程清場的消息真假難辨，甚至有消息說，以為無力指揮軍隊，李鵬政府已經垮台。八天後，香港一百五十萬人上街支持學生民主運動，對於香港人來說，根據《中英聯合聲明》，將在一九九七年回歸中國，因此，大陸學生的命運，和香港的未來息息相關。

曾致中是學生領袖之一，而若林，一直跟在他的身後。北京到底發生了甚麼，大家依靠收聽「美國之音」，然後透過學校的廣播台，在校園進行廣播。偶爾，已經去了天安門廣場聲援的同學，也會打長途電話報告最新見聞。改革開放前，收聽「美國之音」屬於偷聽敵台的犯罪行為，但是隨著八〇年代學習英文的熱潮興起，若林讀書的中學和大學，常常在校園廣播台播放學英語的節目，並沒有惹甚麼麻煩。

那是六月三號深夜，十一點多，美國之音報導了軍隊進城並且開槍的消息。坐在學生會辦公室裡面的大家都沒有說話，對於他們來說，雖然在電影裡面看到過很多，但是很難想像，開槍，還有死亡變成真實的，會是甚麼樣子。過了幾分鐘，致中站起來對大家說，「我要去廣播台。我要去告訴大家，他們開槍了。」

第二天一早，幾乎所有的上海人，都屏住呼吸，收聽廣播電台播放《解放軍報》社論，指暴徒襲擊戒嚴部隊，打死打傷幾百名軍人，到了早上九點，一起收看電視台播放《重要新聞》，宣布戒嚴部隊進入了天安門廣場，成功平息了一場反革命暴亂。當天晚上的中央電視台《新聞聯播》，再次播出同樣的消息。若林記得那天的主播叫杜憲，她穿著黑色的衣服，神情憂傷。後來，她從電視屏幕前消失了。

中午，大學生們又開始上街，並且擺放路障，因為有消息說，軍隊正在準備進入上海城區，一些工廠的工人們也開始了罷工。兩天後，若林跟著致中，還有其他一些同學，佔領了學校的食堂。他們準備安排成靈堂，紀念六四死者。但是很快，校園裡面開始流傳，上海馬上要戒嚴，於是，致中和其他學生領袖商定，通知大家離開校園。

若林帶著致中回到自己家，她擔心致中回自己家不安全。奶奶看到他們，高興的跑到弄堂口買了生煎饅頭和小餛飩，說要讓他們好好的補一補，因為大學生們這些日子太辛苦，也太危險了。那天晚上，他們三個人一起看上海市長朱鎔基的電視講話，他向上海市民承諾，不會戒嚴，也不會實行軍管。

接下來的幾天，他們去淮海路逛街，去美琪大戲院看電影，也會和其他的情侶那樣，在靜安公園找一個安靜的角落，依偎在一起，讓時光一點點過去。若林覺得，繃緊的神經，終於可以放鬆下來，她就想待在兩個人的小世界裡面，不再關心外面發生了甚麼事情。

很快，北京市公安局，發出了通輯令，通輯在逃的學生領袖。這讓若林的神經又緊繃起來。三個人擠在小小的閣樓，晚上睡覺的時候，若林聽到奶奶祈禱的時間，比往常要長了許多。那天晚上，若林根本睡不著。她躡手躡腳的去了曬台。她想哭，可是又怕吵醒了致中和奶奶。在微弱的晨曦中，她聽到輕輕的腳步聲，一轉頭，是致中。她撲過去抱著他，抱的那樣用力。

六月底的一個早上，若林聽到樓下有人叫她的名字，原來是馬路對面電話亭的阿姨。電話是致中的班主任打來的，約他下午在靜安公園門口見面。他們誰也沒有想到，那聲隨意的再見，成了真正的別離。那天晚上，班主任來到若林家，告訴她，如果不想坐牢，那麼致中只能選擇逃亡生涯。

兩個星期後，若林接到了致中從香港打來的長途電話。原來，他從廣州到了深圳，然後坐快艇偷渡到香港。很快，致中飛去了巴黎，一個月之後，他又坐上了去紐約的飛機。在他到了紐約之後，每兩個星期，若林會打長途電話給他，她講話的速度總是那樣快，因為他們通話的時間總是很短。若林告訴致中，打電話的錢，是勤工儉學賺來的，她很少說自己，而是一直在那裡聽，聽他講異鄉的日常。每次通話結束前，兩個人都會相互保證，會等著相聚的那天。

思念是煎熬的，常常讓若林覺得，時間是停頓的。她渴望夜晚的來臨，因為只要睡著了，時間就走的快一些了。而且，每次通完電話，致中的聲音，可以讓喜悅停留在心中至少五天，時間過得更容易一些。他們最後一次通電話是在若林大學畢業，那是夏天。若林當時並不知道這將是他們最後一次通電話，只是覺得，電話那頭的致中，聲音有點奇怪。但是她並沒有多想，也許只是電話信號的問題，對若林來說，她是無條件信任致中的，所以，也就不允許自己有絲毫的猜想，因為在她看來，對致中的絲毫懷疑，都意味著愛得不夠濃烈和真誠。

那次通話之後一個星期，若林收到致中的來信。那封信很厚。若林收到信的時候，並不覺得特別，因為除了通電話，他們也會通信。拿著沉甸甸的信，若林以為，和往常一樣，是致中的近照。三年下來，若林已經有了三大本致中的影集。她按照收到的日期排列，想念的時候，拿出來看一看致中的模樣。照片裡面的他，總是笑盈盈的，若林覺得，他好像就站在自己面前。

那封信致中寫了滿滿三頁，若林看了好幾遍，拿起，又放下，拿起，又放下。致中在信中告訴若林，他要結婚了。新娘是當地華人，一個來自台灣移民家庭的女孩。他對若林說對不起，但是因為一個人在外，有人照顧，所以產生了感情。而且，新娘懷孕了，他必須承擔起責任。最後，他讓若林把他忘記，開始新的生活。

若林從五斗櫥裡面拿出致中的影集，從最近的一張開始，拿出來看一眼，然後撕掉。致中寄來的信也已經是厚厚的一疊，若林沒有拿出來一封封地看，而是直接撕成一半。她沒有哭。她只是想要快點把家裡面和致中有關的痕跡快點抹掉。

第二天，若林去了深圳，找趙小姐。

若林後來從不同的同學口中，零零散散地聽到一些致中的消息。他在紐約讀書，拿學位，成為一家跨國企業高層，經常來往於中國和美國。這讓若林吃驚，因為當年六四被通輯的學生領袖，只有簽署了悔過書，才能夠回國。可是，這是致中願意做的事情嗎？

「不好意思，我遲到了，讓你久等。」若林一眼看到比她早到的致中。倒不是他的模樣一點都沒有變，而是這個本來座位不多的咖啡館，就他一個亞洲人的面孔。事實上，他完全不是記憶中的模樣了。

「沒有，我也才剛剛坐下。」

「我找停車的地方，花了一些時間。紐約還是這樣難停車。」

「是呀，還有塞車很嚴重，所以很多時候我寧願坐地鐵。」

「紐約一切都恢復正常了吧，街上戴口罩的人也不多了。」

「是的，終於正常了。那段時間大家都很緊張，壓力都很大。香港怎麼樣？時差倒過來了嗎？」

「香港像一個孤島。回去要酒店隔離，然後大部分的時候要戴口罩。時差倒是第二天就倒過來了。哦，對了，謝謝你答應見我。」

若林是從同學那裡拿到致中的電話。發完短信，她有點忐忑。畢竟對方早就有了自己的生活，是不是願意被過去的記憶打擾呢？畢竟，過去了這麼多年，就如同她的人生，人來人往，翻過了一篇又一篇。

五分鐘不到，若林收到了致中的回覆。他們約在曼迪遜大街，靠近大都會博物館的一家咖啡廳見面。這是若林選的地方。和第五大道相比，若林更喜歡這條大街。很少遊客，所以走路才能有從容的樣子。

「你一點沒變。你看，你選的地方，就非常像你。」

「怎麼了？」若林沒有反應過來。

「還是那麼小資。我還記得我們讀書的時候，你最愛去排隊買華山路麵包房的『法棍』，還有紅寶石餐廳的奶油小方。你還記不記得，我們會在我的寢室裡面邊吃邊唱歌？」

「哦，對的。你的吉他彈得很好的。現在還彈不彈？」

「早就不碰吉他了。更不要說唱歌，嗓子都生鏽了。」

「其實就是想見見你，看看你現在的樣子。」

若林一邊說，一邊揮手向服務生招手。

「一杯白葡萄酒，謝謝。」

「若林，我一直想當面和你說，對不起。」

「不用。我來找你，不是想要聽你說對不起。」若林聳了聳肩膀，「我是覺得，因為我的關係，我們沒有好好分手。」

「我們可以重新成為朋友。」致中很認真的看著若林。

「不知道，也許可以。不過見了面，聊了天，也不再是陌路人了吧。」

若林嘆了口氣，放下手中的酒杯，抬頭看著致中的眼睛。

「當年，我不回你的信，不接你的電話，因為我生你的氣，甚至有點恨你，覺得都是因為你，毀了我的生活，甚至自己離婚，也有點怪在你的頭上。但是後來，我想通了，我的人生，怎麼可能被別人毀掉呢？能毀掉的，只有我自己的選擇。所以，我就想告訴你，我沒有生你的氣。當然，這只是我的一廂情願，因為這可能對你一點也不重要。」

「當然重要。我的遺憾，就是沒有能夠當面和你道歉。我傷害了你。我無法原諒自己。」

若林感受到了致中的誠意，只是，看著坐在眼前，曾經親密無間的愛人，若林是有點失望的。她看不到他眼中曾經有的光彩。眼前的他，和所有她遇到那些的安於現狀、衣食無憂的中年人沒有區別，是那樣的乏味。穿衣服的風格，到講話的語氣，甚至是肢體語言和表情。所以，當致中說，可以從現在開始成為朋友的時候，她馬上在腦海裡面對他說，「不可能了。」

「你知道嗎，我一直記得你說的一句話。」若林突然想起來，這是她一定要告訴對方的。

「甚麼？」

「我大一生日的時候，你給我的生日卡上寫的，『記得愛自己』。那個時候我不懂，但是，收到你的那封信之後，我開始懂了。所以，謝謝你。」

人過半百的好處，就是已經有足夠多的人在生命中進進出出，從而讓人可以領悟一些道理。兩個人能否能為朋友，甚至愛人，往往是因為平行的人生，因緣際遇有了交叉，如果兩個人足夠努力，那麼，可以讓相同的軌跡維持長一些的時間，甚至永遠，讓對方一直存在於彼此的生命。但是要維持這條軌跡，需要雙方都花費力氣，保持同步，適應對方，而且在這個過程中，兩個人都應該要能夠從中感受到快樂。

只是，當這條相同的軌跡一旦分開，那就是意味著相忘江湖，人生不再有關聯。就好像曾致中，這個在吳若林的生命中留下過那麼深痕跡的人，即便此刻他們面對面，即便重逢，他們的人生，也只是延續這些年的平行，因為當初，其中一個放棄了，於是，合併在一起的軌跡，分開，向著不同的方向滑去，就連交叉點都不可能出現了。

「我看了一些你寫的東西，好像有點激進，我看的時候還蠻吃驚的。不像以前的你。你以前不關心政治的。」

「是嗎？」若林沒有接著這個話題聊下去。

這幾年，若林遇到太多人，認識的人、曾經的朋友、還有讀者，提醒她，寫作不要太「激進」，或感嘆她變了。可是，到底是她變了，還是這些人變了，變得保守，在權力面前，一退再退呢？

「我覺得你對中國，看法應該更加正面積極一些。」

「嗯，你是說中共還是中國？」

「很多時候，不是可以分得這麼清楚的。」

看著致中開始擺出一副給自己上課的姿態，若林想，這真是本性難移呀。從高中到大學，每次說起一個話題，致中總是一副比她懂得更多的樣子。那個時候，她選擇不和他爭論，因為她知道，他是不喜歡被挑戰的，而她，不想惹他不高興，所以選擇把自己藏起來。而此刻，她同樣不想和他爭論，因為，他早就是一個和自己不相干的人。

若林安靜的坐在那裡，聽著致中不停的說話，她有點詫異，自己當年為何會如此崇拜眼前的這個男人。其實他沒有改變太多，至少在喜歡主導對話這種習慣上。顯然自己年輕的時候，沒有足夠清醒的女性意識，不然，怎麼會忍受這種不平等的關係呢？一定會和他爭論，然後，早就分手吧。

「之前同學聚會，聽人講起，你有一個兒子？」若林岔開話題。

「是的。他在上海創業，還好剛封城，他就逃跑一樣回來了。不然，無法想像他一個人怎麼熬下去呢。」

「那他之後還想不想回去？」

「不想。本來我們勸他回來，他一直不聽，覺得還是上海好。讓他下決心的，是因為他被公安上門找了。」

「甚麼事情？」

「說他在網上發視頻，擾亂公共秩序。」

「他說了甚麼？」

「他在上海會去酒吧表演英文脫口秀。疫情期間，他就在網上表演。他說他也不知道到底因為說了甚麼，也許是抱怨了幾句吧。」

「哦，不意外。」若林告訴致中，他的兒子還算幸運，另外一個在上海很走紅的表演英文脫口秀的華裔女孩，因為在社交媒體上批評封城，被拘留了幾天。放出來之後，出現了情緒問題。

「那你爸爸媽媽他們呢？還健在？在上海還是美國？」若林記得，致中的父母，應該都快九十歲了。

「在上海。幸運的是他們身體都還可以，所以沒有遇到不能去醫院這種事情。小區也經常送東西，所以算是還可以。一直想要把他們接過來的，可是他們就是不願意離開上海，覺得在這裡太悶。喔，你爸媽呢？還有你的親生媽媽？是趙小姐，對吧？」

「爸媽都好，趙小姐，因為封城，去世了。」

「哦。」若林看到致中眼裡面流露出的同情，只是，此刻的她，沒有任何的慾望，想要和致中分享任何趙小姐和她之間的事情。生活就是這樣的現實，曾經親密無間的兩個人，一旦分道揚鑣，過去的記憶，原來根本不足以把兩個人重新連接起來。畢竟，那幾年，回頭來看，在人生中佔的百分比太小。可是，那個時候，若林是那樣堅定地相信，那會是永遠。

他們在咖啡館門口道別。致中提議和若林一起走走，過一個街口，就是中央公園。若林搖搖頭，指了指向另外一個方向，和他揮手道別。

若林最終沒有問致中，為甚麼願意簽悔過書。她覺得，不意外，也不重要了。

一個二十歲的年輕人，總是會被時間重新塑造，區別只是，有些人會時不時地反省。沒有反省的那些，往往會不知不覺地變成自己曾經憎恨的樣子，當然，也有些人，清楚自己的選擇，會讓自己變得面目可憎，但是選擇不反省，然後自我安慰說，生活就是這樣，只有改變自己，才能適者生存。

若林想到曉瑜。畢竟她還年輕。也許，再過幾年，當曉瑜的人生經歷豐富一些之後，她們的看法會慢慢的接近。而認知的變動，不就是成長嗎？

五月的紐約街頭，和香港比，截然不同的感受。乾燥，涼爽。因為不需要戴口罩，可以清楚的看到街上行人的模樣，還有他們的表情。世界在這裡，變回正常的樣子了。

和致中道別，若林轉身向東河的方向走去，一直沒有回過頭。當若林意識到的時候，她已經走了兩個街口。見面前，她曾經想過，見到對方，會不會發現自己還殘留一點點對他的依戀？如果真的是這樣，她應該怎麼辦？她沒有再想下去，畢竟答案，只有在面對面的時候，才會揭曉。

偶爾，若林會想起大學的時候，每兩個星期打長途電話的日子。她需要坐公共汽車到延安東路電信大營業廳，在那裡排隊填單子拿號，然後坐在擁擠嘈雜的大廳裡面，等著輪到自己的手上拿著的號碼。運氣好的時候，只需要半天的時間，更多的時候，從早上等到下午。她不敢去洗手間，怕錯過叫號。每次電話接通之後，她不想講話，即便講也是速度飛快，她只想在有限的時間裡面，多聽聽致中的聲音。那個時候，真的是愛得把自己都不見了。

若林感謝致中，感謝他教會自己如何好好的愛自己，那是發自內心的。儘管學懂這一點的過程，是撕心裂肺的痛苦，付出代價。但是這些代價，正是成長的一部分。況且，人生從來不可能從頭再來，只有接受發生過的一切，可以做的，就是把不愉快，不管是人還是事，從記憶裡面剔除出去，向前看。

電話響了。若林拿起電話，是清鴻打來的。這個一起成長的姐妹，總是是在恰當的時候，打來電話。

「八婆，你見了曾致中？怎麼樣？」若林聽出他的擔憂。

「沒有怎樣。聊了會兒天。然後就再見了。我想，也不會再見面了。」

「哦，那就好。」若林聽到清鴻長長的舒了一口氣。「我還真有點擔心你呢，八婆。」

「擔心甚麼？」

「擔心你舊情復燃。」

「怎麼會呢？」

「誰知道呢，你那個時候，愛得自己都沒有了。」

若林沉默了，但是她忍住了，沒有告訴清鴻，其實，此刻她的心裡面，裝滿了一個人。她不想說，怕說了，這個人，就消失了。

「現在我可以放心告訴你了，你知道嗎，這個秘密我憋了三十年了。」

「甚麼？快說。」若林有點好奇。有甚麼秘密，可以讓清鴻，這個甚麼也藏不住的人，可以忍這麼久。

「那個曾致中，其實和你在一起的時候，也在約會另外的女孩，當中有一個，就是你大學裡面的死黨。我們很多人知道。」

「哦，我知道的。」

「你怎麼會知道？」

「我看到他從美國寄給她的信，我認識信封上的字。」

「那你那個時候有沒有去質問過他？有沒有質問過你的死黨？」

「沒有。」

「那你今天有沒有質問過他？」

「沒有。為甚麼要問呢。不是你提起，我都已經忘了。」

「死八婆，你早點說呀。這樣我就不用憋得這麼辛苦啦！」

「好啦，謝謝你啦。」

若林笑著放下電話。

她決定見曾致中，是因為她覺得，沒有面對面的分手，就好像一個沒有結尾的故事，雖然誰都知道結局。就好像她和趙小姐，當年的分道揚鑣，同樣缺了一聲再見。雖然，即便再見，不會因為血緣關係而突然產生母女親情，但是，面對面，即便只是客氣的告別，不管是對趙小姐，還是對自己，都是需要的。如果她早一點去這樣做，那麼，就不會成為如今無法彌補的遺憾。但至少，她終於和曾致中好好道別了。

接下來，若林有太多重要的事情要做。她的寫作計畫，還有，馬上要去烏克蘭和波蘭邊境的難民營做義工。

第四章

烏克蘭：疫情．戰情．愛情

傍晚的時候，若林拖著手提箱下了從克拉科夫（Kraków）開出的火車。火車的終點，是一個叫做普熱梅西爾（Przemyśl）的城市，位於波蘭和烏克蘭邊境。

她打開手機，開始用衛星定位，尋找自己酒店的位置。準確地說，並不是酒店，而是一個當地人經營的公寓。若林之所以選擇這間，是因為根據描述，距離火車站只有六分鐘的路程。儘管若林早就習慣了一個人去陌生的地方，但是對於這個城市，還是有些擔憂。她在谷歌地圖上看過公寓的外貌，年久失修的樣子，環繞的馬路，同樣顯得冷清和破舊。她甚至有點後悔，沒有選擇當地的酒店，儘管需要和其他人共用洗手間。

若林坐的是頭等車廂。原本以為，會和從華沙開往克拉科夫的列車一樣，有無線上網，因為她的香港手機，漫遊速度很慢。但是結果，開往這個邊境城市的列車，依然是老式火車。頭等車廂是一個容納六個人的包廂，只有靠窗的位置才有桌子，更不要說上網信號。而她坐在靠門的位子，手提電腦只能放在自己的大腿上。

若林的邊上，坐著一對母女。女孩十歲上下，媽媽則看上去三十出頭，畫著濃妝，穿著緊身T恤，凸顯出飽滿的身材。她們一開始並沒有直接走進包廂，而是一直站在門外。媽媽忙著打電話，女孩則低頭玩手機。直到火車開動，她們才提著行李進了包廂坐下。後來若林才明白，她們買的是普通車廂的票。火車開動沒有多久，檢票員開始查票。那是一個看上去憨厚的、胖胖的中年男子。他看了母女兩人的車票，然後口氣很溫柔的開始說話。雖然若林不懂波蘭語，從檢票員的表情，看他用手指著前面的車廂，猜測檢票員是在提醒這對母女，不應該坐在這裡。年輕的母親帶著一副不知情的無辜笑容，一直在點頭。

檢票員說完，轉身離開，整個車程再也沒有出現過。而這對母女，也絲毫沒有離開的意思。

母親一直在那裡講電話，從偶爾幾個單詞，若林知道了她在講烏克蘭語。這要歸功於若林在克拉科夫兩個星期的義工生涯。每天和幾百個烏克蘭難民打交道，當地的波蘭義工，熱情的教她一些簡單的烏克蘭語和波蘭語的問候語。這讓若林特別留意這對母女。她們直到火車開才進包廂，應該是在確認頭等車廂的空位。而她們顯然習慣了用這樣的方法，因為被檢票員要求出示車票的時候，母親是神情自若的，而女兒則沉浸在自己的手機遊戲裡面，頭都沒有抬起來過。

若林想起小時候在上海，奶奶帶她坐公共汽車，總是不幫她買票。那個時候，售票員邊上的扶欄，是可以量身高的，如果小孩子沒有超過規定的高度，那麼就可以免票。如果沒有記錯，應該是一米二吧。每次被售票員問，為甚麼不幫小朋友買票，奶奶總是笑咪咪的説：「她很小呢，還沒上學呢，當然不用買。」通常售票員問問也就算了，直到有一次，非要量她的身高。急著長大的她，把自己挺得直直的，悄悄的提起一點點腳跟，正好超過那條線一點點。補了票的奶奶嘆了口氣，並沒有多説甚麼。

很久以後，這個場景偶爾還會閃現在若林的腦海中。她終於明白，窮困的歲月，人們總是想方設法的想要從這個社會生存系統中節省一點點的成本。一張全票，對於那個時候的她來説，是長大的證明，但是對於奶奶來説，那是兩瓶老虎灶的開水。小時候，她像奶奶的跟屁蟲，不管是奶奶去弄堂對面馬路買大餅油條當早飯，還是提著兩支熱水瓶，去隔壁的老虎灶買熱水。她想像過奶奶在被要求補票時候的心情。奶奶是虔誠的基督徒，講話總是細聲細氣，一個很要面子的人。眾目睽睽之下，被抓住想要佔小便宜，那肯定是讓她覺得很難受的事情。而那次，其實她只要不挺那麼直，是不會過那條線的。

這個小女孩，應該已經跟著母親，經歷了好多次這樣的場景。不知道她的母親有沒有告訴她為甚麼要這樣做，還是她已經自己學會了裝作看不見？不管怎樣，小女孩應該已經懂得，生活是艱難的。當然，和被迫離開自己的家園相比，這樣的事情，根本算不上甚麼了。

若林忽然有點羨慕這個女孩，因為她不用擔心這個世界發生了甚麼事情，因為她的母親會使出渾身力氣，讓她覺得，天不會塌下來。但是若林沒有這樣的童年。雖然父親很愛自己，但是他有了自己的新家。奶奶老了，而且很快也沒有能力教她甚麼東西。很小的時候，她就明白，她需要靠自己去學習，如何和人相處，如何去戀愛，如何理解人生。也因為這樣，她和女兒的關係，親密之中又有些疏遠。

接到趙小姐的死訊之後，若林給好幾個編輯發了郵件。

在巨大的利維坦[1]面前，很多人會覺得無力，覺得不會改變甚麼。可是，所有的沮喪，只會傷害自己。所有的憤怒，如果不說出來，是無用的。所以，若林對自己說，是時候，振作起來，繼續行走和書寫了。

從站台到通往車站外馬路的地下通道，貼滿了有著烏克蘭國旗的白色單張，是不同的機構，給烏克蘭難民的服務指引。

這個世界真是越來越瘋狂了。若林不禁嘆了一口氣。誰也沒有想到，都已經二〇二二年了，居然還有這種規模的地面戰爭。

從火車站地道走到馬路，盛夏的陽光照在身上，並沒有灼痛的感覺。若林掃視了一下周邊的建築，還有路人，她繃著的神情放鬆了一些。

整潔的火車站，路人的裝扮，街邊商店的櫥窗和招牌，雖然不繁華，但並不是若林想像中落後冷

1　編註：又譯作「巨靈」。原為《舊約聖經》中的一種怪物，後引申為指強勢的國家。

清的城市。火車站前的廣場，一輛貼著俄羅斯和烏克蘭國旗的客貨車停在路邊，車後蓋打開著，一家四口正從車上卸行李。在廣場的一邊，一個大帳篷，帳篷上印著若林報名服務的機構標誌，那是為難民提供食物的地方。而在大帳篷的邊上，兩個東亞面孔的男子帶著笑容，和一個滿頭捲髮的白人老太太聊天。若林看了一眼他們面前的紙箱，原來是兩個韓國人，紙箱上用英文寫著：韓國人為烏克蘭人。這兩名三十多歲的韓國男子臉曬得黑黑的，英文帶著濃濃的韓國口音。

也許明天，有時間的話，應該和他們聊聊，也許會是非常有意思的故事呢。若林拖著行李箱，從他兩個人的背後走過。

公寓的大門開著，這讓若林鬆了一口氣。因為公寓的主人，並沒有提前告訴她具體的單位，只是告訴她，會在公寓等她，現在，至少不需要站在馬路邊，對著公寓大門外的門鈴不知如何是好。

「請問有人嗎？」若林一邊提著行李上樓，一邊大聲呼叫。

很快，二樓面對樓梯的公寓門打開了，走出一個二十出頭的女孩，有著濃重的妝容，穿著一條碎花短裙，和很多若林這些日子看到的同齡波蘭女孩們一樣的青春，賞心悅目，熱情洋溢。

「你是吳小姐？」

「是的。」

「就是這裡了。你進來吧。」

這是一間剛剛裝修完的房子，若林還能聞到濃烈的油漆味道。女孩子的後面，站著一個五十歲左右的女性，提著水桶，裡面放著抹布，和一個黑色的垃圾袋，顯然剛剛打掃完房間。

「這是你的鑰匙。有任何問題，告訴我。」

這個曾經沒有多少人知道的城市，因為一場戰爭，成為了世界中心。在過去幾個月，來自世界各地的記者、慈善機構、非政府機構工作人員，湧了進來，當然，還有來自烏克蘭的難民。若林在來之前，花了些時間在互聯網上尋找住的地方。稍微像樣一點的酒店一直爆滿，還好有幾間公寓，看照片，都是新裝修的樣子。每一次大事發生，對一個地方的生態產生影響的時候，總是有一些人商業觸覺要靈敏一些，然後抓住機會。

整理好行李，若林習慣性的打開手機，開始查當地最受好評的餐廳，準備吃晚餐。這是她熟悉一個陌生地方的方法，走路去不同的餐廳，於是也就順帶經過不同的社區，可以快速地感受一個地方。她不喜歡去景點，因為往往那些地方和當地人的生活無關。

她很快找到了一家。

從公寓出發，穿過老城，很快，走到河邊。老城是熱鬧的，傍晚時分，露天餐廳已經坐滿了人。冰淇淋門外排著長龍。她想，也許是星期天的關係，也許這是當地的名店，但不管怎樣，吃完晚飯，應該來試一試。這樣的場景讓若林更加安心了，一個地方的人喜歡外出吃飯，有熱鬧的露天座位，有那麼多人喜歡吃冰淇淋，那生活總歸是安定的。

餐廳就在河邊，戶外的座位，已經被幾個年輕男孩佔據。若林不想坐在室內，還好外面還有幾個吧台位置，對著河，也正好背對著其他的顧客。她要了一杯白葡萄酒，耳邊傳來的是那幾個男孩的笑聲。

若林猜想他們會對她有點好奇。怎麼不會呢？一個東方面孔的單身女子，在這個邊境小城，一個人喝酒。也許他們正在談論她，猜測她來自哪裡，為甚麼會來到這裡。

若林是在網上找到做志願者的資訊，知道在這個邊境城市，有很多國際和波蘭本地的民間組織和國際機構，為難民提供服務，也需要大量人手。她去過很多難民營，也採訪過難民和志願者。她也做過志願者，那是四川汶川地震的時候，也因為那一次的經歷，讓她下決心離開投行，開始做一個靠寫字為生的自由職業者。

這些組織和機構的網站上，詳細列明了不同種類的義工，需要擁有怎樣的技能。若林不是專業醫護，也沒有資格提供心理輔導，她連語言溝通技能都沒有，這意味著，她適合的崗位，是不需要太多語言溝通，也不需要專業要求的體力工作。她所擁有的，讓她能夠在她所在的社會中，可以過上富足生活的技能，來到這裡，變得一文不值。

如果有一天，真的遭遇了戰亂，她是不是能夠像那些難民一樣，有足夠的力量讓自己活下來呢？如果回到一九四九年，她是不是能夠在混亂中，擠上離開上海的船呢？或者經歷文革，像父親那樣被批鬥，或者像家裡的叔父們那樣，坐上火車上山下鄉，她能不能熬過來呢？若林常常想到這樣的問題，每次，都對自己的生存能力產生懷疑。

「嘿，你從哪裡來？」若林聽到背後傳來英文。她轉過頭去，想要確認是不是拋給她的問題。她看到一個年輕女孩，應該是剛剛加入那些男孩的桌子，滿臉笑容，瞪大了原本已經很大的眼睛，期待著她的回答。

「香港。」

「哦，好遙遠的地方。」女孩子吸了一口氣。

「我知道香港。那裡有很多高樓。」同桌的一個戴眼鏡的男孩加入了進來。

「是的。很多高樓。」若林舉起酒杯，向男孩致意。

「我看新聞，知道香港最近很不好。」男孩很認真的看著她。

「怎麼不好？」若林有點驚訝，居然在這個小城遇到一個關心國際時事的年輕人。

「不能示威，然後新聞自由也沒有了。是不是這樣？」

「是的，不能示威。新聞自由不是沒有，而是比以前少了很多。」

「那你是不是過得不快樂？」

「是的。很多時候，會很沮喪。」

「真為香港人難過。不過你看，我們邊上的烏克蘭人正在面對戰爭。」

「是的，這個世界有點壞人當道。」

「不會的，正義一定會來臨的。加油。」男孩子舉起手中的啤酒杯，其他人也跟著舉起，向若林示意。

告別這幾個年輕人，若林沿著桑河走回公寓。和年輕人的聊天讓她覺得很開心，因為沒有想到，香港人的身分，在這樣的對話中得到了認可。即便她沒有講太多，那幾個年輕人的表情已經告訴她，他們非常清楚香港發生了甚麼事情，以及發生這些事情的原因，而對於這些事情，他們也有著自己鮮明的態度。

雖然已經晚上八點多，和其他歐洲城市一樣，氣溫開始下降，但是太陽還沒有絲毫褪去的意思，於是照在身上的陽光，有了溫暖的感覺。這讓路人們的臉，變得柔和起來。

為甚麼一個波蘭邊境小城的年輕人，會對千里之外的城市發生過的事情，看得這麼清楚？也許是因為這個國家曾經被過納粹德國和前蘇聯瓜分過，所以大部分人對共產主義充滿了警惕，把共產主義在波蘭的崩潰，視為是最成功的歷史事件。而此刻，又目睹鄰國被一個獨裁者侵略，那麼對於壓迫，會更加的敏感吧。這也是為何這裡的人們，伸開雙臂，擁抱來自烏克蘭的難民們。只是，回看歷史，這個國家，曾經驅逐過居住這個城市的烏克蘭人。

冰淇淋店的長隊不見了，店鋪在準備關門。若林看了一下手錶，不到九點。她趕緊挑選了三種口味。她在香港幾乎不碰冰淇淋。她一手舉起手裡的冰淇淋，一手拿起手機，拿不遠處的教堂尖頂作為背景拍了一張照片。

她吃了一口冰淇淋，然後，按了一下手機照片文檔裡面的刪除鍵。

她想發短信給他，他也愛吃冰淇淋。那是去年初夏，他們在梅窩爬山。下山之後，他跑進海邊的麥當勞。看著他拿著兩個冰淇淋走出來，她的心，顫抖了一下。

從那天晚上開始，每天醒來，若林的腦海裡面，就會出現他的樣子。然後，她開始每天在糾結中渡過。會不會收到他的短信或者電話，是不是可以打電話，或者發短信給他？

「糟糕，自己是不是戀愛了？」

這是若林有些害怕發生的事情。愛了，也就意味著會有期待，有了期待，就會有失落，就會受傷。戀愛中的自己，會變得脆弱敏感，會讓生活變得複雜。可是，因為愛了，生命中缺失的那塊回來了。就算付出再多，有甚麼，比得上生命變得豐富和完整，讓自己因此而變得更好呢？

若林看著手上融化的冰淇淋，慢慢沿著蛋筒的邊緣流到手上。雖然還沒有天黑，老城的街道已經從她之前走過的喧嘩，變得無比安靜，那些在餐廳外面的人，一下子不知道藏到了甚麼地方，不見了。她邊吃邊向著公寓的方向走。她想，在當地人眼中，她這個樣子，就是一個典型的充滿了好奇心的外國遊客，可是有誰知道，此刻，她的腦海正在快速地翻轉著，她的心，在隱隱作痛呢？

是不是應該告訴他，對他的這種感覺呢？

公寓廚房的窗口，正好對著對面三樓人家的露台。一個肥胖的，穿著背心的中年女子，趴在露台上，一邊講電話，一邊側著頭看著下面。若林順著她的目光看去，空空盪盪的大街，偶爾有一輛私家車經過，但是過了好幾分鐘了，沒有看到一個行人。一隻白鴿落在對面房子的屋頂，在夕陽下，黃色外牆的上半部分變成了金黃色，餘下的，都被陰影籠罩成淡淡的黑色。

房頂上的鴿子，似乎聽到了動靜，突然張開翅膀飛向了天空，很快，消失在若林的視野當中。對面露台上的那個女人，也在她沒有留意的時候，離開了露台，回到了房間，藍白格子的落地窗簾，把外人阻擋在外。若林看到自己，站在那個露台上，抽著菸，抬頭看著天。當然，她不會抽菸，但是她總是覺得，抽菸是一個女人，靜靜的一個人，細數人生中遺憾的最好方式。

說到遺憾。年輕的時候，這個詞時不時會冒出來，為傷心和失望貼上一個標籤，但是很快，她就不記得了。因為未來很長，她有很多的時間。一直到這兩年，當她住的城市，開始像撞上冰山的鐵達尼號不可逆的下沉，當疫情讓整個世界停頓下來，她終於體會到，遺憾，是真真切切的存在的。尤其，來不及和趙小姐道別。

***

這個邊境城市的難民營，是波蘭政府用購物中心臨時改建的。裡面有各國政府出資，給難民們準備的床位，民間組織提供服務的餐廳，以及為難民們提供通訊上網服務的攤位。不過最吸引若林的，是牆邊的一部鋼琴，每次她經過的時候，會看到不同年紀的人在那裡彈奏。琴聲有的時候斷斷續續，顯然彈奏的人只是初級水平，有的時候，則是流暢的讓人忍不住駐足欣賞。

若林被分配在購物中心停車場的露天餐廳。這裡的餐廳，每天有兩名全職員工，加上幾名志願者。全職員工都是二十出頭的女孩，都是烏克蘭難民，她們工作一天休息一天，因為從早上九點到晚上九點，加上準備和收拾的時間，一天要工作十四個小時。

若林從第一天一到攤位開始，就和這些女孩子打成一片，雖然她已經是這些女孩們的媽媽的年紀，但是，當她告訴這些女孩自己的年齡的時候，她們都是一副不相信的樣子。不過若林一開始也無法確定這些女孩的年紀，後來才知道，看上去最成熟的，反而年紀最小。這些女孩喜歡把音樂聲音開得大大的，時不時的跟著音樂舞動。她們總是催促若林多吃東西，多休息，還每天買冰淇淋給她。身為義工，雖然被要求每天工作十二個小時，但是若林常常被女孩子們強行要求提早下班。

「很多人喜歡在露天吃東西，曬曬太陽，呼吸一下新鮮空氣。你要記得，我們不是在為難民提供免費食物，我們是在經營一家餐廳，要用對待餐廳顧客的態度來對待所有人。」

餐廳負責人是一個三十出頭的波蘭女生，個子不高，帶著黑框眼鏡，精明能幹的樣子。她原本經營當地的一家小餐廳，戰爭開始之後，看到難民開始湧到邊界，她馬上帶著員工，準備了好多食物送到邊境。但是很快，她發現自己的力量是那麼渺小，食物不夠分配，而自己銀行裡面的錢迅速減少。就在她發愁的時候，這個總部在美國的民間組織來到當地，尋找當地合作的餐廳。她第一時間參與了進來。

「你知道嗎，我真是大開眼界，原來中央廚房可以做得這麼大，原來可以一下子準備幾千人的食物。更重要的是，在我們這個小城，有一句俗語，誰都知道你家午餐吃甚麼。可以想像，這裡有多小。但是現在，這裡成為了世界中心。我遇到了那麼多有趣的人，記者、志願者，我忽然發現，原來外面的世界可以大成這個樣子。」

若林喜歡這個叫做帕米拉的女生，她甚至覺得，有點年輕時自己的模樣。視野打開之後，帕米拉沒有絲毫恐懼，根本不擔心現狀被打破，而是從中看到未來無限的可能。她沒有停留在原地不斷地想像和假設，而是真的走出生活舒適圈，去行動，去嘗試。再聰慧的人，如果不行動，那麼，甚麼改變也不可能發生。

帕米拉每天下午，會和烏克蘭女孩們坐在太陽下抽菸、聊天。若林問過她，是不是會烏克蘭語。她大聲的笑了：

「我不會，能夠聽懂一半。但是這不重要，重要的是願意坐下來傾聽。你知道嗎，有一個萬能的語言，」她看著若林，用手指著胸口，「發自這裡的笑。」

這點若林深有感觸。儘管她不會烏克蘭語，但是她很清楚，那些排隊來拿食物的老老少少，都喜歡她的笑容。她看著當中好多人，一開始排隊等候的時候特別嚴肅，沒有一絲笑容，等到從自己手裡接過食物，都會變得放鬆，然後，會回送她一個微笑，用烏克蘭語向她道謝。若林知道，那是因為自己的笑容。

若林很喜歡帕米拉的出現，她像一陣風，每次一出現，大家就會突然忙碌起來。她總是一邊自己動手，把食物從邊上的臨時倉庫推出來，一邊不停的告訴兩個烏克蘭女孩，不要讓桌子空著，要隨時用食物把桌子放滿。

「如果有人不停的來拿呢？」若林遇到過這樣的情況，她有點不確定，到底應該如何應對。

「不用管，就算有人一次拿太多，也不要問。」

帕米拉告訴若林，有一次，她看到一名背著包的男士，來攤位拿了五、六個蘋果，七、八個三明治，還有好幾瓶水，塞進了包裡。她提醒對方，一次最好就拿一個人的份量，因為還有其他需要食物的人。那名男士不停的說對不起，然後把大部分的食物放回了原處。

「後來我跟著他出去，看到他上了一輛車，車上有四個小孩，還有小孩的媽媽，和一個老人。我意識到他是在為自己一家人拿一頓飯的食物。他完全可以告訴我的，但是他沒有，應該是被我說得不好意思。本來來拿免費食物，很多人已經覺得不好意思了。很多難民之前都是有很體面的工作的。那個時候我的感覺非常不好。從那一刻開始我決定，在這裡，不要去干涉來拿食物的人。我寧願讓一些人貪了小便宜，也不想有一個人，因為被我們問了，而讓家人挨餓。」

忙完午飯，若林會和兩個女孩打個招呼，然後坐在停車場的地上，曬著太陽，查看郵件和短信。兩個女孩和曉瑜同年，不過她們從來沒有把若林當成長輩。若林當然喜歡這樣的感覺，就像現在她和曉瑜相處，常常會忘了自己的身分。她們討論很多事情，若林發現，可以從曉瑜那裡學到很多新的東西，讓她感覺能夠和這個世界保持同步，沒有掉隊。

很多時候，若林會很羨慕曉瑜。這一代真是幸運，生命沒有被浪費過。而她和同齡人們，太多的常識和道理，要到四十歲才明白。

就好像同性戀這個詞，直到九〇年代初，若林到了美國，看了電影《費城故事》（Philadelphia）才第一次知道，原來這個世界上還有同性戀。若林後來問清鴻，是不是讀大學的時候，就清楚自己的性傾向。

「哪有這樣幸運。我們這些人，雖然知道自己喜歡同性，但是並不清楚怎麼稱呼自己。」

「那你們怎麼知道對方喜歡自己，或者可以向對方表達呢？」

「那就是靠眼神和感覺了。而且我們需要非常小心，那個時候，如果兩個男的上床被抓到，那可是流氓罪。不過話說回來，那個時候，男女結婚前上床，同樣是流氓罪的。你知道嗎，一直到九七年，流氓罪才廢除的。之前男女住酒店要住同一個房間，是需要介紹信和結婚證明的。」

坐在停車場的地上，看著手機，若林開心的笑了，她看到收件箱裡面姍姍的名字。

她們一個星期前剛見過面。

見完曾致中，若林從紐約開車去波士頓。因為疫情的關係，她和姍姍也有兩年沒有見面了。疫情之前，她們每年會聚一次。

姍姍沒有和若林上同一家大學。高考的時候，她發揮失常，沒有能夠上名校，也沒有考上她最喜歡的中文系，去了上海本地的普通大學，被分配到國際金融專業。

姍姍哭了好幾天。若林每天都會去姍姍家，看著她哭。不過四年之後，當大家快畢業，忙著找工作的時候，姍姍發現，自己的學校和專業，成為了熱門，而那些如願讀了名校中文系的同學，都為畢業後的出路煩惱。

雖然沒有進入心儀的大學和專業，但是大學四年，姍姍是快樂的。她本來就是一個很容易開心的人。況且，她遇到了現在的丈夫，她的同班同學。大學一畢業，兩個人就結婚了。婚後第二年，女兒出生。女兒四歲的時候，姍姍辭職做起了全職主婦，因為她的丈夫炒股票賺了不少錢，成為改革開放後，鄧小平所鼓勵的「先富起來的」人。

二〇〇〇年頭，若林去上海出差，去看了姍姍的第一套房子，在上海新天地。那是外資在上海發展的具有指標性的豪宅項目。

「若林，我終於變成『上只角』人了。」姍姍帶著若林參觀，迫不及待的要向最好的朋友展現自己的幸福。

在上海，一些區域被視為高尚住宅區，被稱為「上只角」，而低收入人群居住的地區，被稱為「下只角」。

若林當然為好朋友高興。中學的時候，住在閘北棚戶區的姍姍，總是不願意在同學之間提起自己住在哪裡，怕大家看不起她這個來自「下只角」的蘇北人。同學裡面，只有若林被姍姍邀請去過她家。雖然若林住的弄堂房子並不寬敞，但是她還是驚訝於棚戶區裡面的雜亂。地上的污水，家門口擺放的各種雜物，尿臭氣味混雜著用開水浸泡的筍乾的味道。若林記得姍姍的父母，特地煮了湯圓，看著她們兩個吃完。他們的臉上，洋溢著對女兒的驕傲，因為他們很堅定地相信，聰明上進的女兒，未來的生活，肯定和這個地方無關的。姍姍最終證明，他們是對的。

姍姍和若林幾乎不打電話，即便是在即時通訊工具便捷的時代。她們習慣了寫信，科技對她們兩個帶來的影響，就是從空郵的手寫信紙，變成了即時的電子郵件。她們都覺得，文字，更能夠讓對方體會到自己的思緒，而對話，是需要面對面進行的。

二〇〇八年，四川汶川發生地震。若林跟隨香港的一個慈善組織去了北川，在那裡待了一個星期。地震是在下午發生的，學生們正在上課。六千多座教學樓倒塌，導致至少四千多名學生死亡。若林所在的北川，光是北川中學教學樓倒塌，死亡和失蹤的學生就超過了一千人。對於失去孩子的家庭來說，這種打擊是致命的，因為獨生子女政策。

在從汶川回來的飛機上，若林很迅速的寫完了辭職報告，一下飛機，她按了發送鍵，發給了她的上司。她要求即時生效，她會賠償公司三個月的通知金。她只想快點再回到汶川，她要用紀錄者的身分，把那些失去家人的災民的故事寫下來。她也急迫的想去探究，為甚麼，一場天災，會演變成為人禍。而如果，政府可以從中學到一些甚麼的話，那麼那些和曉瑜一樣年紀的孩子們，他們的將來，就會少一些災難。

那一年，北京舉辦奧運，開幕那天，若林在上海。她和姍姍約在田子坊的一家酒吧，一起看開幕式直播。周圍的人是亢奮和全身心投入的，酒吧內外，不停的傳來掌聲和歡呼聲，這讓她和姍姍的心不在焉，顯得有點格格不入。從電影《英雄》開始，若林就不再喜歡張藝謀的作品，這場開幕式也是一樣。只有劃一整齊的場面，沒有人的面孔，這讓若林想起汶川那些失去孩子的父母，就在兩天前，她還在北川，一邊躲避著當地幹部和公安的追蹤，一邊和這些父母進行訪談。

「哦，我申請了波士頓大學的工商碩士，我沒有甚麼工作經歷，所以，我沒有申請太好的學校，我也不抱甚麼希望，就是試試看啦。」

「你老公怎樣想？」

「他倒是不反對我帶著女兒出去讀書。他覺得，孩子最終還是要去國外讀書的。所以早點出去更好，而且我們也想把國內資產分散一點。」

「所以你是為了女兒去讀書的，還是為了自己？」

「都是吧。這樣，就不用送女兒去寄宿學校，或者去陪讀。而我離開職場太久，需要先充充電，然後再想，接下來做甚麼。」

當一個家庭主婦，對於任何看重自我的女性來說，或多或少，都會對自我價值產生懷疑，除了母親和妻子的角色，那個自己，到底還有多大的份量。但是在外人眼中，生活優渥的全職主婦，是沒有資格抱怨的。所以姍姍必須時刻控制自己，避免在別人面前流露抱怨的情緒，因為那會讓對方覺得，她是一個不知足的，有點「作」的女人。只有在若林面前，她才能夠忘記全職主婦這樣的身分。所以若林聽姍姍對生活的抱怨，已經聽了好多年，因此，姍姍突然的行動，讓若林覺得突然，但是也為姍姍高興。她們還年輕，生活還有許多種可能，讓自己長時間停滯在一種可能性中，那是浪費自己的生命呀。

姍姍的家在波士頓郊外，一個很好的學區。這符合不少中國父母購置房產的原則，讓孩子站在更高的起跑線上。晚飯過後，她們開了一瓶白葡萄酒，坐在花園裡面，聽著後面的小溪邊傳來的青蛙聲。

「若林，他過兩天過來，我想和他好好談一談，我想離婚。」

若林沒有作聲，轉頭看著姍姍，等著她說下去。

「我不想回中國了。你看看這次疫情，我和我的孩子，未來是不可能在中國生活的了。可是他至少可見的十年不可能來美國生活。他只能在中國才能賺到錢。就算退休之後來，他在這裡沒有朋友，孩子們都離開了家，只有我，可是，我做不到只有他。我想，不如趁他還年輕，離婚了，他還可以在國內找一個年輕一點的女人，照顧他。這個應該是不難的。」

那天晚上，她們在花園裡面聊到凌晨，直到天開始變亮，看到橘紅色的曙光。那天，她們兩個人喝了兩瓶白葡萄酒，大部分的時間，若林都在聽姍姍講話。

姍姍發來的郵件，很短，詢問若林的狀況。若林看了看手錶，想了想，站起來回攤位，還是下班回到住處，可以從容一些寫郵件給姍姍。

若林工作的攤位，每隔一天，會有一個來自華盛頓的志願者出現。五十上下，瘦瘦的，不停的和若林，還有兩個烏克蘭女孩，講他自己認為非常好笑的笑話。很快，若林看出來，他每天來這裡的目的，是和當中一個女孩調情。

女孩英文不算好，和若林只能夠用簡單的英文單詞，和不完整的句子溝通，但是很快若林搞清楚了她的身世。她來自和波蘭最靠近的城市利沃夫，今年二十二歲，戰爭發生前，是一名幼兒園老師。

「現在利沃夫安全了，有沒有想過回去？」

「當然不想。」女孩睜大眼睛看著若林，讓若林覺得，自己問了一個愚蠢的問題。

女孩身材豐滿，性格在幾個烏克蘭女孩中最為開朗，一整天下來，不是自娛自樂的唱歌，就是和人聊天。但是她也是手腳最麻利的一個，可以快速地把髒亂的桌子，搞得整整齊齊。她向若林展示有翻譯功能的即時通訊工具，也是她和那名美國志願者之間溝通的工具。兩個人有時候面對面，有時候並排站著，低頭在手機裡面輸入文字，一問一答，每進行一個問答來回，兩個人就會抬起頭相視而笑，有時候微笑，有時候大笑。一個星期不到，女孩和大家宣布，當天要早點下班，因為她約了男志願者去喝酒吃晚飯。

若林看過一部紀錄片，記述英國男性在烏克蘭尋找未來伴侶的過程。若林感興趣的，是裡面展現的這些願意應徵的烏克蘭女性的心路歷程。她覺得很像中國的八〇年代，至少在上海和北京，她身邊的很多女孩，都在尋找透過婚姻，去比中國更富裕和自由的地方，尋找更好的生活。校園裡面就流傳過，外文系的某個女同學，在希爾頓酒店被公安抓走拘留。若林記得那個女生的樣子，她的宿舍就在她的樓下。很快，女孩不見了。若林後來從她的室友那裡，知道她嫁去了美國。

其實，她自己也算是其中一個。當初嫁給海明，不也是想要透過婚姻，改變生活狀況？儘管在當時，她覺得自己並沒有帶著功利的想法，只不過遇到了合適的人。但是這種合適，是不是也包含著一個人的外在條件因素？比如海明的職業和收入？還有海明的美國身分？

下班之後，若林來到老城的一家餐廳。餐廳在老城的主街上，坐在外面的露天位置，可以看街上來來往往的人。

經過的女孩子們都很漂亮，雖然晚上的氣溫不高，還是有不少穿著吊帶連衣裙。兩個穿著志願者T恤的年輕男女在若林面前走過。若林認出了他們，第一天報到的時候，他們在一個小組，後來，若林分配到難民營，他們兩個被分配到火車站的攤位。若林不記得他們的名字了，但記得他們都是來自紐約。第一天分配工作的時候，若林和那個男孩聊過幾句。男男孩聽到若林說來自香港，他說他很喜歡香港，因為去做過交換生，看到變成現在這個樣子，非常傷心。

看兩個人慢慢消失的背影，若林笑了。一個星期的功夫，兩個人顯然已經非常熟絡，甚至有點親密的樣子了。這真是好事情。年輕就是好。而且，在這樣的地方相遇，真是浪漫的事情。

不遠處的教堂鐘聲響起，若林看了一下時間，餐廳快要關門了。她招呼服務生買單。那是一個眼睛裡面都帶著笑容的陽光男孩。

走在回公寓的路上，若林拿起手機，找到和他之間的對話。裡面有他昨天主動發來的照片。若林喜歡這張照片，他看著鏡頭笑的樣子，就好像在對著她笑。

「今天你過得怎樣？」若林決定，今天主動發短信給他。

「去看了城堡。你呢？」走到公寓樓下，若林聽到提示音的聲響。

「今天有兩個大巴士的難民，大概有兩百多個。所以白天很忙，也很累。明天我會去烏克蘭的克勒曼楚送物資。」

「那就早點休息。小心一點。晚安。」

若林對著屏幕，猶豫了很久，是不是要和他說晚安。

最後，她收起電話。

她按了大門密碼，推開沉沉的大木門。樓道黑黑的，因為沒有窗戶的關係。她拿出手機，打開電筒，上樓的時候，地板發出嘎吱嘎吱的聲音。

他的晚安，讓她覺得，他是在客氣的告訴她，不要再來打擾，至少是今天到此為止，結束對話的意思。她要去烏克蘭了，但是他的回應居然是這樣的漫不經心。

想到這裡，她的心又開始絞痛起來，那種從心臟，一直延伸到手指間的刺痛。

她坐在沙發上，為手機插上充電線，然後在Spotify裡面挑選了一個歌單。這個歌單是她送給他的，那天他說起，作為新用戶，不知道如何入手，於是，她花了好幾個小時，建了這個歌單。這裡面有她喜歡的歌，但是更多的，是她無法開口的表達。

這些日子，她一直在問自己，準備好了嗎？是不是已經足夠的強大？強大到可以去純粹的愛？不過，眼下，她有其他重要的事情要做。她需要好好準備，因為明天，她終於可以進入烏克蘭了。

***

若林一早從公寓出來，和往常一樣，在樓下的超市買了一杯咖啡，邊走邊喝。她背著一個雙肩背囊，裡面放著一套換洗衣物和洗漱用品，當然還有電話充電器。這次運送物資，因為需要在目的地過夜。她猶豫了一下，還是沒有帶上電腦，她想，可以回來之後，再補寫日記。

若林有點興奮。她並沒有想到最後還是有機會進入烏克蘭。剛開始工作，一個同樣在做志願者的烏克蘭難民就跑來找她，告訴她，只要自己在波蘭這邊過境，對方會在烏克蘭邊境接送，在利沃夫過一夜。一百美金一次。很多志願者已經去過了，而且利沃夫已經安全，而且，也能支持當地經濟，幫助當地人。

若林並沒有被說動，她不想成為一個戰爭遊客。

在這個動盪的時代，只有每天沖給難民的咖啡、加熱的三文治，才讓若林覺得，自己能夠做一些真正能夠幫助到別人的事情。儘管這些事情，在外人看來，微不足道，但是對她而言，卻是讓她的生命變得豐盈起來的養分。

但是這種想法也讓她感到慚愧。做志願者，更多的是自我滿足，尤其是從道德層面。志願者是不需要和苦難有任何的牽連的，離開的時候，別人的苦難，就被拋在了身後。這也讓她對志願者這樣的角色，開始產生懷疑。

所以，還是繼續做一個紀錄者和書寫者，更適合自己吧。

送物資是若林作為志願者的最後一項工作，然後，她會回到克拉科夫修整一下。每天超過十二個小時的體力勞動，兩個星期下來，若林覺得，有點超負荷了。至於下一站去哪裡，她還沒有想好。她想去法蘭克福，此刻的他正在那裡。但是她不確定，自己的出現，是給他驚喜，還是會把他嚇跑。

若林早上和心怡通完電話。心怡是若林的圖書編輯，她的第一本小說在她來歐洲前出版了。

「書賣得不錯，應該很快加印了。」心怡告訴若林。

「哦，我還以為這樣的題材，讀者會不喜歡。」若林有點意外。

若林一直不敢動筆寫小說，因為她覺得，自己無法跳出現實的框架，缺乏虛構的想像力。但是心怡一直鼓勵她。

若林的第一本書，就是心怡編輯的，分成簡體版和繁體版，在香港和內地出版。那是一本雜文集，非常成功，若林也因此頻頻在媒體上露面，加上社交媒體的出現，她變成了媒體口中的「著名作家」。簽售會、講座，一個多月，心怡陪著若林，穿梭在中國大陸不同城市，而她們也因此變得熟絡起來。

心怡是土生土長的香港人，年紀比若林小幾歲。和很多若林以往在投行裡面的香港同事不同，心怡並沒有把若林標籤成「內地人」。

「你當然是香港人。」聽到若林說，無法確定自己的身分認同，心怡斬釘截鐵為若林下了定義。

「你好好想想，你是不是覺得，這個城市發生的事情，和你有關？」

「是的。」若林想了很久，然後給了心怡肯定的回答。

「那就是了。所以你不需要糾結了。我看這個問題很簡單，覺得家在哪裡，心在哪裡，那你的身分認同就在那裡。」

若林喜歡和心怡聊天。也許是因為童年過的富足的原因，若林覺得心怡身上有一種源自於安全感的低調自信，而安全感，是若林花了很多年，差不多人到中年的時候，才依靠自己找到，在這之前，她依靠的是父親、男友、丈夫、想像中的母親，就是沒有意識到，原來安全感的來源，只能是自己。

若林的第一本小說，用她自己的話來形容，一本言情小說。

心怡說服她動筆嘗試的一個重要理由，那就是既然非虛構現實作品，在香港越來越沒有出版空間，倒不如從風花雪月入手。

「只要能夠保持對愛和美的追求，那麼，可以讓人們在艱難的日子裡面，感受到點點溫暖。」心怡的這句話，讓若林下了決心。

心怡看完若林給她的故事大綱，第一個反應：

「這是你自己的故事？」

「哦，是，也不是。」若林寫的，是一個已婚女子，和一個單身男子之間的愛情故事。背景則是社會運動和疫情。

「我只是覺得，人們總是在談論男性出軌，我想從女性的角度來寫。」

「嗯，我看到了你的野心。有階級分化，權力變更，還有身分認同。很好，加油。」

和海明離婚之後，若林有很長一段時間的感情空白。她覺得自己已經沒有力氣愛了。但是沒有關係，她有忙碌的工作。

若林喜歡不停的出差，在不同的時差中間穿梭。除了和客戶開會，她會找出時間，去探索每一個陌生的地方，看不同樣子的人。而香港就像一個客棧，是每次從一個國家到另外一個國家，從一個城市到另外一個城市，中間短暫停留，讓自己修整一下的地方。每次飛機在香港機場降落，若林都會有一種整個人終於可以放鬆的感覺。而且，走了那麼多地方，若林越來越覺得，從機艙的舷窗看出去的風景，還是香港最美。

直到若林遇到了彭俊。一個她心全意去愛的人。那個時候，她已經過了四十歲。

若林之所以如此確定，是因為，當他們親吻的時候，若林的心會有一種悸動，然後會覺得自己的腳跟在慢慢脫離地面，人，輕盈的，飄向空中。這種感覺，只有和曾致中在一起的時候才有過。

若林是在校友會的活動中見到俊的。那天，她站在角落裡面喝酒，剛剛主持完這場聚會，她想一個人靜一靜。俊走到她的面前。

「你還記得我嗎？」

若林仔細的看了看他，很不好意思的搖了搖頭。

「我們一起做過項目，開過會。不過你那個時候可能太專心的，所以不記得我了。」

他把名片遞給了若林。

「我沒有名片，你知道，我是沒有正當職業的。」若林接過名片，笑著對他說。

「我知道。我是你的讀者。」

他們交換了電話。

兩個星期後，若林收到俊的短信。她在匈牙利。若林看了一下時間，香港的深夜。

「忽然想起你，有沒有時間吃飯？」

「好的。等我回香港再約。」

那天晚上，若林走在布達佩斯的多瑙河邊，眼前的夜景，美的讓她覺得有點任性。

回到香港，他們約了晚餐。那天，他們有說不完的話。後來俊告訴若林，他們告別後，他馬上告訴了自己的好朋友，對方聽完，沉默了好久：

「嗯，聊了這麼久，你的麻煩來了。」

第二天中午，俊按響了若林公寓樓下的門鈴，當若林打開門，看到他站在門口的時候，他們甚麼話也沒有說，緊緊的擁抱在一起。

一個小時之後，俊離開若林的公寓，很快，若林收到他的短信：

「我想，我是愛上你了。」

「我也是。」其實，剛才當他在她的身體裡面的時候，她就想告訴他，但是她忍住了。

「你戀愛了！」若林約了心怡喝咖啡。還沒有等若林開口，心怡認真的端詳著她，然後很確定的下了結論。

「可是，我想告訴你，我現在是第三者，你會怎麼看我？」若林遲疑了一下，看著心怡。

「你怎麼會這樣問我呢？愛情，是唯一不可能被責備的東西呀。」心怡拍了拍若林的手背，「看到你這個樣子，替你開心還來不及呢。」

「可是，站在妻子的角度，看到一個第三者，你不覺得討厭嗎？」

「第三者不會平白無故的出現的。肯定是婚姻出現了問題。但是，你要有思想準備，最後，你可能成為改善對方婚姻的外力。愛情和婚姻，很多人是分開看的。」

「嗯。我還沒有想好，到底想要甚麼。」

若林覺得，理想的婚姻，應該是心怡夫婦這個樣子，是很純粹的事情。雖然是同齡人，但是和自己相比，心怡從小的日子是富足的，就好像曉瑜那樣，所以，她有足夠的底氣，不需要透過婚姻，從對方身上獲取。而在香港這個地方，女性也不會面對太大的壓力，讓婚姻成為人生路上的必須，於是，婚姻也就變得單純了許多。

「我們的開始當然很純粹，但是維繫起來，肯定有很多利益考慮的。」

「那當然。」若林當然明白。再純粹完美的開始，能夠一起走下去，都不是那樣容易。愛會消逝，兩人的步伐會不一致，人會改變，還有太多外部因素。但是，這些都比不上一開始就錯了，還有錯了，卻不承認，繼續維持著。

和俊分手，是若林提出的。

倒不是因為俊沒有想過要離婚。若林從來沒有過要和俊結婚的念頭，她甚至覺得，如果俊離開了他的妻子和孩子，那不顯得他很冷酷？所以，他們從來沒有提過這個話題。在一起的時候，他們是專心一意的，讓他們的世界只有他們兩個人。但是若林知道，當俊不在身邊的時候，自己無時無刻在糾結，俊是不是足夠愛她。因為如果足夠愛的話，他自然會有所選擇。而他的選擇，不能夠是因為她要他怎樣做，而是應該他自己決定如何做。

甜蜜開始慢慢變得苦澀。若林常常無法入睡，躺在床上落淚。終於，她覺得累了，甚至有點心死，撐不下去了。

俊嘗試過挽回。

若林接到俊的電話，猶豫了一下，決定和他吃這頓晚飯。

在灣仔一條狹窄的小巷子裡面，昏暗的燈光在他們的頭頂上搖晃。

俊抱著她，親吻她。她的心又是那種悸動。但是她頑強的凝固自己的身體一動不動，直到俊鬆開手，絕望的看著她。

若林想，那個時刻的自己，在俊的眼中，是冷酷的。

若林確實是冷酷的。當她決定放手一件事情，一個人之後，她可以把相關的記憶剔除掉的。假裝這些從來沒有存在過，這樣才能輕裝上路。難道這樣對待自己，不對嗎？這是她自我保護的方法。就好像小時候，遇到傷心的事情，她會拼命的哭，讓自己快點睡著。因為醒來之後，那些不愉快，就自己消失了。

只是，後來的十多年，若林一直在後悔。

遇到相愛的人，或者只是遇到一個自己能夠愛上的人，是多不容易的事情。如果這個人，能夠用任何的方式存在自己生命中，又是多麼幸福的事情。

也許他們最終會在一起，也許只是朋友。當然，也許，他們的愛情，慢慢的被時間消磨，於是，變成陌路。可是，為甚麼不去嘗試和努力呢？不願意付出更多，是不想自己受到傷害，於是，粗暴地，在愛情還在的時候，為這段關係畫上句號。為甚麼會這樣的愚蠢？

只是，當若林決定要去找曾致中的時候，她根本沒有想過是不是應該聯繫彭俊。生活從來沒有假如，也不可能重來，更是敵不過時間。她和俊的故事，在灣仔的那條後巷，那個夜晚，完完整整的結束了，被她自己，寫了一個回不去的，錯誤的結局。

所以，如果愛情還在，即便很累，也不要放棄。即使對方沒有回應，只要自己心意還在，那就變成自己的事情，把自己當成方法，創造自己的小世界。

此刻，既然她遇到了一個讓自己心動的他，那麼，就應該勇敢起來，用足夠的時間和耐心，去維繫和他同在的軌道，讓彼此存在於彼此的生活中，直到愛，在自己的心裡面消亡的那天。

早上的城市很安靜。風吹在身上，涼涼的，很是愜意。若林拿著咖啡，慢慢走著。但是有點詫異，一路沒有遇到行人，只有幾輛在她身邊開過的車。直到走到難民營邊上的教堂，聽到教堂裡面傳來的歌聲，她才意識到，這是一個星期天的早晨。

難民營和平時一樣，八點的時候，大部分人已經起床梳洗完畢，有的站在門口曬太陽，有的坐在地上抽菸，一個二十來歲的女孩，在停車場邊上做瑜伽。若林記得這個女孩，應該是來了三天，她做完瑜伽，就會到若林的攤位前要一杯咖啡。小朋友們是精力充沛的，已經在停車場邊上的草地上奔跑追逐，開始新的一天。這片草地被志願者們圍成了一個遊樂場，一邊是充氣滑梯，一邊是小型足球場。

出發去烏克蘭的車停在難民營門口的停車場。這輛車，除了若林，還有一名懂烏克蘭語的志願者蘿拉。若林已經聽過了蘿拉的故事。她每天會到若林的攤位前要一杯咖啡，然後會和若林聊上幾句天。

蘿拉在莫斯科出生長大。五年前，剛剛大學畢業的她，因為組織反普京示威而坐牢。兩年後出獄，她馬上離開俄羅斯，來到波蘭，在華沙開了一家俄羅斯餐廳，生意出乎意料的不錯。戰爭開始的第二天，她鎖上了餐廳大門，給員工發了三個月的工資，開車來到了這個邊境城市，成為了志願者。她的車窗上，前面貼著俄羅斯國旗，後面寫著大大的英文「不要戰爭」。

「我要讓烏克蘭人看到，俄羅斯也有好人。」

「哈哈，我要讓烏克蘭人看到，也有中國人支持他們。」

蘿拉告訴若林，當她決定來當志願者，關了餐廳，她和男朋友分手了。準確點說，正在陷入冷戰。

「他也是俄羅斯人，和我一樣討厭普京，所以和我一起來了波蘭。但是我沒有想到，他居然支持打烏克蘭。他說，因為新納粹份子佔領了烏克蘭，俄羅斯這次是去解放烏克蘭的。這些明明是普京的宣傳呀。」

「他是一個民族主義者？」

「是的，而且是極端民族主義者。他甚至說，如果有需要，會回俄羅斯去參軍。你看，不管平時他怎麼反獨裁，反極權，一到主權問題，他就自動站在強權那一邊了。」

「嗯，你們都是成年人，價值觀不同的話，很難相互改變的。你的打算？」

「我也不知道。我們在一起很開心的。只要不談這些問題。」

「或者你們就不要談這些？畢竟政見不同，也是可以相愛和相處的。」

「我不知道。所以我想分開一段時間，正好讓我們都想清楚。」

「那你們還聯繫嗎？」

「偶爾。」

「那你想念他嗎？」

「有的時候。」蘿拉嘆了一口氣。「我覺得，我還愛著他。」

她們兩個負責運送一批醫療物資到克勒曼楚克（Kremenchuk）。若林坐在司機位，蘿拉坐在副駕駛位，她們說好，在車程一半的地方，相互交換。

有人敲打車窗。蘿拉按下車窗玻璃，一個四十來歲的女子用懇切的眼神看著她們。

「聽裡面的人說，你們要去克勒曼楚？」

「是的。」

「能不能帶上我？我正好回家。」蘿拉看了一眼若林，若林點了點頭。

「上車吧。」蘿拉轉頭對那名女子說。

「把行李放在後座，後備箱滿了。」若林告訴這名新加入的乘客。

女子告訴蘿拉和若林，她叫薩沙。她不放心一個人留在烏克蘭的丈夫，也放不下自己的家園。

「我想我家的花園應該是雜草叢生了。也不知道有沒有被炸到。」

「你丈夫在打仗，你們能每天聯繫嗎？」若林很好奇。

「我等他打電話給我，因為我不知道他甚麼時候接電話方便。我會時不時看他有沒有上線。如果他一段時間沒有上線，我就會很惶恐，擔心他出了甚麼事。」

若林的嘴角微微揚起，她也是這樣。會看他有沒有上線。如果很長時間沒有，會擔心是不是出了甚麼事情。她也是等他打電話給自己。當然，自己是不能和身後的這位妻子相比的，對這名妻子而言，生離死別，是真真切切，隨時會發生的。相比之下，她的所有思念，也就顯得微不足道了。

從難民營到邊境，過波蘭關，進入烏克蘭，總共花了不到三十分鐘。若林看了一眼從烏克蘭進入波蘭方向的車輛，一眼看不到尾，而且，幾乎是靜止的。

「現在來波蘭的，大部分來自烏克蘭南部。」蘿拉告訴若林。「這些居民一直以為，俄羅斯不會轟炸他們那邊。不過就算是利沃夫，也不是沒有風險。三天兩頭有空襲警報。」

「蘿拉，我們先找一下加油站，多準備兩桶汽油放在車上，再繼續趕路。」

決定做自由作者之後，若林特地飛到倫敦，參加了一項針對記者、民間機構員工的培訓課程，學習如何在充滿敵意的環境下盡可能的確保安全。後來，她在埃及開羅採訪阿拉伯之春，解放廣場上，是群情激憤，要求穆巴拉克下台的民眾。若林想起了課程上學到的，如何採訪示威的一些提示，尤其是作為女性，於是，她否定了走進人群採訪的想法，選擇了一個不會被人群包圍的位置。一天後，傳出一名美國電視台女記者，在廣場採訪時，遭到毆打和性侵的消息。

不過，讓若林感到悲哀的是，她在課程上學到的技能，被運用的最多的，並不是在中東或者加沙，而是香港街頭。

那是二〇一四年九月二十八號，星期天，若林從下午開始，站在干諾道中的天橋上，和記者們一起，看著示威民眾，源源不斷地聚集在政府總部外的道路上。這是佔領中環運動正式開始的第一天，抗議政府沒有能夠實現承諾過的普選制度。

隨著人群越來越多，現場的氣氛開始緊張起來。若林看到，最前排那些和警方對峙的示威者們，除了一些示威者戴上護目鏡，更多人則是撐起了雨傘，用來抵擋警方使用的胡椒噴霧。若林自己也準備了護目鏡，還有水。胡椒噴霧會隨著空氣飄散，萬一吹到眼裡，可以用水清洗。這倒不是若林在培訓課程上學到的技能，而是她很早就經歷過。

那是一九九九年，世貿部長級會議在西雅圖召開，若林被公司從香港派到當地，和參加會議的中國政府官員見面。對於投行來說，這是接觸中國官員的最好時機，而且，這些官員，在國外的時候，表現得會比在北京放鬆很多。但是那次會議在大規模示威下被迫中斷，警察出動胡椒噴霧，還有催淚彈。若林在回酒店的路上，看到警察，抓著來不及跑開的示威者，用手上的小鐵罐，把胡椒噴霧噴在示威者的臉上，然後揚長而去。看到那個示威者痛苦的蜷曲在地上，若林呆站在那裡，不知道應該怎樣去幫助她。很快有人跑過來，用水幫那個示威者洗眼睛。而這個時候，若林開始感到眼睛很癢很痛，於是用手去揉，但是越揉越痛，視線變得模糊。這個時候，一個聲音在她身邊響起，告訴她千萬不要揉，然後若林的手上多了一瓶水，同樣的聲音催促她，快點用水洗眼睛。

不過此刻的若林，除了帶了護目鏡，還特別穿了長袖和長褲，脖子上圍了一條頸巾口罩，在她的背包裡面，還有一個防毒面具，一塊毛巾，如果萬一釋放催淚彈的話，可以用濕口罩遮蓋鼻子和嘴巴，如果再嚴重的話，那就戴上面罩。這些，是她在培訓課上學到的。

若林站在天橋上，看到和示威者對峙的警察們，戴上了防毒面具和頭盔。

「天，可能要放催淚彈了。」若林對身邊一個相熟的記者說。
「不會吧。這裡是香港呀。」
「通常警察這樣裝備，那就是有備而來了。」
「萬一放了催淚彈，該怎麼辦？」
「你手上有沒有毛巾之類的？萬一飄過來這邊，你用水把毛巾弄濕，包住鼻子和嘴巴。」
「我沒有帶毛巾。」
「我有。給你。我有這個。」若林指了指自己脖子上圍著的口罩，然後從包裡面拿出毛巾遞給對方。
很快，警察舉起了一塊旗幟，橙色的一面寫著：遠離否則開槍，黑色的一面則是：警告催淚彈。然後也就是幾秒鐘，隨著三聲響聲，白色煙霧在最前排的示威者之間冒起來。若林看到人群尖叫著散開，地面上散落的，是示威者留下的物品。
但是人群沒有散去。警方後來公布，那天晚上，總共發射了八十七枚催淚彈。直到七十九天之後，這裡才恢復了正常交通。那個時候，誰也沒有想到，二〇一九年，人們又出現在這裡，而防毒面具，護目鏡，頭盔，成為示威者，還有記者們背包裡面必備裝備。
晚上八點多，若林和蘿拉，把薩沙送到了家門口。天色依然是明亮的，只是太陽已經開始向下墜落，預告黑夜馬上要開始了。這是在克勒曼楚郊外的一座小村落。薩沙的家就在村口。房子依然完整，但是窗戶玻璃全部碎裂了，就在十多米開外，另一座民居，一半的牆壁已經坍塌。薩沙是幸運的，房子沒有被擊中，只是受到爆炸帶帶來的震動。
薩沙在家門前停頓了一下，然後轉身，和走在身後的若林還有蘿拉，擁抱道別。
「你們路上要小心。」
「你自己要保重。」
從薩沙家到市中心的購物中心，也就是十五分鐘車程。傍晚的城市，路上的車不多，倒是購物中心門口的停車場上，停滿了汽車。購物中心裡面人不少。星期天，都是來逛街購物和吃飯的當地市民。
交接完物資，若林和蘿拉朝購物中心的大門走去，準備去停車場拿車。她們會在這個城市住一個晚上，第二天，她們會先去基輔，蘿拉要在基輔停留一個星期，然後若林，一個人開車回波蘭。
突然，若林聽到一聲巨響。她下意識的拉著蘿拉臥倒在地上，然後臉朝下，用手抱著頭。這也是她在培訓課上學到的自我保護技巧。等了幾十秒，若林的耳邊傳來尖叫聲，她抬起頭，只是，眼前的濃煙，讓她一下子無法看清周邊。

＊＊＊

封城兩個月之後，上海，終於解封了。對於上海人來說，這個時刻等待了很久，但是來的，又有點突然。

剛剛踏入六月的上海，開始有了夏天的味道，梧桐樹樹冠張開懷抱，又開始像綠傘一樣遮蓋住開始變得熱辣辣的陽光。但是上海人都知道，沒有看到梧桐樹，從新葉慢慢長大的樣子，也沒有看到桃花盛開的樣子，自己錯過了一個春天。

曉瑜約了兩個朋友在公寓附近的一家咖啡店見面。走在街頭，聽到汽車的聲音，她有點不太習慣這正在甦醒的城市。過去兩個月，這個城市是安靜的，甚至連汽車聲音都聽不到。而現在，路邊的商店大部分開門營業，帶著口罩的市民，開始在商店外面排隊。

在紐約上完五年級，曉瑜和爺爺奶奶一起來到上海，和海明住在一起。他們住在長樂路上的一棟獨立洋房裡面。曉瑜覺得，上海的生活，和紐約沒有太多的區別。學校裡面的同學依然說英文，當然，她的中文本來就不錯，至於上海話，因為爺爺奶奶的關係，雖然說得不流利，但是聽一點也沒有問題。所以走在上海街頭，看著身邊全部都是和自己一樣的人，讓她覺得特別安心。

她住的這個地方，後來成為網紅地點。中國各地來上海旅遊的年輕人，最愛來到這個社區拍照打卡，並且把這裡稱為「巨富長」，也就是巨鹿路、富民路和長樂路的簡稱。曉瑜覺得，這裡固然不完美，因為細看之下，有太多破舊不堪，甚至雜亂的角落，但是有意思的是，這些不完美的地方，反而最能夠讓人聯想起上海曾經的繁榮。

曉瑜讀過很多關於上海的書。曾經，好萊塢的最新電影，一定會在上海和美國同步上映，福特公司推出新款汽車，同樣很快會在上海的街頭看到。想要發達的美國人，湧來上海，和去加州淘金相比，這裡更講求的是頭腦。在上海的七年，看著城市面貌不斷地改變，曉瑜覺得，眼前的上海，完全就是當年國際都會的樣子。

曉瑜和若林說起上海的舒適和繁華，但是她發現，母親並不認同自己。

「曉瑜，我覺得你很像我的那些投行的同事，那些和我一樣，從大陸到美國讀書，然後再來香港的同事們。他們知道的香港，只有港島，從半山到中環，遠一點可以到金鐘，灣仔和銅鑼灣。他們不知道，只要他們坐地鐵多坐幾個站，展現在他們眼前的香港會很不一樣，就好像他們不知道，就在灣仔，有隱藏在高樓中的籠屋。還有很多人，每個月要依靠政府幾千塊的援助生活。曉瑜，就像你看不到，在上海，還有許多住在弄堂裡面，還要每天倒馬桶，使用公共廁所的人家。」

曉瑜當然很不服氣。但是她沒有表露出來。她一直覺得，若林看問題太過極端，這讓她很不理解。父親海明總是對中國讚不絕口，自己當然更加認同父親，因為她有太多的證據，不管是自己的日常經驗，還是從媒體看到的報導。她那些國際學校裡面的同學，他們之所以和家人來到上海，都是因為父母看好中國經濟的前景，也因為這樣，獲得了比待在美國要更好的工作機會，環境和收入。其實母親離開美國去香港，不也是因為同樣的原因？而且，自己聽母親感嘆過好多次，承認自己是時代的受益者。既然如此，為甚麼說起中國政府，母親總是一副嫉惡如仇的樣子，總是看不到政府做的好的一面？

因為看好中國，曉瑜在美國唸完大學，找到一份跨國公司的工作回到上海。若林沒有對她的決定發表過任何意見。而海明，還有爺爺奶奶當然很開心。曉瑜在海明的別墅附近租了一個公寓，畢竟工作了，她想要有自己的空間。很快，疫情開始。海明決定帶著妻子，還有他們的孩子，搬回美國。然後幾乎每天，曉瑜聽海明在電話裡面說起紐約封城的日子，這讓她覺得，父親真是做了一個太不明智的抉擇。

曉瑜從來沒有想過要離開上海。她覺得只有上海，才能給她一種安全感。紐約距離她的記憶已經遙遠，雖然她回到紐約，讀了四年大學，雖然她在紐約出生長大，但是，那四年，她覺得自己只是一個城市過客，一個異鄉人。

而現在，她更不想離開，尤其是在經過了封城之後。她喜歡上了一個女孩，她叫凱莉，她在這裡，在上海。

一想到和自己喜歡的人，一同經歷了這段艱難的日子，曉瑜覺得，苦澀當中就有了一絲甜蜜。不過，凱莉並不知道曉瑜的心意，曉瑜也不確定，凱莉是不是喜歡自己。

解封後的上海，掩不住一種頹敗，甚至有點滄桑。巨富長上的很多小店，透過玻璃，可以看到裡面的東西都撤空了。曉瑜和朋友們最喜歡的餐廳已經倒閉，她們經常聚會的咖啡館，總算支撐過來。此刻店裡面彌漫著一種刺鼻的味道，就算是咖啡的香味也無法掩蓋掉，那是因為封城期間，政府來消過毒，這讓店裡面的桌椅，顯得有點殘舊，但是只不過是兩個月前，這裡所有的東西，還都是簇新的。

一個人被隔離在家的日子，曉瑜失去了時間的概念。她記得在電影裡面看到過，一些坐牢的人，會在牢房的牆上畫上一道道的印記，每一道代表一天，計算在牢獄裡面渡過的日子。而她，到後來，連計算日子的慾望都沒有了。

曉瑜比朋友們先到。一想到待會兒凱莉也會來。曉瑜有點坐立不安。二個月沒有見面了，雖然有每天通電話。事實上，是每天的通話，讓曉瑜覺得，隔離的日子沒有那樣難受，甚至有點慶幸。如果沒有封城，她們應該不會有機會講這麼多話。就好像張愛玲的《傾城之戀》，一個城市因為一場戰爭而坍塌，但卻成就了白流蘇和范柳原的婚姻，於她而言，一個城市因為瘟疫的停滯，讓她遇到了心靈相通的人，只是，她不確定，是否能夠成就一段戀情。

等待的時候，曉瑜拿起手機，撥打若林的電話。WhatsApp 顯示電話接通，但是沒有人接聽。曉瑜開始焦慮起來。

她看了一眼手機，昨天發的短信，還是只有一個灰色的勾，顯示信息還沒有發送給對方。

「快二十四小時了，我的短信一直沒有辦法發給你。」

曉瑜飛快地打完字，按了發送鍵，等了幾分鐘，還是一個灰色的勾。

小時候的曉瑜，對於若林的印象是模糊的。在她四歲的時候，海明去了上海，若林去了香港。她留在了美國，由爺爺奶奶帶大。

父親在她的童年，意味著旅行，因為只有不在家，她才可以和父親形影不離。她並不記得小時候去過哪裡，每次父親說起，小時候的她去過哪些城市的時候，她總是一臉茫然。但是她一直記得父親的手牽著她的手的感覺。而媽媽，總是隔很久很久才會見到。至於她們在一起做了甚麼，她同樣不記得了，但是她記得若林的擁抱，還有親吻。後來，偶爾和父親聊起小時候，海明告訴他，每次若林把她送回家，她都會哭著不肯進門，最後都是海明，用力的把她抱起來進家門。

去上海讀書，曉瑜才多了和若林相處的時間。每年暑假，她會去香港住一兩個星期，若林經常到上海出差，所以也會一起吃飯逛街。在香港的日子，若林一定會請假在家，若林辭職之後，更是會把每天安排得滿滿的。她們去行山，逛商場，看電影和各種展覽，還有演出，吃各種好吃的東西，從港島逛到九龍，再到新界。她最喜歡坐天星小輪，看著維港兩岸的高樓。當一邊漸漸遠離視線的時候，另外一邊，卻在同一時間越來越近。特別是傍晚的時候，坐在渡輪上看晚霞，還有落日，人就好像在電影裡面一樣。

準備去美國讀大學的那年暑假，曉瑜帶著女朋友一起到香港渡假。她從來沒有告訴過父母，她喜歡女孩子。若林第一眼看到她和女友，就直截了當地問她們，是不是戀人。這讓她有點欣喜若狂，沒有想到出櫃是如此容易，準備好的各種的台詞，都派不上用場。

小學開始，曉瑜覺得自己不是父母心目中最重要的。因為如果父母足夠愛自己的話，首先他們不會離婚，其次也會花更多的時間在自己身上。不過，讀中學之後，她開始覺得，父母的生活，其實和自己無關，只要他們和自己能夠保持良好的關係，那他們就已經盡到了責任。父母當然在她的生活中很重要，但是她還有朋友、同學。在家的外面，世界太大，等著她去探索。

和隨和的父親不同，曉瑜眼中的若林，總是甚麼事都是一個人說了算，一旦拋出一個問題，對方回應得慢一些，會顯得很不耐煩。曉瑜一直不明白，為甚麼若林總是活得爭分奪秒的樣子，好像只要慢一點點，就會被時間拋棄一樣。

曉瑜記得，自己差不多整個中學時代，每次見到若林，最怕問她想要吃甚麼，因為當她的腦子剛剛轉起來，若林已經快速地收回詢問她的眼光，替大家做了決定。很快，曉瑜找到了一種對抗這種壓迫感的方式，當作聽不到，保持沉默。看到每次若林得不到她的回應，從不耐煩的催促，到氣鼓鼓的放棄，曉瑜覺得有一種愉悅感，終於，贏了這個回合。

十一年級的時候，班上新來了一個女孩，和若林一樣，美國出生，很早父母離婚，小學跟著母親去了北京，然後因為母親換了新的工作，來了上海。

曉瑜發現自己總是關注著她的一舉一動，看到她和其他女生聊天會覺得嫉妒，後來，曉瑜告訴她，一直忘不了她打籃球的畫面。左手上戴著的手錶在陽光下閃閃發光，她的眼睛也在閃閃發光。有一天，那個女孩溫柔的把曉瑜摁在牆邊，纏纏綿綿的吻，讓曉瑜覺得，整個腦袋都是暈暈沉沉的。她戀愛了。

後來曉瑜問若林，「你怎麼看出來的？」

「因為你們看對方的眼神，那是愛情呀。」

曉瑜忽然覺得，需要重新認識母親。

曉瑜上一次去香港，是二〇一九年，也是香港幾乎每天都有示威的時候。

那天她和若林在國際金融中心吃完飯準備回家，走出大樓才發現，道路已經被示威者堵塞了，根本沒有出租車。她們只能走回家。站在行人天橋上，可以看到橋下的示威者們。他們穿著黑色衣服，帶著防毒面具，在馬路上搬運鐵欄做路障，試圖阻止警察。

「這些就是黑暴吧？」曉瑜問若林。她從新聞報導裡面知道，此刻的香港，示威者裡面，分成了主張和警察對抗的勇武派，和主張和平理性示威的和理非。她並不反對集會遊行，在美國的時候，她參加了很多，但是她同樣的無法接受這些破壞公物和秩序的行為。

「你為甚麼用黑暴這個詞？」若林轉過頭，很認真的看著曉瑜。

「媒體上都是這樣的呀。」曉瑜聳了聳肩。她有點不能理解若林為甚麼反應如此大。

「中國的官方媒體吧？」

「是的。怎麼了？」

「用怎樣的詞，反映的是怎樣的意識形態。所以，你不認同這些行為，對吧？」

「是的，我不贊成。我覺得，應該用理性和平的方式來表達。」

「那如果用了這樣的方式，政府還是不聽呢？你看，兩百萬人站出來了，政府還是不聽。」

「那還是不應該訴諸暴力。這樣會削弱抗爭的合法性的，也會把支持者嚇跑。比如像我這種人。我當然覺得一人一票是對的，但是需要用和平的手段，去感召更多的人加入。」

「那如果警察用暴力手段對付示威者，運動變得激烈，是示威者的責任，還是政府的責任？」

「可是這些示威者，連普通民眾也攻擊，只不過就是政見不同，這同樣也是暴政思維。暴力，只能催生暴力。」

若林沒有再說甚麼。她們兩個沉默地走著。馬路上，彌漫著催淚瓦斯的味道。

「你知道嗎，你爸爸是一個勇敢的人。」曉瑜停下腳步。她有點詫異，因為若林從來不在她面前談論自己的父親。不過若林並沒有停下來，而是自顧自邊走邊說。

「學生運動開始，他和同學紐約街頭籌款，然後他帶著現金，飛到北京，把錢交給廣場上的學生。離開的時候，冒著風險，幫在北京的外國記者，把拍攝的錄影帶到香港，讓全世界看到，北京的長安街上，發生了甚麼。那個時候，學生們是和平理性非暴力的，但是等著他們的，是坦克和子彈。」

看著手機上一個個灰色的勾，曉瑜覺得，自己承受不住這種焦慮。那個未謀面的外婆，閃現在她的腦海。她不想像若林那樣，沒有和自己的母親好好道別。她需要做點甚麼。

「曉瑜，曉瑜？」曉瑜聽到有人叫自己的名字，她抬起頭，是凱莉，和她們的另外兩個朋友。

「啊，你們到啦。」

「曉瑜，發生了甚麼事情嗎？你看你，神不守舍的樣子。」曉瑜覺得，凱莉聲音裡面帶著焦慮，這讓她的心情好了一些。

「噢，聯繫不上我媽媽。之前她說她去了烏克蘭。」

「不要擔心。或許是因為通訊不方便呢。畢竟烏克蘭在打仗。」曉瑜看到凱莉坐到了她的對面。她的眼睛瞪得大大的，一動不動的看著自己，有一種讓自己安心的力量。

那天，曉瑜一回到家，做的第一件事情，就是找姍姍。因為若林在去波蘭之前，最後見的人，是姍姍阿姨。

***

「曉瑜，找我？」曉瑜聽到姍姍惺忪的聲音，這才想起來，此刻，是美國的凌晨，姍姍阿姨肯定是被自己的電話，從睡夢中催醒的。

「不好意思，姍姍阿姨，我有急事要問你。」

「你說。」

「你這兩天有沒有和我媽媽聯繫過嗎？我找不到她。」

「我們兩天前通過郵件。怎麼啦？不要著急，慢慢講。」

「我給她的信息根本發不過去，她已經二十四小時沒有上線了。」

「有沒有試過她的電話？」

「都試過了。電話顯示關機。WhatsApp 打通了沒有人接。不過你知道，WhatsApp 就算沒有網絡，也是接通的樣子。」

曉瑜聽到電話那頭的姍姍沉默了幾秒鐘。

「她在郵件裡面說，昨天去烏克蘭的一個城市。你不用太擔心。可能烏克蘭的通訊狀況不好。我記得你媽媽以前去利比亞的時候，一個多星期聯繫不上她。她很有經驗的。我們都再等等。喔對了，我把那封郵件轉發給你。」

「好的，謝謝姍姍阿姨。你再睡一會兒吧。」

幾分鐘後，曉瑜聽到電腦發出叮的一聲，那是收到郵件的通知聲。她打開收件箱。

「親愛的姍姍，

我今天提前下班了，想要早點給你回信。

從難民營走回公寓的時候，下雨了。還好和我一起工作的烏克蘭女孩很熱情的給了我雨衣。

走回公寓大約半個小時。我很喜歡這條路線，會經過幾個新建的住宅區，穿過一條鐵路，然後進入老城區。如果不是下雨，路上會看到落日。然後不管是上班還是下班，路上幾乎都是我一個人。

不過我從來沒有擔心過這裡的治安問題。現在這個地方，當然不是外國遊客的選項，所以像我這樣的外國面孔，穿著寫有服務機構的T恤，掛著工作證件，一看就是來做和難民有關的工作。這兩天走在路上，我已經遇到好幾個不同年紀的人，微笑著向我說謝謝，有的用俄語，有的用烏克蘭語。猜想她們都是難民。

走在雨中，也是非常愜意的事情。雨點落在雨衣上，在我的頭頂，發出有節奏的滴答聲，就好像雨也會唱歌。不過雨來得快，也走得快，到樓下的時候，雨就停了，然後街道上馬上會充滿雨後，樹枝散發出來的清香。

我現在是邊喝酒，邊給妳寫信的，因為我覺得，會有很多話要說。公寓的樓下就是超市，我挑了一瓶白葡萄酒。在這種地方，白葡萄酒應該是最保險的了，冰凍過後，不會難喝到哪裡去。站了快十個小時，我太需要喝杯酒放鬆一下。

這裡的太陽要九點多才下山。現在夕陽正從窗戶斜射進來。我把酒杯放在窗台上，可以看著酒杯的陰影一點點的變短，還有不到半個小時，這些陰影就會徹底消失，然後，黑夜就會慢慢降臨。

做了兩個星期的志願者，我算了一下，已經做了幾百個帕尼尼，沖了上千杯咖啡和茶。過去兩年堅持去健身房做重訓的好處是，可以面不改色的從倉庫裡面，連續的搬十幾瓶水。不過，每次總是有坐在一邊吃東西的其他機構的男志願者，還有男性難民衝上來幫忙。你看，覺得體力活應該是男性做的事情，真是無法撼動的普世偏見呀。

幫難民們沖咖啡，發現一個有趣的現象。每天都會有無限量供應的蒸餾咖啡，結果喜歡喝的只有我，還有來自其他國家的志願者，以及國際機構的工作人員。難民們，她們執著的喜歡速溶咖啡。她們的習慣都一樣，一勺速溶咖啡，兩勺白糖，然後會指著杯子，告訴我只需要沖一半熱水，然後他們會再加一半牛奶。

這讓我想起我們讀中學的時候，雀巢速溶咖啡算是上海灘最拿得出手的禮物了。想了想，我們好像都是到了最近這二十多年才改掉了喝速溶咖啡的習慣。所以，口味還是和生活水平有著直接關聯的呢。

很高興你終於和他談了。原本以為，你會猶豫，然後會錯過這次機會，一拖，又不知道要多久。面對面的談，好過用電話，或者其他的通訊方式。我離婚的時候，所有的細節，我和海明都是透過律師。

不想面對，本質是懦弱的逃避，不敢自己去解決問題吧。

我為你感到高興。這麼多年，看著你們一年最多一個月相聚，我是擔心的。但是我更擔心是，空間的距離讓心靈離得更遠。雖然你們在大事上的價值觀一致，但是你們對於生活和生命的理解，以及想要體驗的方式，特別是生活習慣，卻是差得很遠。當然，我一直覺得，如果有愛情，這些差異並不是問題，很多時候，差別越大的人在一起，或者更能互補，能相處得更好，但是前提是，要愛得足夠深，接受相互的差異。但是你們，至少你，對這種差異是一直在抱怨的。

不可否認，他對你很好，其實你對他也很好。但是我是不相信相敬如賓，就是幸福的婚姻。如果沒有日常的交流，沒有想要分享對方生活中經歷的細節的慾望，那麼對方是否在你的生命也就變得不重要了。這些年，每次看著你們在一起，出現在我的眼前，我只看到兩個相親，但是看不到相愛的人。我知道你之前的猶豫，是對於利益的考量，但是現在，你變得足夠強大了。這些年太空家庭生活，讓你有了獨立生活的能力。

至於你老公，我想他是能夠承受這樣的變化的。也許他也思考過你們之間的狀態，但是出於責任，不想改變現狀，怕傷害你；也許他就是懶惰，只想安於現狀；也許有一天，當有外力衝擊的時候，也會逼著他進行選擇。不管怎樣，接下來，如果能夠聽到他的想法，那是最好的。我想，等他消化之後，他是願意告訴你，他怎麼想的。他一直是非常理性的。

說到我自己，你也知道，和彭俊分手之後，我是有過一段自我放棄的日子的，但是好處是，因為對於自暴自棄的厭惡，我終於明白了自己是一個怎樣的人。所以，後來一直很享受一個人的生活。我和曉瑜說過，生命的意義是由很多元素組成的，愛情是其中的一種。當然，愛情不是錦上添花，愛情是讓生命完整的一部分。每一個元素，擁有了，就要珍惜，但是失去了，或者還沒有擁有，沒有關係，自己還在，不夠完整而已。

我們這代人，年輕時被灌輸的觀念，就是不同的年齡段，就要做相符合的事情。所以我們忙著二十多歲結婚，然後生孩子，忙著買房子，一切圍繞著家庭，看不到原來一個社會的構成，並不是家庭，而是獨立的個體。我花了很多年才明白這一點，但是因為慣性，總是想要從男人身上找到安全感，或者讓自己的情感有一個寄託的地方。但是，如果出自這樣的目的，那麼結果就是，以為自己愛上了對方，其實是在自我欺騙。或者真的愛上了對方，但是並不純粹，因為把對方當成一種依賴。

上次見面，你問我現在感情的著落，我欲言又止，是因為現在有一個人走進了我的生命，我動心了。只是此刻，還不知從何說起，因為我還在猶豫，要不要告訴他。

但是有一點，姍姍，我不覺得我們這個年紀，戀愛是一件難以啟齒的事情。不管甚麼年紀，都有資格去愛的。所以，我祝福你，可以重新開始規劃你的生活。如果遇到相愛的人，可以讓你的人生完滿，但是如果沒有，相信你一個人也可以過的很好。

那天在你家，我和你說起趙小姐。我想，雖然她是一個缺席的母親，但是這種缺席，倒是讓我看到她身上那種頑強的生命力。也許很多人會覺得她自私，但是我卻很佩服她。想想那個年代，一個女性要離婚，要承受多少壓力。而且這種壓力在當時是實實在在的，對於想要繼續透過婚姻改變生活的女性來說，這意味著在婚姻市場上的貶值。在這一點上，我覺得趙小姐是非常強大的。當然，就像曉瑜說的，趙小姐依然存在著她的侷限，因為如果有一個男人可以讓她依靠的話，她會毫不猶豫地放棄自己，因為這是她努力的目標。

但是對我們來說，離婚的壓力已經變得虛幻了。你在乎，它就像一座山壓在你的身上，你不在乎，那麼，這座山並不存在。而且，如果因為離婚女人這個標籤被人抗拒，那不正好是好事，藉此看清一個人嗎？

分享這些年我一個人生活的感受。小說裡面像我們這種單身女人，總是會在深夜寂寞難耐，但是現實是，夜晚一個人睡覺，不用忍受身邊人的呼嚕聲，可以肆意的躺在床上玩電話；一個人旅行，一個人吃飯，都不是可怕的事情，而是非常享受的。

有沒有想要依靠在男人的懷抱？你知道我一直是無法把性和情感分開的人，所以，如果沒有戀愛，那麼，也就不存在這樣的慾望。再說，自己也能夠解決。總之，一個人的生活，一點也不可怕。獨處也是一種生活技能。

想想人生還有很長的路要走。我們的外表會慢慢衰老，但是我們可以讓我們的心一直保持活力，只要我們對這個世界依然充滿好奇心，依然願意學習。

對了，明天一早要去烏克蘭的克勒曼楚。這兩天徵召志願者送物資去烏克蘭，我舉手了。我想，因為香港護照免簽證，我有去過衝突地方的經驗，能開車，而且，我為自己買好了保險，所以，在所有應徵者中，我是最佳人選吧。

和我一起去的是一個俄羅斯女孩，很特別，以後再告訴你她的故事。能夠和一個女性一起搭檔，真是令人高興的事情。

這個世界還是在向前走的。你看，很多事情，不再按照性別區別對待，於是，我們就多了很多機會。有機會才能積累經驗，才有可能成長呀。想到這點，就替我們的女兒們開心。

這個城市在烏克蘭中部，從我們這裡開車過去，十多個小時。好期待明天的行程。

若林」

曉瑜把郵件看了好幾遍。她不停地想，這個讓自己的母親欲言又止，不知道從何說起的人，是一個怎樣的人？

曉瑜第一次知道，原來若林和一個已婚男人交往過，她應該見過彭俊。

那是她從上海回香港過暑假，一個和母親差不多年紀的叔叔，幾乎每天傍晚都會在她們的公寓裡面出現。他們有時一起出去晚餐，有時候一起在家做飯。晚飯過後，若林和他會依偎在沙發上聊天。

曉瑜在房間裡面，可以聽到他們時不時的笑聲。每次看到曉瑜走出睡房，他們會一起抬頭問她，要不要坐下來，一起聊聊天。這個叔叔好像灰姑娘，到了午夜，就會在公寓裡面消失。當然現在，曉瑜知道了為甚麼。

好幾次，曉瑜半夜醒來，起身想去廚房倒水，推開睡房的門，會看到若林一個人坐在沙發上，絲毫意識不到自己的存在。她坐在那裡一動不動，像一座雕塑一樣看著窗外。曉瑜每次都會打消倒水的念頭，躡手躡腳地關上房門。

躺在床上，她會想，甚麼也不怕的母親，此刻，一定有讓她覺得特別難的事情。

但是，那個暑假之後，她再也沒有見過這個叫做彭俊的男人。

而現在，母親有了一個走進她生命的人。這個讓母親動了心的他，又是甚麼樣子的呢？

曉瑜用谷歌搜尋了這個烏克蘭城市的英文名字，然後查找和這個城市相關的二十四小時內的新聞。排在搜索結果第一條的，是這個城市，剛剛被俄羅斯轟炸，造成數十人死傷。

她又撥打若林的手機，還是無法接通。

***

天濛濛亮，若林和蘿拉就從克勒曼楚出發了。若林開車，除了中途加了一次油，下午兩點開到了利沃夫。

蘿拉在若林的勸說下，決定不去基輔，而是留在利沃夫。這裡，畢竟還是距離俄羅斯的轟炸稍微遠一些。

「這裡也有難民營。你完全可以留在這裡工作。」若林覺得，蘿拉孤身一人，也沒有接受過任何訓練，如果去基輔，危險系數太高。但是她也理解蘿拉的心情，所以，留在靠近波蘭邊境的利沃夫，這裡有很多國際民間組織，相對安全一些。

「好的。我先在這裡呆幾天，好好想想，我可以做甚麼。」

到了利沃夫市中心，兩個人才感覺到餓了。上一頓，已經是昨天傍晚。到現在為止，她們甚麼東西都沒有吃過。兩個人找到一家餐廳坐下，才想起來，應該要查看電話。

若林看到曉瑜發來的好幾個短信。

「信號不好，我剛剛到利沃夫，待會兒回波蘭。一切都好。放心。」

若林看著灰色的勾很快變成了藍色，看到曉瑜上了線，讀了信息。此刻，是上海的傍晚。

「那就好。」曉瑜很快回了短信。

還有姍姍的短信，雖然只有一句話，但是若林感覺到對方的焦慮。

「我很好，放心。」若林按下發送鍵。她算了一下時差，此刻，是美國的凌晨。

只是，沒有他的短信。若林忽然覺得心情有點低落，心臟有點悶悶痛痛的，有一種說不出來的奇怪感覺。

若林和蘿拉都累得不想說話。只是默默的，專心的，吃面前的食物。

若林的額頭貼著創可貼，蘿拉的右臂纏著紗布。昨天晚上，在衝出購物中心的時候，她們被掉落的碎片刮傷。還好因為要過一夜，她們帶了替換的衣物，所以坐在餐廳裡面，身上已經沒有了經歷了轟炸之後的狼藉。

若林記得，衝出了購物中心，四周是一片驚叫聲和哭聲，人們在大聲呼叫親人和朋友的名字。她不太清楚自己是怎樣衝出去的，好像是臥倒之後，等了幾分鐘，當響聲過去之後，她拖著蘿拉的手衝了出去。而這種本能的反應，都是來自於之前接受過的訓練。

站在購物中心的停車場，若林轉頭看了一眼身邊的蘿拉，她對著冒著濃煙的建築在發呆。蘿拉的手臂在流血，於是，若林拍了拍她的肩膀，迅速的從背包裡面拿出急救包。這個時候，蘿拉也回過神來，告訴若林：

「你的額頭也在流血。」

兩個人相互處理好傷口，開始搜索周圍，是否有需要幫助的傷者。

那個晚上，她們是在酒店的地下室渡過的。整個城市的人，都是在地下室渡過的。地下室裡面，大部分是酒店的住客，都是志願者，還有一些國際機構的工作人員。

依靠一部柴油發電機，人們透過微弱的，黃色的燈光，可以勉強看到對方的樣子。若林看了一圈，大家的表情都是鎮定和平靜的。轟炸、空襲警報、在地下室躲避，所有這些，對於他們來說，顯得是日常不過的事情。

空氣中瀰漫著柴油的味道，在安靜的空間中，顯得更加突出。若林想起小時候。她最喜歡聞馬路上不時傳來的汽車經過留下的汽油味道，直到現在，她還是喜歡在油站加油的時候，被汽油的味道包圍的感覺，不知道為甚麼，總是有一種愉悅感。

此刻也是一樣。

若林的小學，是和奶奶一起住的。父親再婚了之後，搬走了。每到星期天，若林就會一早踮著腳，趴在曬台邊上，看下面弄堂裡面走過的人，等待著父親的身影出現。那是她每個星期最盼望和最開心的日子，因為父親會帶著她逛街，會有好多好吃的東西，但是最重要的，她可以拉著父親的手，享受父親寵溺的目光，這讓她覺得，這個世界無論發生了甚麼事情，她都不用擔心，因為父親會為她撐起一片天。如果這片天，有的地方破了，父親會幫她補好的。

這種期待，若林曾經放到趙小姐的身上，當趙小姐第一次在自己面前出現的時候。

從初中開始，若林無數次的想像過，自己和趙小姐會是怎樣的一種相逢，也許和電影裡面那樣，她們望著對方，留下眼淚，然後會有一個擁抱。啊，擁抱，其實，她從來沒有和父母擁抱過，當她開始讀中學，父親就不再拖著她的手。而她和趙小姐，記憶中從來沒有肢體接觸，也許是因為這樣的關係，當曉瑜開始讀中學之後，若林再也沒有擁抱過她。當曉瑜親暱地趴在她的身上的時候，一開始她是抗拒的，會下意識的拉開距離。而現在，雖然她已經習慣也很享受曉瑜主動表現的肢體上的親密，但是她從來沒有主動的去展現過。

若林想要的，趙小姐最終沒有給她。

那自己有沒有給曉瑜？或者，曉瑜是不是需要自己的這種給予？

若林不太確定。但是有一點，至少，自己不需要太過於自責。雖然沒有花太多的時間在曉瑜身上，但是她沒有像趙小姐那樣，在曉瑜的生命中缺席，她一直都在。而曉瑜也清楚這點。

而且，若林覺得，此刻的曉瑜，和當年同齡的自己相比，要成熟和獨立。

曉瑜沒有不停的從別人身上尋找依靠和安全感。她可以自己一個人過得很滿足快樂，即便和伴侶一起，並不像自己年輕時那樣，把對方看得比自己重要。而自己，花了很長時間，從想像中的母女關係，從一段不適合自己的婚姻，從愛情的悲傷痛苦中，走了那麼多的彎路，才學會了這一點。

若林深深的吸了一口氣。她知道，這股味道，這樣的場景，這樣的夜晚，只不過是她人生中短暫的一晚。明天，當她和蘿拉開車離開這個城市之後，她就會回到正常的日常中，而這些，不僅僅會成為記憶，甚至會很快的被其他的記憶淹沒。

年輕的時候，總是輕易地說永遠，永遠愛一個人，永遠不會忘記。但是後來發現，原來永遠不是那樣輕而易去的事情。就好像回想那些在她生命中出現過的人，太多已經面目模糊，甚至連名字都想不起來了。而這些人當中，她曾經對對方，或者對自己說過，會有永遠。也因為這樣，現在，她會承諾，但是不提永遠，因為承諾，是一種責任，她必須確定，自己確實可以做到。

時間，是最能夠讓人看清楚自己的。

若林摸了一下額頭的傷口。

她是一個對痛感不是太敏感的人。她常常和朋友開玩笑，對於生完孩子的女人來說，其他的肉體傷痛，應該都算不上甚麼吧。而職業的關係，讓她對於艱苦的環境也早就習慣，因為她知道，這些都是暫時的。就好像在防空洞裡面過夜，但是很快，她就可以躺在一家五星級酒店的房間裡面，享受鬆軟的床褥，喝一杯香檳。因為她，並不屬於這裡，這裡的人們所遭受的影響一生的苦難，對她來說，只是短暫的發生了關聯。

這幾年，唯一讓她覺得，痛苦將會持續伴隨，並且考驗她的耐力的，是她生活的城市，香港。雖然在上海出生，但是若林常常和朋友開玩笑，如果非要計算居住的年份的話，她在香港的時間，已經超越了上海。而且，在上海的二十多年當中，有一大半的時間，並不懂事。而她的世界觀，甚至是個性的養成，都是在香港。

香港發生的每一件事情，若林都覺得和自己相關，畢竟，她已經把家安放在這個城市這麼久。反倒是上海，發生再多的事情，封城中的那些苦難，對她而言，都是遠方的，他者的苦痛，即便曉瑜被封鎖在那座城市，趙小姐在那座城市失去了性命。

若林的目光，停留在一個年輕東亞女性的身上。她靠牆坐在地上，身邊放著一個巨大的雙肩包，還有一個攝影包。若林猜想，應該是一個記者。她有點好奇對方來自哪裡。在這個地下室裡面，她們是唯一兩個東亞面孔的女性。於是，她站起來，走了過去。

「你好。請問你來自哪裡？」

「台灣。你呢？」

「香港。你是記者？」

「是的。你也是記者？」

「不是，這次我是來做志願者的。不過我有做兼職記者。你一個人？」

「我和當地翻譯一起。他在那裡。」女孩指了指不遠處躺在地上睡覺的一名男子。地下室有好幾塊床墊鋪在地上，已經被佔滿了。

「我這次蠻驚訝的，發現很多台灣人非常關心這場戰爭。」

「是的，我們看到了自己。擔心會像烏克蘭那樣，遭到強權的無力威脅。」

「擔心大陸打台灣？」

「是的，總有一天會的。」

和女孩道了晚安，若林坐回蘿拉的邊上。

「那個也是中國人？」

「台灣記者。」

「喔，你們聊甚麼？」

「北京會不會攻打台灣。」若林看到蘿拉表現出一臉困惑，決定不再繼續這個話題。畢竟，對一個外國人解釋這個議題，實在是需要一些時間。對剛剛經歷了轟炸的她們來説，現在最需要的，是抓緊時間，好好休息，平復心情。

「早點睡啦。明天我們一早出發。」

「嗯好的。晚安。」蘿拉用雙手拉緊外套，蜷曲在地上，把背包當作枕頭。也就是幾分鐘，若林聽到沉重的呼吸聲。蘿拉，已經睡著了。

但是若林毫無睡意，雖然她知道，明天要開長途車，她必須逼著自己睡幾個小時。

她抬頭看著頭頂那盞發出暗黃色光的吊燈，此刻，她最想見到的，是他。她想告訴他，自己剛剛經歷了甚麼，她想把頭靠在他的肩膀上，就那樣，安靜的坐一會兒。

不是因為軟弱，只是單純的因為，想要和愛的人，分享。是的，她很確定，自己愛上他了。沒有理由，就是愛上了。

只是，在這個夜晚，他會不會和自己一樣，有想起她？

若林和蘿拉走出餐廳，兩個人終於從一直緊繃的狀態，徹底的放鬆下來。蘿拉點了一根菸，抽了一口，站在一邊的若林，深深的吸了一口帶著菸味的空氣。兩個人還是沒有説話，安靜的站在街邊，看著街上經過的行人。人們的表情是平靜的，正在發生的這場戰爭，顯得和他們沒有關係，這是一個至少表面上，一切都很正常的城市，人們在如常的生活著。在這個時候，有甚麼比正常生活更重要的呢？

蘿拉抽完菸，轉身擁抱若林。

「我想，留在這裡，是我的責任。」她邊說邊鬆開手，然後和若林揮手道別。

若林微笑著向蘿拉揮手。

「留在香港，也是我的責任。」若林在心裡面默默的對著蘿拉的背影說。直到蘿拉消失在她的視線之中。

如果對著蘿拉說，她是否理解這句話的含義呢？若林不是太確定。蘿拉或許會覺得奇怪，因為她們聊過香港，在蘿拉的印象中，這是一個她嚮往的國際都市。雖然蘿拉也知道二〇一九年的示威，看過很多相關的新聞報道，但是和經歷戰亂的烏克蘭相比，她肯定無法想像，為何留不留在香港，都會成為一種糾結和掙扎。

說到責任，若林很喜歡一句歌詞：「生於亂世，有種責任。」這句話，常常讓她想起一九八九年，那個年輕的自己，無數年輕的臉。二〇一四年底開始，她把這句話當成自己社交媒體帳號的頭像。五年了，一直沒有替換。二〇一九年在香港，街頭巷尾的塗鴉上，在年輕的示威者手中的標語牌上，在陌生人的社交媒體上，在朋友之間的交談中，若林不斷地看到和聽到這句話。原來，對這句話心生感觸的，有那麼多人。

差不多晚上八點，若林回到了波蘭這一邊的難民營。負責人來自華盛頓，一個瘦削的中年男子。一看到若林，馬上衝過來給了她一個熱情洋溢的擁抱。

「我們好擔心你和蘿拉。」

「我們還好。」

「是，今天下午聯繫上了當地同事，知道你們都安全，在回來的路上。但是只有見到你，才能真的放心。」

若林被抱得有點不好意思，甚至不知道如何回答。她只能禮貌地笑著。等到對方鬆開手，她把手裡面的車鑰匙放在桌上。

「那就再見了。我明天就走了，回克拉科夫了。很感謝有這樣的機會。」

「然後回香港嗎？」

「是的。」

「那就保重。看到香港這個樣子，很難受的。」

「謝謝你。」

若林突然覺得鼻子有點酸。因為聽到一個萍水相逢的人，這樣說自己生活的地方。

難民營外，一些難民圍成一小圈一小圈，曬著太陽，聊著天。一堆小朋友，大呼小叫著，把停車場當成了遊樂場，相互追逐。

若林認出其中一個七、六歲模樣的女孩。快一個星期了，她和她的家人，還在這裡。

若林記得她，是因為這個小女孩和她的家人第一天坐巴士到達之後，不停的到她的攤位前來拿香蕉和果汁。拿水果的時候，不像其他的小朋友，會羞怯的，先徵詢若林或者同事的同意。而且，每次若林鼓勵這些小朋友多拿一些，他們總是很不好意思的，只拿一份，常常是要若林主動的拿個紙袋，裝得滿滿的，遞給他們。但是這個女孩，她有著警惕，甚至帶點敵意的眼神。她沒有詢問，而是站在攤位前，用眼角瞟著若林和她的同事們，然後趁她們不注意的時候，拿起香蕉就跑走。然後又空手跑回來，再拿。一次又一次地重複。

幾次之後，小女孩拉著媽媽。媽媽是一個看上去只有十多歲，還是一副少女模樣的女子，手裡面抱著一個一歲上下的男孩。她的眼神同樣是警惕的，緊張的看著若林為自己沖咖啡。和其他那些難民，喜歡加很多糖和奶不同，她要的咖啡很濃。

不過，第二天，當這一家人再次出現在若林面前的時候，眼神中的警惕和緊張消失了，臉上有了笑容。小女孩接過若林遞給她的果汁，開口說了「謝謝」。若林想，一定是她們發現，原來在這個地方，物資是充足的，周邊的人是有友善的。這讓剛剛逃離家園，不知道接下來去哪裡的她們，終於有了安全感，放鬆下來，不再需要那種警覺來保護自己，來爭奪物資。

只是，和很多難民們相比，這一家人更加不幸，因為她們是吉普賽人，一個被歧視，被妖魔化的民族，沒有像其他烏克蘭難民家庭那樣，有波蘭的朋友和親戚接濟，或者被陌生的波蘭家庭收留，難民營，成為她們可以暫時不需要為生存而掙扎的地方。可是，可以多久呢？

一輛黑色的麵包車停在門口，另外一家吉普賽人正在往車上裝行李，顯然，她們可以離開，有了下一個目的地。若林看到女孩的母親抱著孩子，站在一邊，一動不動地看著裝車的這家人。

命運已經這樣對待她們了，可是，她們依然能夠活著。也許，在很多人眼中，她們活得不好，甚至悲慘，但是她們沒有退讓，她們頑強的活著。

和她們相比，若林覺得自己還是要幸運的多。

遭遇戰亂的人們，被迫離開家園，那種煎熬，不僅僅是心理上的，也同時是體力上的，一旦服輸，輸掉的會是性命。而此刻的她和她愛的那個城市，面對的煎熬，還只是心理上的，那麼，有甚麼理由沉淪下去，有甚麼理由，不理直氣壯的好好活著？

「要鬥長命呀。」若林對自己說。

回到公寓，若林先沖了一個熱水澡。她站在花灑下，任由熱水從她的臉上留過，然後順著身體流到腳下。她低頭看著去水口，從自己的身體流淌下來的水，混雜著洗髮液的泡沫，慢慢的，從灰色變成白色。

若林心滿意足的站在公寓的陽台上。洗完澡，她覺得自己輕盈了很多。那些幾乎滲入到身體每一個角落的塵土，終於被沖刷的一乾二淨，又是一個嶄新的自己。

對面公寓的那名女子，又出現在露台，一邊抽菸，一邊看著樓下。她的頭髮也用毛巾包裹著，和她一樣，剛剛洗完澡的樣子。

明天，她就要離開這裡了。而且，應該不會再來這個地方了。就好像蘿拉，還有那幾個一起工作的，可愛的烏克蘭女孩們，這輩子也不會遇見了。

她想起和這些女孩，平淡的不能再平淡的道別。

對於這幾個烏克蘭女孩來說，每隔一段時間，就會有陌生人站在同樣的位置，和她們共事，區別只是，有些人比較有趣，會讓她們那幾天過得愉快一些。這些來來去去的人，和她們的生活沒有任何的關係，就好像她們的生活，也和若林，不再會產生交集。也因為這樣，她和她們道別的擁抱，雖然真誠，但本質上也就是一種客套的形式。

第五章

烏魯木齊路：亂世裡一對拉拉

每個人都有自己的故事，只是，若林喜歡時不時地回看自己走過的路。

趙小姐，她的母親，在她的生命最後那刻，有沒有為自己的人生的每一步選擇後悔過呢？還是把過去拋在身後，依然憧憬著未來呢？

趙小姐，她應該會是一直看著前方，輕身上路，向前走的。

這些日子，若林越來越覺得，她的身上，還有曉瑜，和趙小姐流淌著同樣的基因。

只是可惜，趙小姐再也沒有機會走向未來了。

若林拿起手機：

「我的義工生涯結束了。發生了很多事情，我想當面告訴你。」

然後，按下了發送鍵，發給了他。

有甚麼可以擔心的呢。既然想見，為甚麼不讓他知道呢？

最壞的結果，就是原來他並不想見自己，並不愛自己，從此不在自己的生活中存在。

但是，如果自己不說，又怎麼知道他是怎麼想的呢？

而且，當他此刻還在自己生命中的時候，對著他，卻無法隨心所欲的說話，那這個他，與彼此的生命，有甚麼意義呢？

自己早就到了人生做減法的時候，只願意為值得的人花時間去維繫彼此之間的關係。

而且自己並不是要依賴他，她早就開始依賴自己。她也不是為了從他身上索取甚麼。但是如果兩個相愛的人，可以分享彼此生命中的快樂悲喜，隨時隨刻的思考，可以彼此刺激對方，一起成為更好的人，那是多麼美妙和幸福的事情呀。

所以，如果覺得遇到了，為甚麼要錯過呢？

這是自己想要的愛情呀。

而且即使他不愛自己，沒有關係。他知道了自己的心意，那麼剩下的日子，自己愛他，只不過成為和他無關的事情而已。

若林放下電話，打開冰箱，酒瓶裡面還剩一點點白葡萄酒。她沒有拿酒杯，而是舉起酒瓶，一口氣把酒喝完。

「我準備好了。」若林在心裡面對自己說。

若林把酒瓶對著窗外的陽光，窗台上，是她手臂，還有手裡面的酒瓶，被拉長的倒影。

「至少可以活到八十歲吧，那還有三十年。要好好的，認真的活呀。」若林看著窗台上的倒影，很確定的對自己說。

若林忽然有一種興奮感，覺得生命要重新出發的期待。

對面露台上的那名女子，抬頭看到了站在窗前的若林。她們的視線，碰在了一起。

若林向她舉起酒瓶，揮了揮。

那名女子遲疑了一下，然後，露出笑容，用沒有拿菸的手，對著若林，拋出一個飛吻。

夕陽照在她們的臉上，她們彼此看到了臉上的那片光。

***

香港入境處通知曉瑜，若林遭遇了一場交通意外，在愛爾蘭莫赫懸崖附近的公路上。若林開的車和一輛逆線行駛的卡車相撞。

曉瑜知道若林離開了烏克蘭之後，去了愛爾蘭。若林給她發來都柏林的視頻。清晨的公園，王爾德的雕像，躺坐在一塊石頭上。綠色的上衣、粉紅色的領子、翻出來的袖子，是鮮紅色的。他的嘴角微微翹起，有點不屑的看著這個世界。公園裡面沒有人，曉瑜聽到視頻裡面有鳥叫的聲音。

兩天之後，曉瑜收到了香港入境處的電話。

曉瑜打電話通知海明，然後兩個人開始尋找最快速抵達都柏林的方法。解封後的上海，國際航班依然稀落，曉瑜需要在香港轉機，飛往倫敦，再飛到都柏林。走出海關，曉瑜一眼看到站在抵達大廳，神情落寞的父親，比兩年前衰老了很多的樣子。從紐約飛都柏林的海明，比曉瑜早一天抵達。曉瑜不確定，海明的模樣，是因為經歷了這兩年不正常的生活，還是因為若林。

海明甚麼也沒有說，緊緊地抱著曉瑜的肩膀。

「我去看過你媽媽了，還沒有醒。但是醫生說，情況還是樂觀的。」

海明帶著曉瑜，從機場直接去了醫院。曉瑜站在若林的床邊，看著若林，有些不知所措。她看了一眼身邊的父親，海明的樣子是憂傷的、焦慮的。

「我們明天再來吧。醫生說，你媽媽隨時會甦醒的。」曉瑜跟著父親，機械的走出病房。若林的表情是安詳的，就好像在熟睡一樣。曉瑜印象中的母親永遠都在行動中的，風風火火，而現在，她安靜的躺在那裡，好像時間在她的身上停頓了下來。

在酒店安頓好，已經是傍晚時分。曉瑜和海明沿著利菲河，慢慢的、默默的走著。曉瑜一直覺得，一個城市，只要有了一條河，就會變得靈動起來。

八月的都柏林，傍晚的天氣，完全沒有了白天的炙熱，應該是讓人心情舒暢的，但是曉瑜覺得，一陣陣的晚風，像一顆顆石子，一次次地打在自己身上。

知道若林去了愛爾蘭，曉瑜是羨慕的。在這裡，除了王爾德，還有喬伊斯（James Joyce），葉芝，蕭伯納和貝克特。曉瑜最喜歡貝克特的《等待戈多》（Waiting For Godot，台港譯：等待果陀）。她第一次看這部劇是在柏林，若林帶著她看德意志劇院的版本。後來她在紐約讀書，和同學去看了百老匯版。

兩個流浪漢，在舞台上嘮叨不停，重複著空話和惡夢來證明自己的存在。他們依戀著「等待」這個行為，「等待」成為他們的唯一希望。他們等待戈多的到來，從而得到救贖，進入天堂。看著舞台上兩個男人的嘮叨，一種奇特的無力感，在曉瑜的身體中蔓延。

「會不會覺得很枯燥？雖然很有名，但是很多時候，名著會很晦澀。你看，喬伊斯的《尤利西斯》（Ulysses），我就是看不下去。」走出劇場，曉瑜聽到若林問自己。

「還好。我喜歡。特別是佈景。那塊大大的幕布被捲進下方的圓坑裡面，好像一個漩渦。然後漩渦裡面流動的時間，就好像人的宿命。看得心裡面很堵。」

「帶著希望和憧憬，會讓眼前的苦難變得好受一些，或者，讓自己有力量。但是，也會讓人變得逆來順受。或者，放棄了原本應該要做的事情，把生命浪費在等待中。」

曉瑜當時不太明白若林的意思，只是覺得奇怪，為甚麼若林會有這樣的想法。難道人帶著希望生活，不是最美好的事情嗎？但是此刻，曉瑜忽然覺得，明白了若林想要表達的意思。

「爸爸，媽媽算是沒有浪費過人生吧？」

「是的。她一直是想到就去做的。」

「你有沒有恨過她？聽奶奶說，是她要求離婚，而且馬上搬了出去，一點沒有商量的餘地。」

「生過她的氣，但是，從來沒有恨過。」

「可是，為甚麼我們家裡面，從來不放我小時候和媽媽在一起的照片？」

「我也不知道。」曉瑜感覺到海明想了好一會兒，好像自己提了一個很難回答的問題。

「你愛過媽媽嗎？媽媽和我說過一次，她說離開，是因為她發現自己原來沒有愛過你。而婚姻裡面如果沒有愛情，她是無法接受的。」

「曉瑜，你知道嗎？遇到了你童童阿姨，我才明白，愛情來了，應該是甚麼感覺。」

曉瑜和海明走到半分橋邊的時候，天色已經暗了下來。河岸邊的燈光，把建築倒映在利菲河上，跟隨者河水搖搖曳曳。

「媽媽要是變成植物人，怎麼辦？」

「不會的，你媽媽一直是生命力很強的人。她會醒過來的。」

曉瑜聽到父親聲音中的堅定。她沒有父親那麼有信心。因為，她覺得，這個世界，生命實在是太脆弱了。她以前不是這樣悲觀的，但是經歷了上海封城，聽到和看到那麼多死亡的故事，那麼多莫名其妙的，無聲無息的死亡，就好像她的那個從不曾謀面的外婆，趙小姐，曉瑜覺得，自己變得悲觀了許多。當若林在烏克蘭失聯的時候，曾經有一個瞬間，她以為，她從此見不到母親了。而此刻，她擔心，生命是這樣的脆弱和隨機，可以在那麼稀鬆平常之間，就消失了。

站在半分橋的中央，曉瑜看到，橋身上有幾把鐵鎖。啊，又是掛愛情鎖的地方。不知道母親有沒有走過這座橋？有沒有看到這些愛情鎖？如果看到的話，她會想甚麼？她會想起那個他嗎？或者，她來這裡，是因為那個他嗎？

而此刻的他，當然不會知道若林出車禍了，正在昏迷之中，不知道甚麼時候會醒過來，也許永遠也不會。他最多覺得疑惑，為甚麼突然沒有了若林的消息。他可能會焦慮地發短信，發郵件，也可能會打電話，依然得不到回音，於是，他可能會以為，若林決定不理睬他了。他可能只是失落一會兒，然後，不再嘗試聯繫；也可能有一天，他會出現在若林的公寓門口，他想要見到若林，想要當面問清楚為甚麼她沉默了這麼久；當然，也有可能，他從來沒有在乎過母親，不在乎有沒有母親的消息。

他這是一個怎樣的人呢？是不是一個值得愛的人呢？自己的母親，從來就是乾脆利落的，但是讀那封郵件，可以感覺到在這個他面前，她顯得有點猶豫不決。他們之間，有沒有發生過甚麼呢？

如果，母親很久沒有甦醒，她想不想讓自己，去尋找那個他，去告訴他，發生了甚麼呢？

可是，自己了解母親嗎？

這些年，若林和曉瑜之間聊天的時間多了，特別是因為疫情的關係，多了通電話。但是大部分的時候，在聊很正經的話題，和藝術有關，和政治有關。曉瑜當然知道若林的政治立場，知道她在做甚麼事情，甚至為甚麼做這些事情，但是關於若林的私生活，自己幾乎一無所知。若林不會主動和曉瑜講起，而曉瑜也沒有興趣知道。

但是此刻，想到躺在病房裡面的若林，曉瑜發現，自己想知道若林太多的事情：她平時除了寫作，喜歡做甚麼？她最喜歡世界上哪個地方？她是怎樣的性格？她未來有怎樣的打算？她喜歡吃甚麼？她最喜歡哪種運動？她喜歡怎樣的男人？她和那個他，是怎樣的認識的？

讀中學的時候，曉瑜跟著若林跑過中國的幾個城市，陪著她簽售新書。坐在讀者席上，看著人們拿著書，排隊讓若林簽名，曉瑜自然是感到驕傲的。但是，等她上了大學，網絡上開始充滿了對若林的攻擊和辱罵，很多還會辱罵她的孩子，也就是自己。儘管曉瑜知道，那些人並不是直接詛咒自己，因為那些人根本不知道她是誰，但是她還是很難受。她不明白，為何若林一定要在網絡上發表那些批評政府的言論，作為一個公眾人物，難道就不能夠正面一些，多一些鼓勵的力量？

「其實，如果你不那麼直接，是不是會好一點？」曉瑜問過若林。

「那不就是自我審查？」曉瑜記得自己當時被問住了。作為一個支持言論自由的人，當然不會認同自我審查。但是，她同樣也不喜歡表達太多負面情緒的人，即便這個人是自己的母親。

「我的意思不是自我審查，我是說，可以換一個角度看問題。正面一點。」

「但是如果都是正面看問題，誰來制衡權力呢？」

直到經歷了上海封城之後，曉瑜才意識到，原來自己對若林提出的這種要求，和當一個權力的幫閒沒有太大的分別。正是因為批評的聲音被抑制了，才會有權力的肆無忌憚，才會有那麼多的苦難發生。只不過，以前別人的苦難距離自己太遠太抽象，而這一次，落到了那麼多自己認識的人身上，自己的身上，終於體會到了真真切切的痛，是怎樣的感覺。

曉瑜記得，自己問過若林，面對那些不友善，甚至敵意的聲音，她最怕甚麼。

「我愛的人，在乎的人，不理解我。」曉瑜還記得若林當時的樣子。聽到自己問這個問題，若林從沙發上站起身，笑著拍了一下坐在一邊的自己。「我知道，你不認同我的觀點，但是，你沒有和我劃清界線。」

「甚麼叫劃清界線？」

「這是中國文化大革命的時候的一個詞語。夫妻之間，子女和父母之間，因為政治觀點不同而公開反目，相互揭發對方。」

「這樣做，太沒有人性了。」

「是呀。曉瑜，我們對很多問題看法不同，但是我們都是善良的人。這就夠了。」

大學三年級的暑假，曉瑜和高中女友分手。曉瑜知道自己在若林面前是一副失魂落魄的樣子，但是自己可以放心的不打起精神。這一點是曉瑜喜歡若林的地方，雖然她做事情總是爭分奪秒的樣子，很多時候讓自己有一種壓迫感，但是她是不會刨根問底和嘮叨的，她給自己很多空間。

若林當然明白曉瑜情緒低落的原因，但是她沒有特地安慰曉瑜。一來若林本身就不是一個善於用言語安慰別人的人，二來她覺得，失戀是人生中太稀鬆平常的事情，每個人都會經歷，而且，都會過去，然後，向前走，所以，她根本不需要擔心。時間，是最好的治療師。

但是，這個時候，也需要讓曉瑜多做點事情，這樣就少一點一個人躲在角落傷心的時間。若林拖著曉瑜去看電影《布魯克林》（Brooklyn，港譯：《布魯克林之戀》；台譯：《愛在他鄉》）。

「我想你會喜歡的。一個來自愛爾蘭小鎮的女孩，隻身一人去了紐約尋找更有希望的生活。」

若林沒有說錯，曉瑜確實喜歡。環境讓一個人發生改變，這個人自己往往沒有意識到。只有回到原來的地方，發現這個地方甚麼都沒有變，而自己顯得格格不入的時候，才會意識到，自己，已經回不去了。曉瑜想，也許是因為這樣，若林回不去上海，而她自己，回不去紐約。

都柏林夏天的夜晚來得很晚。曉瑜和海明走到 Temple Bar 邊上的狹窄的酒吧街。他們隨便選了一家酒吧，一人要了一杯啤酒，酒吧裡面的樂隊，三名樂手正在表演。他們唱起〈夏日的最後一朵玫瑰〉（The Last Rose of Summer），一首愛爾蘭古老民謠，抒發對美好事物逝去的依戀之情。

曉瑜聽過這首歌，但是不是太喜歡，覺得過於悲涼，她還沒有到感嘆愛情和青春逝去的年紀。但是今晚，唯美的女聲，將她的人，整個的包裹起來。曉瑜看了一眼海明，他拿著酒杯的手，停在半空，入神地聽著歌，眼睛是濕潤的。

曉瑜想起來，其實自己和若林討論過愛情，就是那天看完《布魯克林》之後，是若林開始了這個話題，她想安慰自己。

「你看，完美的人生，是由很多東西組成的，愛情當然很重要，但是只是其中的一部分。有，當然美滿，沒有，就算帶著遺憾，你也能活得好好的。」
「如果再也遇不到了呢？」
「誰知道呢？你這麼年輕。到了七、八十歲也可能會遇到的呀。反正，遇到了，你的心會告訴你的。然後，勇敢點。錯過了，才是更大的遺憾呢。」
「那如果你遇到了，你會自己表白，還是等著對方開口？」
「嗯，這個我倒是沒有想過。我從來沒有主動表白過。所以沒有辦法回答你的問題。」
「那如果對方不愛你呢？」
「沒有關係呀。有一個牽掛的人，人生都要比沒有牽掛來得完整。有愛著的人，就是沒有遺憾的人生呀。」
所以，母親有沒有向那個他表白呢？
人生是如此的脆弱，原本篤定會發生的事情，約定的事情，都不再是一定的了。
遇到愛的人，那就需要告訴對方，就算被拒絕，那又有甚麼關係呢？能夠愛，本身就是一種幸福呢。

＊＊＊

曉瑜和凱莉約在靜安公園的泰廊吃晚飯。

餐廳座落在公園裡面人工湖邊上，坐在臨窗的位置，可以看到像星星一樣，倒映在湖面上的燈光，風吹過的時候，水面泛起波紋，燈光變得像撒入湖中的金粉一樣。也因為這樣，雖然曉瑜覺得，食物味道一般，但是有這樣的環境，很容易讓人的心情變得好起來，食物，就變成了次要的了。

不過，十一月底的上海，已經是陰冷的了，不然，曉瑜就會和凱莉坐在戶外的位子。

曉瑜在愛爾蘭的時候，她每天打電話給凱莉。

曉瑜喜歡凱莉安靜的聽自己講述等待若林甦醒的日子是怎樣的煎熬。自己是如何不停的做最壞的打算，然後發現，原來對自己的母親，是如此的不了解。凱莉偶爾會插幾句話，嘗試讓自己換一個角度。

「曉瑜，你看，你媽媽用文字影響了那麼多人。我就是其中一個。我看了她的書，決定要做記者，雖然我現在轉行了。可以有這樣的人生，多讓人羨慕呀。」

「是呀，所以這些日子我總是在想，如果我突然之間離開人世，我是不是會覺得不值得，覺得我的人生還有很多事情沒有做。」

「我們都是呀。所以，我們都要好好過每一天，過得精彩和有意義呀。」

不過，此刻的曉瑜在為凱莉擔心。

烏魯木齊已經封了三個月了。而在前天晚上，烏魯木齊的一個住宅樓發生了一場大火，因為封城的關係，一些居民沒有辦法逃離，造成十人死亡。凱莉就是在烏魯木齊長大的。雖然從大學開始，她就來到上海讀書，但是在那裡，還有她的親人、朋友、同學，那是她長大的地方。昨天白天，當地政府開了記者會，不但否認大樓被鎖上了，還責備居民缺乏安全意識。

昨天晚上，她們聊了一個通宵。

「曉瑜，我覺得這一次很不一樣，這是一個充滿了怒火的夜晚。你看，我的微信朋友圈裡面，那些從來沒有談論過時政，甚至在過去兩年從來不發言的人，都在轉發質疑政府的文章，有的更是直接表達不滿。」

「確實是這樣。」曉瑜看了一下自己的朋友圈，這次，轉發的人，還包括她自己。疫情發生快三年的時間裡面，她沒有轉發過批評文章，即便在上海封城，讓她開始質疑中國政府決策的時候。

「上一次，我有這樣的感覺，是武漢的李文亮醫生去世的那個夜晚。」

曉瑜記得李醫生，他是第一個把武漢發現了類似非典病毒的消息發在微信朋友圈裡面的。為此，他遭到了警方的訓誡，簽署了悔過書。後來，他感染了病毒，很快病重搶救無效死亡。而他的死亡時間，當局為了避免引發民憤，被拖延了幾個小時才宣布。從他死亡的那天開始，他的微博變成了人們傾訴的樹洞，每天都有很多留言。

曉瑜見過那張在中央公園，人們用來紀念他的長凳，因為若林這次去紐約，特地去了中央公園，放了一束花在長凳上。她拍了照片，發給了自己。長凳上面還有李醫生說過的一句話：健康的社會不應只有一種聲音。

和往常一樣，凱莉比曉瑜早到。凱莉說，這是她之前當記者的時候養成的習慣，一定比被預訂時間早到十到十五分鐘，好讓被訪者感覺到自己的誠意。

「你白天有沒有睡？」曉瑜很擔心的看著凱莉。

「睡了一會兒。然後忍不住繼續看烏魯木齊的消息。你看，昨天晚上居民們上街抗議，結果今天政府就宣布解封了。我爸爸媽媽也上街了。你要知道。他們是很愛國的那種，平時總是批評我。」

「所以，示威還是有用的。」曉瑜覺得，這點倒是沒有想到。當然，也不是沒有先例。前些天，富士康的工人們和警察打起來了，結果，工廠賠錢，讓工人們離開。

「也不一定。你看廣州，海珠區的那些外來人口，都和警察打起來了，好幾天了。搞不懂這個政府。」

「也不知道這樣封到甚麼時候。」曉瑜嘆了口氣。

曉瑜在上海待了快三年沒有出去，夏天去了愛爾蘭，才發現，原來世界早就變得正常了，恢復了從前的樣子。回到香港，雖然還是一定要戴口罩，進餐廳要掃碼，但是不管怎樣，比上海還是要好很多，因為不用擔心，突然之間，自己住的地方成為高風險區，然後被封控，變相的被軟禁在家。

「咦，露露她們在烏魯木齊中路那裡悼念烏魯木齊火災的死者了。你看這裡的照片。」

曉瑜湊過頭去看凱莉的手機。露露是凱莉的朋友，插畫師。她正在直播悼念現場。鏡頭裡面，馬路邊上放著幾支蠟燭，還有白色的玫瑰花。幾個年輕人低著頭，圍著蠟燭，在默哀。

「我們也去吧。」曉瑜沒有等凱莉回應，揮手叫服務員買單。

烏魯木齊中路不短，但是曉瑜一眼就認出了這是在靠近安福路的地方。畢竟，她是在這個社區長大的，就是就在她家不遠的地方。她們先去靜安公園附近的一家花店，買了一束白色的玫瑰花，在花店邊上的小店，找到了一包蠟燭，然後揮手叫了一輛出租車。

曉瑜和凱莉到現場的時候，警察已經築起人牆，把馬路入口封了起來。兩個人透過警察和警察之間的縫隙，可以看到封鎖區裡面，密密麻麻的站著很多人。封鎖區外，同樣人很多，有的像她們兩個一樣焦慮，應該也是想要進去，大部分的人，則是看熱鬧的樣子。

「我們要進去，可以嗎？」曉瑜很客氣的詢問站在馬路中間的兩個警察。對方沒有說話，也沒有任何表情，更沒有看她們。

「我要進去。」曉瑜聽到凱莉激動的聲音。「那是我的同胞。我是新疆人，我要去悼念我的同胞。讓我們進去。」

還是沒有回應。眼前的警察依然沒有表情，沒有看她們。

曉瑜拉起凱莉的手，示意她跟著自己。她們離開路口，繞道另外一邊。雖然也有警察，但是封鎖線明顯的沒有之前那一邊嚴密。幾個警察三三兩兩的在聊天。曉瑜和凱莉手拉手，目不斜視的經過警察，徑直向前走。讓她們都覺得意外的是，並沒有警察阻止她們。

曉瑜看了一眼聚集的人群，大概的計算了一下，大約三百人左右。年輕人佔了大部分。這當然不是曉瑜第一次參加集會。在紐約的時候，她參加過太多次遊行示威，早就習慣了人群聚集。但是凱莉是第一次參加街頭集會，曉瑜看到她顯得很亢奮。

看著眼前很多比自己還要年輕的臉。曉瑜對自己說，「這裡絕大部分的人，應該都是第一次參加這種集會吧。」

不過她很擔心凱莉。

曉瑜看到一群警察封鎖了街口，然後另外一群警察，把她們這些人圍在一個半圓型的範圍內。按照自己在美國的經驗，曉瑜擔心，警察隨時會清場。曉瑜當然不擔心自己，拿著美國護照，最多就是被驅逐出境。但是凱莉，還有這裡的人，如果警察要抓他們，會不會有很嚴重的後果？會不會坐牢？

突然，曉瑜聽到了口號聲。一開始，是一個女孩子的聲音，很快，人群跟著一起喊了起來。凱莉站在自己身邊，她的聲音大的，帶了點破音。曉瑜看到凱莉的臉，在路燈下變得有點扭曲，她感到心疼，但是又做不了甚麼，只能抓緊凱莉的手。她感覺到凱莉的手，也在緊緊的抓著她。

聚集的人群，來來走走，但是一直保持在三百人左右的。呼叫的口號也在不斷地變化，從要求解封，到要求言論自由。

她和凱莉都站得有點累了。於是，她們手牽著手，離開人群，在邊上行人道的邊緣坐下。

曉瑜看了一眼把人群包圍起來的警察，拍了拍凱莉的肩膀。

「凱莉凱莉，你看，警察應該縮小了包圍圈了。剛才他們明明是站在那棵樹那邊。」

「不用理他們。」

「我擔心他們會清場。」

「你覺得他們會抓人？」

「不確定。但是這樣縮小包圍圈，肯定是想清場。我們要不要走？」

「我不想走。如果你累了，你先走好了。」

「那怎麼可能。我當然和你在一起。」曉瑜把雙手放在凱莉的肩膀上，認真的看著凱莉。她看到凱莉笑了。

曉瑜喜歡凱莉的笑容。事實上，曉瑜喜歡和凱莉在一起。她想要和凱莉在一起，即便是無所事事。可是，她好像還沒有告訴過凱莉。而且，凱莉是怎麼想的呢？

突然之間，曉瑜聽到人群發出尖叫聲。她看到警察衝向人群，而人群開始四散而逃。在她的眼前，兩個警察抓住一個長頭髮的男孩，把他壓倒在地上，男孩子呼吸急促，在那裡大叫：「放開我，放開我。」

「你們放開他。」曉瑜看到凱莉站了起來，衝到那兩個警察前面，一手抱著那個男孩子的後背。

「走開，不然把你也抓起來。」其中一個警察喝斥凱莉。

凱莉一動不動，抱著那個男孩。

很快，又過來兩個警察，拽起凱莉。

曉瑜衝了過去，她聽到自己大聲在叫：「放開她。」

也就是幾秒鐘的時間，她感到有人從背後抓住她的衣領，然後她的雙手被反扣在背後。

在她們的邊上，停著一輛大巴。很快，她們三個人被押上了大巴車。那個長頭髮的男孩，已經在大巴上，被兩個警察圍著。

曉瑜的手一被鬆開，她飛快的坐在了凱莉的身邊的位子。

她們沉默著坐在那裡，看著警察們上上下下，把示威者，一個個的押上大巴。很快，兩個警察上車，一個站在車頭，一個從頭走到車位，用威嚴的目光掃看一遍。

然後，車門關上的聲音。車子啟動了。

「你們憑甚麼抓我們？我們只是在悼念死者。這是我們的權利。」前排的男生大聲的抗議。很快，一個警察走到他面前。曉瑜沒有辦法看清前面到底發生了甚麼，只聽到這名男生發出幾聲痛苦的叫聲。

曉瑜看了一眼身邊的凱莉，她也正好轉頭看著自己。

她們甚麼也沒有說，擁抱在一起，然後，開始親吻。彷彿這個世界，只有她們兩個人。

「你們，就是你們兩個女的。給我下車。」

車子突然之間一個急剎車，曉瑜和凱莉的頭撞向前面的座位椅背。

曉瑜抬頭，茫然的看著前面。她看到其中一個警察，惡狠狠的看著她。

「不要裝聽不見。就是你們兩個女的。馬上下車。」

曉瑜拉著凱莉的手，站起來，開始走向車門。她依然恍惚，不太明白發生了甚麼事情，只是覺得需要聽從命令，下車。

經過那個警察的時候，曉瑜聽到他大聲地對著她和凱莉說：「你們兩個拉拉，噁心。快點下車。不要出現在我的面前。」

曉瑜覺得莫名其妙，不明白為何這個警察，會這樣生氣。

車門關上，大巴士在她們眼前啟動。曉瑜看到車窗上，一張張年輕的臉，好奇的，看著她們。

曉瑜摟著凱莉的肩膀，兩個人目送著巴士消失。然後她們對看一眼，忍不住大笑了起來。

她們終於反應過來，明白了被扔下車的原因。

笑了一會，她們都靜了下來。

「我們先回去睡一會兒。下午，我們再去烏魯木齊路吧。」曉瑜提議。

「對的。要讓他們放人。」曉瑜聽到凱莉的聲音裡面，充滿了憤怒。

曉瑜看了一眼周圍，這才意識到，原來，她們還在烏魯木齊路上。她打開手機，快速地查找關於剛剛被驅散的這場集會的消息。

原來，烏魯木齊路上的她們並不孤單。大家的聲音，已經傳得很遠，被很多人聽到了。

***

若林一個晚上都沒有睡。她不停的刷著手機，看烏魯木齊路上的最新進展。曉瑜的公寓，就在烏魯木齊路附近，若林有一種直覺，曉瑜會出現在這個現場。她發了短信給曉瑜，但是，一直是一個灰色的勾。若林猜測，要麼是曉瑜沒有開翻牆軟件，要麼就是曉瑜根本沒有開手機。

這個時候，若林寧願曉瑜沒有開手機，這樣，即便出現在現場，事後也不會被警察秋後算帳。

如果是上海封城前，若林覺得曉瑜一定不會參與到這種街頭抗議行動中，因為她是一個喜歡秩序和穩定的人。若林當然並不意外，因為她的朋友當中，絕大部分都是喜歡秩序和穩定的，所以對於香港遍地開花的示威，他們是不能接受，甚至是厭惡的。他們不喜歡固定的通勤路線和時間被打亂，也不喜歡無法準時上班。特別是示威者堵塞機場那一次，好幾個回到香港的朋友，要拖著行李，帶著孩子，從機場走到東涌坐車，他們是氣憤的。曉瑜當時也是這樣。

但是，上海封城之後，曉瑜變了很多，每當自己批評政府的做法的時候，她從沉默，慢慢變成了贊同。而在過去，自己說的太多，曉瑜的沉默是不一樣的，那只不過是她不想和自己發生衝突而已。

「你終於嚐到了鐵拳的滋味。」若林終於有一天忍不住說。

「是呀。有的時候看我自己，真的是又傻又天真。終於明白，甚麼是有用的傻瓜了。我一直就是呀。」

不過，若林覺得，和曉瑜能夠關係真正變得親近，是那場車禍。

若林醒來的時候，第一眼看到的，是曉瑜和海明。她看著曉瑜興奮的跑出病房，後來才知道，她是去通知醫生。原來自己，昏迷了五天。

三個月過去了，若林的眼角，疤痕已經沒有那麼明顯，但是仔細看，還是可以看到一道紅色的疤痕。對著鏡子，若林會覺得，也許是上天給她的一份禮物，用這樣的方式，把一份感情，銘刻在自己的身體上，無法磨去。至於，這份感情是不是還存在，是不是能夠擁有，已經不重要了。畢竟，感情是雙方的事情，自己只能做好自己的那一部分。決定堅持，還是放棄；銘記，還是遺忘。

曉瑜陪若林在香港康復的那段時間，她們開始聊一些私人的事情。若林知道了曉瑜和之前的女朋友分手，是因為她執意要回上海，而她的前女友，對於中國並沒有太好的印象。她們一起來香港渡假的時候，若林已經發現了這點。曉瑜一直在說上海生活的種種興奮之處，而那個女孩，顯得並不熱衷，她講得更多的，是終於能夠回美國，終於可以擺脫在上海做高管的父母，可以一個人享受自由的生活，至少，不需要再用翻牆軟件，可以和正常人一樣。

若林記得，當她用「正常人」來形容未來日子的時候，曉瑜馬上反駁她，覺得她對上海太過負面。所以，女孩不願意和曉瑜畢業後回到上海，若林一點也不驚訝。青梅竹馬的戀愛，誰不是這樣呢，選擇在哪裡讀書，畢業了之後，選擇在哪裡工作，怎麼可能保證兩個人有同樣的選擇呢？好處是，分手帶來的傷痛，應該很快可以隨著時間而過去，尤其是對於曉瑜這代人來說。畢竟，她們成熟得早，有能力為自己的生活決定哪些是重要的，哪些是可以放棄的。

現在，曉瑜又戀愛了，那個女孩叫凱莉，比曉瑜大幾歲。但是曉瑜還沒有表白，因為她擔心，自己的表白，會把凱莉嚇跑。若林覺得，凱莉聽上去是一個非常成熟的女性，她很清楚自己要甚麼，而曉瑜，應該是很愛凱莉，因為每次通完電話，曉瑜就會變得輕盈很多，講到凱莉的時候，曉瑜的眼睛是發光的。若林當然明白這種感覺。

曉瑜也有問過自己，那個他是誰。那天曉瑜陪著若林從醫院回家，若林看到曉瑜站在公寓裡，認真的用眼睛搜索著每一個角落。公寓的客廳，一如既往，所有的東西都是工工整整，彷彿多一件，都是多餘。

曉瑜經常笑若林：

「你就喜歡扔東西。你看，你差點把我的護照都扔到垃圾桶了。」

「我不喜歡收藏任何在當下沒有用的東西。」

所以，若林甚至沒有保留過去的照片。雖然她喜歡拍照，也會發朋友圈，但是，她從來不把這些照片在手機裡面保存下來。

「值得記住的，都在我的腦子裡面。」

那天，若林看到曉瑜的目光在沙發邊上的茶几上停了下來。那裡放了一張照片。

照片是兩個人在沙灘上的倒影。沙灘被陽光照的變成金黃色，倒影是灰黑色。他們靠得並不是很近，但是身體的姿勢，又透露出一種親密。

「這個是那個不知從何說起的他嗎？」

若林看到曉瑜走過去，拿起了相框。

「甚麼？」若林有點摸不著頭腦。

「姍姍阿姨把妳給她的郵件給我看了。」

「喔，她把郵件當成了我的遺書，所以給你吧。」若林不想回答這個問題。就好像她不想和姍姍多說一樣，她只想把他藏在自己的心裡面，就怕一說，他就不見了。還好，曉瑜見她岔開話題，也沒有多問。

凌晨時分，若林在網上看到，警察開始在烏魯木齊路上抓人了。這還是讓若林有些意外的，因為居然可以容忍這麼久，尤其是人們喊了那麼多口號。當中有一些，若林承認，到現在為止，自己都不敢喊出口，甚至連轉述，都需要停頓一下，給自己一點決心。若林想，這應該是從小接受的教育，已經在心裡面為自己限定了一個框框，再勇敢，也總是有一條看不見的紅線，不敢逾越。現在，有人在上海的街頭喊出來了，但是若林覺得，如果自己在現場，應該還是沒有勇氣打破這個禁忌。

所以，這真是具有歷史意義的一刻。

一九八九年，當她和同學們在人民廣場喊口號的時候，那些只不過是改良式的進諫。大家並沒有思考過，所有的問題的根源是甚麼，是不是能夠根本性的改變，讓這些問題不再出現。而不思考，不是因為害怕或者不願意，而是沒有這個意識和能力。和現在的年輕人相比，那個時候的他們這一代中國人，視野是有限的，知識是有限的，當然，不管怎樣的時代，能夠站出來，那麼相同的地方在於，大家的靈魂，都是嚮往自由的。

一個長頭髮的男孩子，被警察抓到了大巴上，影片裡面，可以看到他一副不羈的樣子，然後，是警察開始用手按他的頭。影片是沒有聲音的，應該是從車窗外拍的。只能夠看到警察氣急敗壞的樣子，和男孩子痛苦的表情。

眼前的一切，似曾相識。上一次，若林這樣通宵不睡，不停地刷手機看各種消息，是二〇一九年。每天晚上，她都覺得自己的心口被堵塞著，每天晚上都在流淚，每天晚上無法入睡，為了那些勇敢的人們，也為了自己的無力和無能。

這個世界變成這個樣子，不就是因為太多的成年人，因為成為了既得利益者，不僅沒有盡到責任去推動一點點的改變，相反還成為了同謀嗎？

到了早上八點，若林才收到曉瑜的電話。

原來，她真的去了現場，原來，她和凱莉，被趕下了塞滿被抓示威者的大巴。

若林鬆了一口氣。

這個時候，她最想做的事情，是和他好好聊聊昨天晚上在上海發生的事情。她發了短信，告訴他，想要聽他的聲音，想要好好的和他說說話。

一個小時過去，電話，還是沉默的。

誰也沒有想到，那個夜晚之後，白紙成為了一場運動的代名詞。若林也沒有想到，三個月之後，她終於可以去上海，而且，不需要隔離。

***

也就是三年沒有來浦東機場，在若林看來，這已經是一個渾身上下透露著破敗的地方。

也就是幾個星期前，抵達大廳裡面，應該還有一道道臨時搭建的隔離牆，就好像整個上海，還有全中國的大大小小城市，甚至是縣城，每隔一段距離就有臨時搭建的核酸檢測亭。不管是瞬間出現，還是瞬間消失，都很中國速度。只是，所有的改變，都會有後遺症，就好像這個機場。在裡面出現過的東西，雖然被撤走了，但是痕跡，已經抹不去，滲入到空氣裡了。

坐在飛機上，若林還是覺得，這一切來得過於突然。

也就是一夜之間，一場瘟疫被宣布終結了。在中國，人們不再需要每天排隊測核酸，不用再擔心被突然送進方艙隔離，更不用擔心，自己會被突然之間像被軟禁一樣，封在家裡面無法外出。在中國的人們發現，可以出國了，在國外的中國人，可以回國，不用被強制隔離了。

可是，和封城一樣的另外一場失控接踵而至。

沒有準確的官方數字，但是若林那些身處上海的朋友和同學，都突然之間感染了。這讓若林覺得很疑惑，病毒有點神出鬼沒，在被宣布不再危險之後，突然之間散落在每個角落，人們逃也逃不掉，那麼之前，病毒在哪裡呢？

曉瑜和凱莉都感染了。她們在家裡面待了一個多星期。還好，除了發燒，她們的症狀不算嚴重，特別是曉瑜。

曉瑜陪著若林從都柏林回到香港，準備回上海之前，若林提醒她去打了疫苗。雖然曉瑜在上海已經打過，但是若林並不相信國產疫苗的有效性。曉瑜對這個建議並不抗拒。臨走的時候，還按照若林的囑咐，去藥店買了一堆退燒藥和感冒藥。現在，這些藥派上了用場。

清鴻也感染了，還有他的父母。

上海解封，清鴻也把父母接回了上海。他擔心，和大城市相比，縣城的醫療資源有限，萬一父母感染，一來沒有人照顧，二來當地的醫院未必有藥物。

「你知道嗎，我父母告訴我，當地很多人都不知道甚麼叫新冠。他們就是覺得，最近多了人得了重感冒，好多老人家沒有熬過去，死了。但是，這又有甚麼辦法。農村人就是覺得，這就是命呀。」

若林聽得出清鴻的焦慮，她也覺得，把老人家從鄉下接過來大城市，是一個更好的辦法。只是，若林沒有想到，即便在上海，感染症狀嚴重的病人，依然會面臨沒有藥，沒有病床。和當初封城的時候不一樣的是，不是病人沒有辦法去醫院，這一次，是去了醫院，卻得不到及時的救治。

清鴻的父母最終沒有能夠熬過去。也就是相隔了幾天，先是有基礎病的母親，死在了醫院的重症病房，然後是父親，在家裡面躺了三天之後被清鴻送去了醫院。醫院重症病床緊張，清鴻給院長打了電話，終於把父親送進了病房。但是，醫生說，沒有合適的藥，來不及了。

若林不知道如何在電話中安慰清鴻，因為她知道，這個時候，說甚麼，都是沒有用的。

清鴻忙著為父母安排後事。

「今天去殯儀館，他們說，冰櫃不夠，所以明天就要火化。告別儀式只能夠五分鐘。然後我問了一下，過去這裡每天火化一百人不到，今天要火化五百個人。若林，你要把這些都寫下來。」

若林正在寫，但是寫得異常艱難。

到底有多少人因為新冠感染而死亡？就好像一個黑洞，因為沒有官方數字，根本沒有人能夠知道。網上有很多人描述自己失去親人的經過，也有很多醫院裡面擺滿了屍體的影片在網上流傳。若林聯繫到一些當事人，但是，所有的這些都只是個體的故事，若林擔心，即便到了很多年之後，這將成為一個謎，因為官方可能根本沒有進行過統計。很多人死去，變成了一個數字，但是到底因為甚麼死去，即便是家人也未必清楚。當然，死因，對於有些政府來說，根本不是一個需要關心的問題，而這，正是問題所在。

前幾天，香港的朋友和她抱怨，帶孩子去看私家醫生，結果醫生只能配了比往常劑量要少一半的退燒藥。若林聽著只能嘆氣，因為雖然早就存了一些藥在家，但裡面沒有兒童吃的配方，幫不上朋友。一個星期前，她有想過再去買一些，好帶去上海，樓下相熟的藥房老闆看著她：

「你怎麼現在才想起來？已經斷貨一段時間，而且，價格已經被炒得很高了。你知道嗎，有些人，一次過買幾百盒。」

若林承認，這次，她反應遲鈍了。中國人這麼多，只要有任何一種必需品出現了短缺，那麼，全世界都會受到影響，香港，從來都是首當其衝的。十年前的奶粉，三年前的口罩，當然，還有現在的退燒藥。

曉瑜的公寓在華山路上，若林是第一次來。但是若林很熟悉這個社區，讀書的時候，經常出沒的地方。從公寓轉個彎，就是烏魯木齊中路。

曉瑜的公寓太小，只有一室一廳，於是若林在邊上租了酒店。她沒有打算在上海待太多時間，除了清鴻，還有敏初，若林不覺得自己有甚麼特別的人相見。啊，他在。

但是，若林並沒有告訴他，自己來了上海。

那天，看到中國將要開放國門的新聞，若林突然變得傷感起來。世界回到了從前的模樣。好多人和人之間的人生交叉點，是因為疫情改變了原有的生活方式，但是馬上，就要變成平行線了，因為，又要回到原本的正常。而這個好多人裡面，包括了自己和他。

當然，自己不再是三年前的自己了，因為他曾經存在過。

雖然自己一直不願意面對現實，但是，他們之所以能夠相遇，能夠相愛，正是因為這場疫情。疫情讓他改變了原來的生活軌跡。現在，回到正常的世界，他必須回復到原來的樣子。包括他的生活軌跡，他的生活習慣，甚至是他的思維方式。而這樣的他，不是自己愛的那個人。她愛的那個人，是在她的記憶中的，是在那個因為疫情而變得不正常的世界中的。她知道，自己會永遠記得。畢竟，這個年紀的愛情，不再像以前，會有很多的計算，這個年紀，可以純粹地愛，也完全可以接受沒有結果的結局。

為甚麼一定要有結果呢？在以後的日子裡面，有這些記憶，有這個在記憶中美好的他，和美好的自己，不已經是足夠了嗎？

而這脫軌的三年，也許，只是變成他生活中的一段插曲，過去了也就過去，不會有任何痕跡，更不會讓他有些許改變；也許，在某些夜深人靜的時候，他也會想起，他們共同擁有的這段記憶。也許，經過他們曾經一起經過的地方，他會想起自己；或者也許，因為這段記憶，他的人變得和以前不一樣了。但是，那是他的事情，至少現在，自己不會知道答案，也不想知道答案。

曉瑜的公寓裡面有很多中國傳統傢俱，若林聽曉瑜提起過，都是她在上海的各種小店裡面淘回來的。若林覺得，曉瑜繼承了海明不少習慣，而不是自己，這就是沒有在曉瑜的生活中存在太多時間的關係吧。就好像家居風格，若林一直是喜歡西式的。小時候的房子，雖然很小，但是裡面的傢俱，不管是奶奶珍愛的紅木靠背皮椅，還是五斗櫥，都是西式的，奶奶年輕時的嫁妝，四〇年代初流行的款式，所以若林第一次買傢俱佈置房子，依靠的，就是閣樓和亭子間的記憶。但是海明不同，他一直喜歡傳統的中式傢俱，就好像他喜歡古文詩詞一樣。

客廳的玄關上，放著好多照片，這也是海明的習慣，以前在他們紐約的家裡面，客廳裡面放滿了照片。這些照片都是曉瑜來了上海之後，和朋友們照的。當然，還有海明和她的妻子和孩子。若林找了一圈，沒有找到自己，但是很快意識到，這不能怪曉瑜。曉瑜回到上海工作之後，雖然她們有一起渡假，但是沒有拍過照片。

「趙小姐的骨灰放在哪裡？」

「在這裡。」曉瑜指向花架上的一個黑色的盒子。盒子的前面，放了兩枝白色的百合花。

「雖然我沒有見過趙小姐，但是我覺得，畢竟，我的身體裡面，還是有著她的血，所以，我想，我必須把骨灰盒好好的擺在那裡，等你來上海。」

「嗯，你做得真好。謝謝你。」

如果人，死後真的有在天之靈，趙小姐此刻應該覺得寬慰了吧。畢竟，還是有人記得她的。

可是，若林從來不相信人死後會有靈魂飄蕩在某個地方，所以，對她來說，生命只有在一個人活著的時候才有意義。趙小姐死去的時候，應該是對自己充滿了怨恨的吧，因為自己沒有早點打電話給她。如果能夠通話，知道她是會去看她，即便最終因為封城的關係，無法見面，但是至少，趙小姐的等待，是確確實實應該會發生的。

過去，若林總是覺得，時間還有很多。很多事情可以慢慢的，一件一件的來做。所以，她喜歡有一個時間表，然後從容地按照計劃來安排自己的生活。可是，生活並不是這樣的呀。不是一直有一句老話，計畫趕不上變化？為甚麼自己不相信過來人的智慧，還是那麼固執的堅持著自己的習慣。因為這樣，錯過了多少應該做的事情，多少原本可以存在於對方生活中的人。

誰知道明天會發生甚麼呢？人在天災人禍前，再強大，都是無力的。能夠生存下來，往往依靠運氣，而不全是自己的努力。雖然人只是時代的一顆沙塵，但是當災難出現在眼前的時候，對每個人，都是一座大山。

就像那場車禍，也有一半的可能，自己不會再醒過來。只是，死去了，當然也就沒有甚麼感覺了，更談不上遺憾。如果這樣想，好像在世的時候，即便有太多的遺憾，犯了太多的錯誤，只要死了，那麼所有這些都跟著被帶走，不會存在於這個世界上了。這樣想的話，那麼遺憾，就不是和死亡連結的事情，而是和活著更有關聯。活著的時候，才會因為遺憾，才會因為犯過的錯誤感到悔恨。所以，為了讓自己變得更好，為了減少悔恨，就更需要在活著的時候，過得認真和努力一些。

若林又想起了他。那個此刻在同一個城市，但是變得疏遠的他。她慶幸沒有隱藏自己的心意，所以，才有那麼多美好的日子。而未來，至少此刻，心裡面有一個愛著的人，即便不是真實存在的，即便對方並不知曉，但是擁有愛的能力，本身已經是幸福的人生了。至於是不是應該放下，那又何必糾結，因為當那一天來到的時候，自己的心，是會告訴自己的。

而且，誰知道呢，兩個人的軌跡，有一天，又有了交織的機會。那個時候，如果彼此的心裡面還有對方，那麼，可以再次努力，相互存在於對方的生命當中。就算依然不是永遠，那並不重要。

***

曉瑜覺得，若林真是一如既往的行動快速。

也就是一天的時間，若林迅速地租到了一條遊艇。她讓曉瑜邀請了凱莉，自己叫上了清鴻，準備一起上船。

「我差點又要麻煩你的清鴻叔叔幫忙。但是後來上網找了一圈，發現只要花錢，就可以解決問題。」

「灑骨灰在黃浦江上不需要申請嗎?不算違法?」

「不確定。我查了很久，看不到有具體的規定。香港政府寫的很清楚，怎麼提前申請。所以我已經交了申請。我只找到一些名人的新聞，要求死後，將骨灰灑到黃浦江。不過，不管了。」

登船的地點在浦東，原來的上海船廠，現在變成了遊艇俱樂部。這裡叫做泰同棧的碼頭，被拆除了，造了一座泰同橋，把在黃浦江邊走路，跑步和騎自行車的人會聚在一起。

「你看，根本跟不上上海變化的節奏。不管是紐約還是香港，只要和上海比較，就會顯的有點老態龍鍾，不像上海，始終有著一種橫衝直撞的勁頭。」若林站在橋邊，看著黃浦江。

「不過，這種橫衝直撞，現在讓我害怕。」

曉瑜看著眼前的黃浦江，依然是寬闊，有氣勢的，但是她覺得，眼前的上海，開始變得疏遠。動感十足，不斷有變化發生，原本都是讓她喜歡上海，毫不猶豫地離開紐約、回到上海的原因。但是此刻，她才明白，這種速度的背後，是對規則的漠視，所以，可以突然很快，也可以突然停滯，根本沒有規律可循。而對於個體來說，規則，意味著可預期的未來，如果未來充滿了不確定性，那麼一個人，是無法有安全感，和生活的安穩的。

夜晚的黃浦江兩岸是炫目的，特別是在市政府花費了鉅資，提升了燈光效果之後。曉瑜還記得，那次亮相，是極為驚豔的。她看過香港每天晚上的維港激光表演，相形之下，顯得寒酸。

曉瑜喜歡黃浦江兩岸的建築，當然最耐看的，還是浦西的那些老建築。這些老建築，都是過去的輝煌，提醒著人們，上海，曾經是國際大都會。當然，也有後來的上海，浦東的那些高層建築群，拼命的要提醒人們，上海，此刻也是國際大都會。但是此刻，曉瑜終於明白，光鮮的硬件，並不是最重要的，那些看不見摸不到，影響人們生活的東西，才是最重要的。

「燈光，真是遮蓋醜陋的最佳工具呀。」曉瑜聽到若林嘆了一口氣。「應該很快，大家就會把曾經發生過的事情忘記了，然後向前看。」

「我們肯定不會的。」曉瑜雖然這樣說，但是直覺若林應該是對的。就好像上海解封之後，她周圍的朋友，同事，很快的把封城的痛苦拋在了腦後，所以，現在發生的事情，很快也會變成人們不想提起的過去。但是，她和凱莉，一定做不到。

「以前我總是覺得，世界應該是一直向前走的。但是，去的地方越多，越發現，原來是會倒退的。我不知道自己是不是太悲觀，有個朋友提醒我，最終世界還是走兩步，退一步的。」

「那你覺得是這樣嗎？」曉瑜問若林。

「也許放在很長的一段時間來看，他是對的，最終會是這樣的，不然這個世界就不是現在這個模樣。只是，一個人的生命有限，如果正好處在退一步的時候，那是相當悲劇的。」

「那若林阿姨，我們現在是不是處在這個退一步的時候？」

「是的凱莉。只能希望，這一次的退一步，步伐可以小一些。」

遊艇從碼頭啟航，從外灘開始向著外白渡橋的方向慢慢開去。

曉瑜喜歡外白渡橋，這讓上海顯得和其他城市很不一樣，而且那裡正好是蘇州河和黃埔江交接的地方。她查過資料，文革的時候，這座橋被叫做「反帝橋」。雖然她一向反感帝國主義霸權，尤其是西方殖民主義，但是，她開始困惑，在極權的背景下，應該如何去理解反帝反霸權的口號，是不是有了共同的目標，那麼可以忽略同行者的錯誤，甚至是致命的錯誤？

「這些年，你有沒有想念過上海？」曉瑜聽到凱莉問若林。

曉瑜看著站在自己邊上的若林和凱莉，她覺得，此刻，自己是世界上最幸福的人。她終於找到了一個，願意和自己一起努力，讓兩人的人生軌跡，能夠變成一條線的人。

曉瑜記得，自己失戀的時候，若林告訴過自己，不能要求對方為了自己改變或者犧牲擁有的東西。只有一個人是心甘情願主動這樣做的，自己為自己做的決定，那才能夠讓感情持久。

「說真的，沒有。」

「為甚麼？上海不是你出生成長的地方嗎？」

「其實，如果算起來的話，我在上海的二十多年，有一大半的時間，我還沒有成年。年齡愈大，和上海的距離越遠。」

「哈哈，你若林阿姨其實算是地球人。我這個不在上海出生的人才是上海人。」站在若林邊上的清鴻，笑著為若林的答案進行補充。

曉瑜很喜歡清鴻叔叔，準確地說，清鴻阿姨。看著清鴻一如既往開心的樣子，曉瑜想，他一定把悲傷埋在心裡面，不想讓大家看到，不想讓大家擔心。在上海，在她認識的人裡面，包括自己，因為那個不曾謀面的趙小姐，自己的外婆，有多少人把逝去親人的苦痛埋在心裡面，因為，不這樣做，不向前看，又能怎樣？生活，總是要繼續的，或許選擇逃避，遺忘，不提起，可以讓自己生活的輕鬆一點。但是自己和凱莉不同，因為有選擇改變生活的機會，可以選擇離開，可以去其他地方，不需要艱難的開始。可是，大部分的人是沒有這樣的選擇權的。

「你看，那是東風飯店。」若林指著眼前慢慢開始移開的建築，告訴凱莉。「第一家肯德基就開在這裡。那是一九八九年。後來很長一段時間，如果請客，我們會選這裡。我還記得有一次請一個美國來的留學生，她真的是一臉迷茫，搞不懂為甚麼請她吃飯，來了這裡。」

「那個時候，吃肯德基很貴嗎？」凱莉問。

「是呀，那個時候，一個公務員的工資不到一百塊。然後，一個套餐就要差不多十塊。你若林阿姨請我吃了好幾次，所以，她可是同學裡面的富戶呢。」清鴻搶著替若林回答。

「是的，趙小姐有給我零用錢。所以，吃得起肯德基。」

「你們知道嗎，她每次從南方過完暑假回來，行李裡面會有很多新潮的衣服，趙小姐從香港帶來給她的。」清鴻指著若林，「她穿著這些衣服，不管是走在校園還是街頭，回頭率好高的呢，那時候，她可是我們校園裡面的風頭人物。」

「那倒是，確實很有面子的事情呢。那個時候，最早進來的名牌是皮爾卡丹。當然，我們都買不起，但是，上海人有自己追時髦的方法。很快，到處都有賣皮爾卡丹的包裝紙袋，大家提著紙袋，就好像擁有了他的設計一樣。我也是。嗯，我是不是很愛慕虛榮？這一點，好像和趙小姐很像呢。」

「我看過八〇年代的上海老照片，很多男士戴太陽眼鏡，都不捨得把商標去掉。」曉瑜記得第一次看到那些照片的詫異。「我一開始看照片，以為就是個別人，後來發現，幾乎所有照片都是這樣。」

「哦，我也看過。那個時候穿西裝，男士流行不去掉袖子上的商標。」曉瑜聽到凱莉興奮的聲音。

曉瑜知道凱莉非常熟悉八〇年代，甚至有著一種浪漫的想像。凱莉總是感嘆，那個時候，是中國最思想開放的時候。但是曉瑜覺得自己無法判斷凱莉的結論是否準確，畢竟，自己對於中國的八〇年代，如果要說最直接的了解，那就是自己的父母，因為八〇年代，正是他們成長的年代。

「也許，凱莉是對的。」曉瑜在心裡面對自己說。

曉瑜看著眼前黑濛濛，偶爾有些銀光閃現的黃浦江，剛剛灑下去的骨灰，一瞬間，就沒有了蹤跡。有些，應該隨著江水飄蕩，有些，應該隨風在空中飛舞。

「媽媽，我和凱莉有件事情要和你說。」

「甚麼事？」

「我們準備下個月去加州註冊。」

「太好了。恭喜你們。」

「然後我們會去美國做試管嬰兒。」

雖然這些日子，很多人讚揚烏魯木齊路上的示威者，甚至覺得，因為他們，生活才能變回正常，但是對於曉瑜來說，這場示威，於她而言，是成就了一場戀情，她和凱莉，在一起了。而更大的意外驚喜，是凱莉提出生孩子的建議。她們決定，凱莉先懷孕，畢竟，她的年紀比曉瑜大一些，而且，回到美國，自己需要繼續工作來養家。

之所以對於曉瑜來說是意外，因為她知道，凱莉原本是不打算要孩子的。

那是上海封城的時候，一個和她們差不多年紀的男子，拒絕被強行送去隔離。穿著白色防護服的警察警告他，這樣的話，不僅僅自己會受到懲罰，還會影響三代。

「我們是最後一代，謝謝。」那名男子不卑不亢的回答，快速地傳遍網絡。

在曉瑜的微信朋友圈裡面，凱莉第一個公開表態：

「我是不會生孩子的。我不想我的孩子生下來就被奴役。」

好多曉瑜認識的朋友在凱莉的貼文下面留言，曉瑜看的有點心酸。

她從來沒有想像過，她的這些中國朋友們，把生育權作為反抗的一種工具，這是多麼大的一種絕望。

要不要孩子，曉瑜一直覺得，這不是一件需要特別去考慮的事情。生育是天然的權利，自己只需要決定，想不想去行使。遇到相愛的人，那就自然想要結婚，然後，也許，想要一起養育孩子。當然，中國很不一樣，之前，只能生一個；現在，顯然是政府很著急，開始催大家多生，但是即便這樣，生多少個，還是政府說了算。

看到凱莉的憤怒，曉瑜忽然覺得，這個問題，忽然擺在了自己的眼前。

如果，凱莉對自己有同樣的情感，未來能和凱莉在一起，她們會有怎樣的打算？凱莉會不會改變想法？當然，好像這個問題又有點遙遠，畢竟，她並不知道，凱莉，是不是同樣愛自己？會不會接受自己的這份感情。

也因為這樣，當那天，她們終於不需要再猜測對方的心思，終於手拉手，終於親吻之後，聽到凱莉告訴她這個提議，曉瑜覺得，幸福來得又快又突然。

「我們待會兒下了船，去外灘五號吃飯吧。當然是我請客，幫你們慶祝一下。」曉瑜聽到若林的建議。她的聲音，是愉快的。

「就是，慶祝你們的決定。」清鴻一副手舞足蹈的樣子。「你們清鴻叔叔想做但做不到的事情，你們做到了。」

「噢天呢，我要當外婆了？好可怕呀。」曉瑜聽到若林突然大聲叫了起來。她看了一眼若林，她很認真的樣子，並不像是在開玩笑。

「死八婆，你能當外婆是你運氣。你看我，孤獨終老。」清鴻同樣是很認真的樣子。

「阿姨，你可以做一個有型的外婆。清鴻叔叔，你有阿姨這個朋友，還有我們呀。」

「對呀。」曉瑜一隻手摟著凱莉，另外一隻手拍了拍清鴻的肩膀。

「曉瑜，凱莉，我們說好。我是不可能幫你們帶孩子的。」

「我們從來沒有想過你會呀。」曉瑜聳了聳肩膀。她和凱莉的討論中，確實沒有包括過若林。

「哇八婆，你這麼冷酷。沒關係，有需要的時候，叔叔到美國幫你們帶。」

和往常比，外灘的人並不多，甚至少的讓人無法相信這是外灘，也許還是有很多人擔心感染，不敢外出。人們被迫改變了三年的生活習慣，同樣需要時間改回來。直到海關鐘樓的鐘聲響起，曉瑜才確定，她們確實站在外灘。

「你們知道嗎，這個鐘聲文革前是〈威斯敏斯特〉（Westminster），文革的時候是〈東方紅〉，後來英女王訪問上海，又改回了〈威斯敏斯特〉，但是到了香港回歸，居然有人聯名上書中央，結果又不敲了，後來又變成了〈東方紅〉。也許，等到哪天又敲回了〈威斯敏斯特〉，上海，才是真正的國際大都市，才是值得你們回來的地方呢。我應該是等不到，回不來了。」

曉瑜看到若林的眼睛，像被雨水灌滿的樣子。

可是，自己還想回來嗎？凱莉想回來嗎？她們的孩子，好像未來可以和這個城市完全無關，那麼，她會想要來這裡嗎？自己想要她回來這裡嗎？

上海的未來，會是怎樣的，若林原本覺得，和自己沒有關係了。因為在她剩下不多的人生裡面，她的未來只和此刻她生活的城市——香港有關。但是，此刻，聽著外灘的鐘聲，她必須要面對和接受一個現實：上海的未來，和香港的未來，是息息相關的，因為兩個城市，必然朝著同樣的方向走。

若林知道，自己會留下來，見證這樣的變化。但是她也覺得欣慰，因為曉瑜和凱莉，可以有更多的選擇。而她們之所以有選擇，是因為自己這一代，是時代的受益者，於是，為自己的子女，也為自己，創造了足夠多的機會。

若林想起蘿拉，和自己道別時說的那句話。蘿拉還在烏克蘭，儘管俄羅斯的轟炸沒有間斷過，她去的城市，也越來越靠近前線。儘管蘿拉從來沒有向若林解釋過她為甚麼這樣做，但是若林明白，就是因為她臨別時的那句話，因為一種責任。

如果說，年輕人的責任，在於好好的建設自己，讓自己更有力量，那麼她自己，是承擔起責任的時候了。

坐在外灘五號一家餐廳的露天平台上，可以看到整個外灘還有浦東沿江的大樓。因為是午餐的關係，人不算太多。

這是若林來上海出差，最喜歡的地方。她第一次來這家餐廳的時候，外灘到了晚上，還是黑漆漆的。上海的同事介紹若林來這家餐廳，在九〇年代末，這是一家因為價格昂貴，而只在外國人和外資企業高管們有著知名度的地方。二十三年了，這家餐廳見證了上海的起起落落，成為了上海的一家標誌性餐廳。不過，還有不到十天，這家餐廳就要關門了。因為封城的關係，來自澳洲的餐廳老闆決定和上海道別。

餐廳外面那架鋼琴已經被賣掉了，還沒有賣掉的餐具和廚具，整齊的放在靠窗的桌子上，一些桌椅已經被賣掉，空間顯得比以前大了很多。

「來，為年輕人們乾杯。」清鴻一邊提議，一邊舉起了酒杯。

「乾杯。」若林，曉瑜，還有凱莉，也舉起了酒杯。

汽笛聲從黃浦江上飄過來。從平台看出去，和往年不同，外灘的行人不是太多。整個城市不再是擁擠的模樣。

若林想，上海已經回不去了，因為離開的時候，自己太年輕，後面的人生，和這個城市不再有關，那麼現在，她不想再離開香港了。畢竟，那是給予了她許多的地方。

後記

那我一直覺得，只有寫過小說才稱得上作家。中學的時候我嘗試過，接到退稿信後，曾經的理想，變成了夢想，不敢再嘗試。

首先我要感謝J。你走得那麼快，不放棄，用不同角色，想要為社會留下點什麼。我努力地跟隨著你腳步，努力成為更好的自己，也像你一樣，不斷挑戰自己。所以，我決定再動筆試一次。

我也要感謝我親愛的朋友們，我的支持系統。你們花費了那麼多時間，一次次地閱讀，不客氣地提意見，才有了小說現在的樣子。

感謝為這本書寫序和推薦的朋友們。在文學創作上，你們都是我尊重的前輩。感謝出版社和編輯，為剛剛邁出第一步的我提供機會。

浮世薔薇

作　　者｜閭丘露薇
責任編輯｜鄧小樺
執行編輯｜莊淑婉
文字校對｜周靜怡、林韋慈
封面設計及內文排版｜王舒玗

出　　版｜二〇四六出版／一八四一出版有限公司
發　　行｜遠足文化事業股份有限公司（讀書共和國出版集團）
社　　長｜沈旭暉
總 編 輯｜鄧小樺
地　　址｜105台北市松山區民生東路三段130巷5弄22號2樓
郵撥帳號｜19504465 遠足文化事業股份有限公司
電子信箱｜enquiry@the2046.com
Facebook｜2046出版社
Instagram｜@2046.press
信　　箱｜enquiry@the2046.com

法律顧問｜華洋法律事務所 蘇文生律師
印　　製｜博客斯彩藝有限公司
出版日期｜2023年6月初版一刷
定　　價｜380元
I S B N｜978-626-97023-4-3
書　　號｜3HLW0005

國家圖書館出版品預行編目

浮世薔薇／閭丘露薇作. -- 初版. -- 臺北市：二〇四六出版，一八四一出版有限公司，2023.06
312面；14.8 x 21 x 1.6公分
ISBN 978-626-97023-4-3(平裝)

857.7　　112006440